フォックスクラフト

2

アイラと長老たちの岩

インバリ・イセーレス
金原瑞人／井上里 訳

Inbali Iserles
translated by Sato Inoue

静山社

FOXCRAFT 2 : THE ELDERS
by Inbali Iserles

First published in the US by Scholastic Inc, 2016
First published in the UK by Scholastic Ltd, 2016

カバーイラスト　丹地陽子
ブックデザイン　松山はるみ

フォックスクラフト　〈2〉アイラと長老たちの岩

世界一賢《かしこ》い〈長老〉たち、父のギャニットと母のアリヤへ

Map art by Jared Blando

白銀《はくぎん》の地
雪の山脈《さんみゃく》
炎《ほのお》の泉《いずみ》
北風の大地
氷《こおり》の刃《やいば》
怒《いか》れる川
北の荒野《こうや》
暗闇《くらやみ》の地
亡霊《ぼうれい》の谷
黒い森
沼地《ぬまち》
南の荒野《こうや》
フォックスクラフトの世界

【主な登場人物】

アイラ……………………子ギツネの女の子。〈憑《つ》かれた者〉たちに祖母《そぼ》と両親を殺され、ひとりぼっちに。生き別れた兄を探す旅に出る。

ピリー……………………アイラの兄。〈憑《つ》かれた者〉に襲《おそ》われ、行方《ゆくえ》知れずとなる。

シフリン…………………〈長老〉の使者と名乗る若い雄《おす》ギツネ。「フォックスクラフト」をあやつる。

ハイキ……………………灰色の雄《おす》ギツネ。川でおぼれかけていたところをアイラに助けられる。

シミ………………………アイラとハイキが〈荒野〉で出会ったキツネ一族の若い雌《めす》ギツネ。

タオ………………………シミのきょうだい。若い雄《おす》ギツネ。

モックス…………………シミとタオのきょうだい。体の弱い雄《おす》ギツネ。

フリントとカロ…………シミとタオとモックスの両親。

ルパス……………………カロの父親。

デクサとミプス…………カロのおばたち。

ジャナ……………………〈長老〉。灰色《はいいろ》の雌《めす》ギツネ。かつてシフリンを救ったことがある。ワアキーアを得意とする。

ミカ………………………〈長老〉。小柄な雌《めす》ギツネ。パシャンダを得意とする。

ブリン……………………〈長老〉。背の高い雄《おす》ギツネ。スリマリングを得意とする。

シャーヤ…………………〈長老〉。赤茶色の雌《めす》ギツネ。マアシャームやシャナシャームを得意とする。

コロ………………………〈長老〉。砂色《すないろ》の雄《おす》ギツネ。カラークを得意とする。

キーヴィニーとメイティス…姿を消してしまった〈長老〉たち。

カルカとコッホ…………〈憑《つ》かれた者〉たちをあやつるナラルと呼ばれるキツネたち。

メイジ……………………ナラルや〈憑《つ》かれた者〉たちをあやつるキツネ。〈マスター〉とも。

1.

キツネの悲鳴がきこえたけれど、わたしは進みつづけた。森のはしにくると、高い木は少なくなって、かわりに厚《あつ》いシダの茂《しげ》みが増《ふ》えはじめた。いちどもうしろをふりかえらないで、先を急ぐ。〈荒野《こうや》〉は、たくさんの音であふれている――鳥の鳴き声、動物の吠《ほ》え声、霧《きり》の中で虫がたてる羽音、風にそよぐ草の音。

目の前には、大きな平原が広がっている。遠くには、谷や、天まで届《とど》きそうな山々がみえる。空はくもっていた。平原には木立《こだち》がないから、敵《てき》の目から隠《かく》れることができない。わたしは、ふもとを岩に囲まれた山をめざしていた。あそこまでいけば、隠《かく》れる場所はいくらでもある。山のてっぺんにいけば、どっちへ進めばいいかわかるはずだ。

わたしは足を速めた。

だけど、悲鳴はいつまでも続いた。背中《せなか》がこわばって、息が苦しい。雨がひと粒鼻《つぶ》に落ちてきて、わたしはびくっと身をすくめた。あのキツネは、助けを呼《よ》んでいる。

わたしはシダの茂《しげ》みをかきわけながら進みつづけた。わたしには関係ない。気にしちゃだめ。自分をしかりつける。

〈うなりの地〉を離《はな》れてからずっと、芽吹《めぶ》きはじめた木々の陰《かげ》に隠《かく》れながら歩き、生き物の気配を慎重《しんちょう》に避《さ》けてきた――たとえ、それがキツネでも。少し前は、仲間のキツネに会いたい、一緒《いっしょ》に家族を探《さが》してほしい、と思っていた。だけど、わたしは真実を知った――家族はみんな死んでしまった。生き残っているのは、お兄ちゃんのピリーだけ。ピリーは、はてしなく広がる〈荒野《こうや》〉のどこかにいる。

もう、父さんにも、母さんにも、おばあちゃんにも、二度と会えない。みんなの思い出は少しずつ消えていった。胸《むね》の中にはぽっかり穴《あな》が開いていて、そこに、もやもやした黒い感情《かんじょう》が立ちこめているみたいだ。

シフリンのことは考えないようにしていた。シフリンというのは、〈うなりの地〉で会った、ハンサムなキツネだ。メイジの手下たちからわたしを守ってくれた。〈憑《つ》かれた者〉たち――赤く光る目の不気味なキツネたちから。獲物《えもの》をしとめる方法を教えてくれたし、安全なすみかにも連れていってくれた。

わたしはシフリンのことを、友だちだと思うようになっていた。

家族以外はだれのことも信じちゃいけないよ。キツネは友だちを作らない生き物なんだ。

おばあちゃんのあの言葉は正しかった。だって、シフリンは、わたしをだましていたから。メイジの手下《てした》たちが、わたしの家族を殺すのを黙《だま》ってみていた。なのにわたしには、みんなはまだ生きていると信じこませた。前足の付け根には、つぶれたバラの花みたいな傷跡《きずあと》があった。あれは〈憑《つ》かれた者〉のしるしだ。シフリンは、そのしるしをずっと隠《かく》していた。

はじめからうそつきだったんだ。

わたしは、シダの茂《しげ》みをくぐりぬけた。雨が強くなっている。雨粒《あまつぶ》が葉っぱを打ち、はねかえって、地面に転がりおちていく。足を止めて耳をまわす。一瞬《いっしゅん》、あたりは静かだった。きこえるのは、葉っぱが風にそよぐ音や、暗くなってきた空から雨が降《ふ》る音だけだ。

そのときまた、キツネの悲鳴がひびきわたった。

短い悲鳴が何度も続く。「助けてくれ！　だれか！　動けないんだ！」子ギツネみたいにきゅうきゅう鳴いているけれど、あれはおとなのキツネだ。

わたしは慎重《しんちょう》にシダをかきわけながら、耳をそばだてた。どこからきこえてくるの？

足元から？　もしかして、地面の下から？　わたしは首をかしげた。少し先にはツタがうっそうと茂《しげ》っていて、下のほうからは、せせらぎのような音がきこえてくる。どこかに川が流れているのかもしれない。キツネは水辺にいるんだろうか。なにがあったんだろう？

わたしは、おそるおそる歩いた。カラスが二羽《わ》、円を描《えが》いて飛んでいる。ぬれたようにつややかな黒い体が急降下《きゅうこうか》してくる。一羽《わ》がくちばしを開いて鳴いた。カア！　カア！

ツタの茂《しげ》みに近づいたとき、水の音が急に大きくなった。茂《しげ》みに鼻をさしこんだ瞬間《しゅんかん》、わたしは息をのんだ。草におおわれた地面は、足元で急な斜面《しゃめん》の土手になっていた。土手の下には岩が転がり、そのそばを、川がごうごうと音をたてて流れている。

「助けてくれ！　動けないんだ！」叫《さけ》び声《ごえ》がきこえたほうをみると、雄《おす》のキツネが谷底にいるのがみえた。しきりにうなりながら、もがいている。「犬たちに追いかけられて、土手をすべり落ちてしまった。あせってたんだ」キツネはぶるっと体をふり、水をはねちらした。「足が岩のあいだにはさまってる！」

キツネはぜえぜえあえぎながらあばれた。だけど、片方《かたほう》の前足が、岩のあいだにがっちりはさまっている。茶色くにごった水がわき腹《ばら》を洗《あら》っていく。雨が強くなっていた。岸辺に、激《はげ》しい波が打ちよせる。

キツネは気が立っているみたいだった。「水かさがあがっている。雨のせいで……」ロに入った水を吐《は》きだす。わたしは岸辺を目でなぞり、ぞっとして毛を逆立《さかだ》てた。川の両わきの土手にくっきりとついた深いみぞは、キツネの頭より高いところについている。あのみぞは、前に激《はげ》しい雨がふったとき、川の流れがつけていったあとにちがいない。だから、川の水かさは、まだまだあがりつづける。

家族以外はだれのことも信じちゃいけないよ……

しっぽのかたい毛がちくちくした。逃《に》げだそうと足に力をこめる。こんなキツネ、知らない。関係ない。わたしは自分の身を守って、ピリーを探《さが》しだすことに集中しなくちゃ。旅を続けなくちゃ。

なのに、足が動かなかった。

キツネを見殺しにするなんて、わたしにはできない。

むこう岸を、下から上まで目でなぞる。土手の上には木が生《お》い茂《しげ》っていた。「犬に追いかけられたっていってたけど、どこにいるの？」わたしは、鼻にしわを寄《よ》せてにおいをかいだ。わかるのは、木の皮と土のにおいだけ。上を向くと、冷たく澄《す》んだ雨のむこうで、空がふるえているみたいにみえた。

「おれが落ちたのをみて、大騒《おおさわ》ぎしながら逃《に》げていった。たぶん……」灰色《はいいろ》の毛のキツネは、首をのばしてわたしをまじまじとみた。両耳がぱっとうしろに反る。「なんだ、まだ子どもじゃないか」灰色《はいいろ》ギツネは、がっかりした声で、なじるようにいった。

わたしはツタの茂《しげ》みにそって歩きながら、足がかりを探《さが》していた。「だから？」とがった声でいいかえす。「子どもだからってばかにしないで」わたしは、〈うなりの地〉の巣穴《すあな》を出てから、たくさんのことを学んできた。スリマリングで鼻のきく犬たちを避《さ》けることもできるし、カラークで獲物《えもの》を煙《けむ》に巻《ま》くこともできる。これまでだって、自分でもびっくりするような力を使って、ネズミをしとめては命をつないできた。裏切《うらぎ》り者のシフリンに鍛《きた》えられた能力《のうりょく》だけど、べつにかまわない。いまは、シフリンがいなくたって、ひとりでりっぱに生きている。

いつのまにか、雲が厚《あつ》く垂《た》れこめていた。もうすぐ夜になる。短い夕暮《ゆうぐ》れは、あっというまに終わる。雨はどんどん強くなり、わたしの毛はぬれて重くなっていた。川の水位はあがり、水がキツネの背中《せなか》を洗《あら》っていく。のどのあたりで水が渦《うず》を巻《ま》いている。キツネは頭をのけぞらせ、おびえた悲鳴をあげた。わたしがいることは忘《わす》れてしまったみたいだ。

わたしは、片方《かたほう》の前足を土手の斜面《しゃめん》に置いた。「助けてほしいの？　ほしくないの？」

キツネは、濃《こ》くなっていく闇《やみ》のむこうからわたしをみあげた。「たのむ……助けてくれ。こんなところで死にたくない。家族を助けにいかないと……」

その言葉をきいたとたん、ひげがちくっと痛《いた》んだ。わたしは、土手のふちから慎重《しんちょう》に乗りだし、斜面《しゃめん》をそろそろとすべりおりていった。地面はぬかるんでいて、べとついた土が足にからみついてくる。指のあいだに泥《どろ》が入ってくる。そのまま斜面《しゃめん》をすべりつづけた。ゆっくり、少しずつ。地面がでこぼこしているところでは足に力を入れる。まばたきをして、雨から目を守る。土手の傾斜《けいしゃ》はすごくけわしい。帰るときに登れるか心配になったけど、いまさら引きかえすわけにはいかない。

川はあばれていた。だけど、必要にせまられたら、どんなキツネだって泳げる――父さんがそういっていた。父さんは、子ギツネのころ〈荒野《こうや》〉で水遊びするのが好きだったと話していた。「暑い日に泳ぐのは最高だよ」父さんはそういっていたけれど、わたしは、こんな川に飛びこむのは気が進まない。せめてもの救いは、深さがキツネの足から背中《せなか》までしかないことだ。灰色《はいいろ》のキツネは、鼻を上にあげて息をしながら、波が打ちよせるたびにしきりに首をふっている。

「おぼれる！」キツネがあわれっぽい声をあげる。わたしは土手をすべりおり、灰色《はいいろ》ギツネに近づいた。川はすぐそこだ。

「じっとしてて」わたしはそういったけど、意味がなかった――動きたくても動けないんだから。歯を食いしばり、流れに飛びこむ。氷のように冷たい水がおなかに噛《か》みついてきた。一瞬《いっしゅん》、おぼれそうになって、ひやりとする。視界《しかい》は泡《あわ》でおおいつくされ、水がごぼごぼいう音しかきこえない。次の瞬間《しゅんかん》、わたしは水面に浮《う》かびあがった。下流のほうへ押《お》しながされ、灰色《はいいろ》ギツネが遠くなる。前足をばたつかせ、必死で流れに逆《さか》らう。父さんのいったとおりだった――どんなキツネだって泳げる。

体が新しい波に乗って押しもどされ、灰色《はいいろ》ギツネにぶつかった。前足をぎゅっと体に引きよせる。本能《ほんのう》で泳げることはわかったけれど、簡単《かんたん》じゃない。キツネと目が合う。おびえて黒目が小さくなっている。

「たのむ、早くしてくれ」灰色《はいいろ》ギツネは、必死で首をのばして、鼻先を水面に出していた。

わたしは水にもぐろうとしたけれど、流れが激《はげ》しくて押《お》しもどされてしまう。大きく息を吸《す》うと、はずみをつけて水に頭を突《つ》っこみ、足を力任《ちからまか》せにけってもぐった。のどの奥《おく》がきゅっとしまる。だけど、スリマリングのおかげで、息を止めるのは慣《な》れっこだ。

茶色くにごった水の中では、まわりがよくみえなかった。流れにあらがいながら、せいいっぱい五感をとぎすます。むこうのほうに、ぼんやりと、キツネの足の輪郭《りんかく》がみえた。片方《かたほう》の前足が、岩のあいだにはさまっている。わたしはそっちへ泳いでいくと、口を開け、大きいほうの岩をくわえて引っぱった。岩はびくともしない。もがく灰色《はいいろ》ギツネの足が顔にあたりそうになって、思わず口を離《はな》した。息はどんどん苦しくなる。わたしは、気持ちを落ちつかせて、もういちど試した。

おねがい、動いて……

心の中で念じる。そのとき、水の中がかすかに明るくなり、あばれていたキツネがおとなしくなった。さっきより岩に近づくのが簡単《かんたん》になる。息継《いきつ》ぎをしたくてたまらない。そろそろ限界《げんかい》だった。わたしは、最後の力をふりしぼり、がっちりと岩をくわえて引っぱった。とうとう岩は、ぐらりと大きく揺《ゆ》れ、口のあいだから水底へと落ちていった。わたしは必死で浮《う》かびあがると、ばしゃん、と、うしろむきに水面に倒《たお》れこんだ。体勢《たいせい》を立てなおすと、岸辺へ泳いでいき、荒《あら》い息をつきながらはいあがる。

空には、黒い雲が厚《あつ》く垂《た》れこめていた。川はごうごうと音をたてている。どしゃぶりの雨の中、水かさはあがりつづけている。

灰色《はいいろ》ギツネの姿《すがた》はみえない。

おぼれてしまったんだろうか。わたしは耳を倒《たお》した。キツネさらいの檻《おり》に閉《と》じこめられていた、二匹《ひき》のキツネのことを思いだす。あのときわたしは、二匹《ひき》を見捨《みす》てて、自分だけ逃《に》げだした。

体を引きずるようにして土手の斜面《しゃめん》を登りはじめる。ぬかるみで足がすべった。力をふりしぼって、両方の前足を土手のふちにかけ、体を引っぱりあげた。とげの多い茂《しげ》みの中に倒《たお》れこむ。あんなに冷たい水につかっていたのに、全身が熱い。雨に打たれているのに、ちっとも熱がしずまらない。

ピリーの姿《すがた》を思いうかべようとした。明るい目と、まだら模様《もよう》の毛。ピリーに会いたい。巣穴《すあな》のそばの林で一緒《いっしょ》に遊んでいたピリーや、草むらでカナブンをつかまえていたピリー、元気よく揺《ゆ》れるしっぽを思いうかべたかった。だけど、頭の中に浮《う》かんでくるのは、まったくちがう光景だった。

ピリーは近くにいる。だけど、霧《きり》に隠《かく》れて姿《すがた》がみえない。心と心がつながると、ピリーの目を通して、ぼんやりとした輪郭《りんかく》が、いくつもみえた。敵意《てきい》をむき出しにした知らないキツネたち。一匹《ぴき》がこっちへ踏《ふ》みだしてくる。白い牙《きば》がぎらりと光る。

ピリーの声がした。すごく小さな声だ——「アイラ、助けてくれ。暗いんだ。木の枝《えだ》がかぎ爪《づめ》みたいに引っかいてくるんだ」

「ピリー、見捨《みす》てたりしない！　ぜったいみつけるから！　約束する！」

だれかの鼻にそっとつつかれ、わたしはわれに返った。ぱっと目を開け、耳を立てる。雨は降《ふ》りつづけていた。目の前に、一匹《ぴき》のキツネが立っている。わたしは息をのんだ。全身泥《どろ》まみれで、だれだかわからない。

わたしは、とまどって目をしばたたいた。「ピリー？」

返ってきたのは、ピリーの声じゃなかった。「おれはハイキ。たったいま、おまえに命を救ってもらった」

混乱《こんらん》して、わたしは顔をしかめた。

「あの川、ツタに隠《かく》れてるだろ？　足を踏《ふ》みはずして転がりおちて、岩のあいだに足がはさまっちまったんだ。だけど、どうやって助けてくれたんだ？　あの岩、めちゃくちゃ重かっただろ？」ハイキは首をかしげ、しげしげとわたしをみつめた。「名前、きいてもいいか？」

わたしは驚《おどろ》いて目をぱちくりさせた。さっきのキツネ、おぼれてなかったんだ。「わたしは、アイラ」

キツネは長いあいだわたしをみつめていた。泥《どろ》まみれの体をふるると、警戒《けいかい》した表情《ひょうじょう》で肩《かた》ごしにうしろをたしかめ、おさえた声でいった。「あの犬たち……おれを追いまわした連中は、まだこのへんにいるはずなんだ」

しっぽが逆立《さかだ》った。「どこにいるの？」

そのとき、小枝《こえだ》が折れる音がした。

暗闇《くらやみ》からきこえてきたのは、キツネの声じゃなかった。

「ここだ」犬のうなり声だ。「やっともどってきたか」

2.

現《あらわ》れたのは、二匹《ひき》のやせた犬だった。細い顔にとがった牙《きば》。返事をしたのは大きいほうの犬で、毛は濃《こ》い茶色だった。もう一匹《ぴき》は、黒と明るい茶色のまだら模様《もよう》で、耳は小さく垂《た》れている。二匹《ひき》は、わたしとハイキの前に立ちはだかった。二匹《ひき》とも毛並《けな》みが悪くて、あばら骨《ぼね》が浮《う》きでている。〈うなりの地〉の犬たちは、おもしろ半分にキツネを追いまわしたり、ニンゲンの命令で殺したりする。この二匹《ひき》は、〈うなりの地〉の犬たちよりみすぼらしい。もう暗いのに外をうろついているし、ニンゲンに飼《か》われているようにはみえない。

それに、飢《う》えた目をしている。

犬はキツネを食べるんだろうか。わたしは、ぞっとして身震《みぶる》いした。シダの茂《しげ》みのほうをこっそりうかがう。隠《かく》れる場所ならいくらでもあるけれど、まずは、目の前の犬たちをどうにかしなきゃ。足も速そうだし、逃《に》げても簡単《かんたん》に追いつかれてしまいそうだ。

ハイキが、わたしにそっと近づいてきた。そのあいだも、大きいほうの犬からは目を離《はな》さない。口を開くと、ハイキは愛想のいい声でいった。「あんたたち、話がわかりそうだな」

二匹《ひき》は敵意《てきい》のこもった目でハイキをにらんでいる。〝話がわかりそう〟にはみえない。

ハイキは、気にせず続けた。「おれたち、べつに悪気があったわけじゃないんだ。わざとあんたたちのなわばりに入ってきたわけじゃない」

大きいほうの犬が、一歩前に踏《ふ》みだした。「だが、ここはおれたちのなわばりだ。なわばりにキツネが二匹《ひき》。だまされるとでも思ったか？　そっちの目的くらいわかる。ウサギを横取りしにきたんだろう？」

もう一匹《ぴき》の犬も、じっとわたしたちをにらんでいる。「この土地のウサギはあたしたちのもんだよ」

わたしはいいかえそうと口を開いた。遠くからウサギをみたことはあるけれど、つかまえたことはない。つかまえ方を知らないからだ。

大きい犬が、とどろくような声で吠《ほ》えた。「そうだ、おれたちのものだ！」うなりながら頭を低くかまえ、背中《せなか》の毛を逆立《さかだ》てる。わたしは、こわくなって、ごくりとつばをのんだ。

ハイキが落ちついた声でいった。「ただの見学だ。この子ギツネにウサギ狩《が》りの説明をしてやりたかったんだ。あんたたちのウサギを盗《ぬす》んだりするもんか！」ハイキはすばやくわたしに目配せして、また犬たちに向きなおった。「だけど、ここにいるウサギは、ほんとに変わってる。思わずみとれたよ」

大きい犬が鼻にしわを寄《よ》せた。「変わっている、だと？」

「みなかったのか？」ハイキは、驚《おどろ》いた顔をした。「ウサギたちが……群《む》れになって原っぱをはねていったんだ。この目でみた。子ウサギまで一緒《いっしょ》だったぞ。ほら、あの山にいくつもりなんだろうな」そういって、遠くの山並《やまな》みを鼻でさした。

大きい犬が、けげんそうな顔になる。「なにをみただと？　なんの話だ？」

わたしは、足がすくんでいた。ハイキはなにをたくらんでいるんだろう？

ハイキは、はしゃいだ声で話を続けた。犬たちのぎらつく目は気にもしていない。「巣《す》穴《あな》のウサギが総出《そうで》で飛びだしてきたみたいだったんだ。群《む》れがまるごと移動《いどう》してたんじゃないか。でかいウサギがおおぜいいて、チビもたくさんいた。すぐそこを通ってったぞ」

ハイキは、開《ひら》けた原っぱをちらっとみた。

「ウサギは群《む》れで巣を離《はな》れたりしない」ぶち模様《もよう》の雌犬《めすいぬ》が、耳ざわりな声でいった。「あんた、ウサギになにをしたの？」一歩前に踏《ふ》みだし、大きいほうの犬と肩《かた》を並《なら》べる。わたしは、心臓《しんぞう》がどきどきしていた。スリマリングをすれば逃《に》げだせるかもしれない。だけど、敵《てき》がすぐそばにいるときも、うまくいくんだろうか。それに、ハイキはどうなるだろう？

命を救ったキツネを、いまさら見捨《みす》てていくなんてできない。シフリンは、はじめて会った夜、わたしと自分にスリマリングをかけて、〈憑《つ》かれた者〉たちから身を隠《かく》した。しっぽがぴくっと揺《ゆ》れる。あんなやつ大っきらいだけど、わたしよりフォックスクラフトが上手だったのはまちがいない。

そう、すごく上手だった。

ハイキには、なにか考えがあるみたいだ。「ウサギには触《ふ》れてもいない！ほんとに、みてただけなんだ。みにいってみなよ。ウサギの大群《たいぐん》が移動《いどう》してるんだぞ。原っぱには木立どころか茂《しげ》みもない――そんなところで、おおぜいのウサギがうろついてる。最高の狩《か》りができるぞ」ハイキは舌《した》なめずりをしてみせた。

大きいほうの犬は、原っぱを急いでふりかえった。だけど、ツタの茂《しげ》みがじゃまをして、よくみえない。

「うそよ」ぶち模様《もよう》の犬がうなった。「ウサギはぬれるのがきらいなの。こんなどしゃぶりの夜に、のこのこ巣穴《すあな》を出ていったりする？」

ハイキは迷《まよ》うことなく答えた。「暗いうちに移動《いどう》したいんだ！　明るいときに動けば、あんたたちにみつかるじゃないか。おれたちにもねらわれるし、カラスどもも子ウサギをさらっていく。昼間は敵《てき》だらけだよ」

大きい犬は、よだれを垂《た》らしながら、ツタのむこうをのぞこうと伸《の》びあがった。口のわきから舌《した》がのぞいている。

「うそばっかり！」ぶち模様《もよう》の犬が吠《ほ》えた。「だいたい、なんのために移動《いどう》するわけ？」

仲間の言葉をきくと、大きい犬は、またけげんそうな顔にもどってハイキをふりかえった。「そうだ、なんのための移動《いどう》だ？」

ハイキは、目をきらっとさせた。「なんのためかって？」少し黙《だま》りこむ。わたしは、不安で足がふるえてきた。だけど、灰色《はいいろ》ギツネはうまい答えを思いついたらしい。「そりゃあもちろん、たくましい、足の速い、りっぱな牙《きば》の犬たちが二匹《ひき》もいるからだよ。あんたたちがウサギだったら、危険《きけん》な森でひと晩過《ばんす》ごしたりするか？　安全な山がすぐそこにあるのに？」

ハイキの説明はおかしい――ウサギは地面の下に巣を作る生き物で、山に登ったりしな

い。〈うなりの地〉で暮《く》らしていたわたしだって、そんなことくらい知っている。わたし

は、不安になって耳を倒《たお》した。だけど、驚《おどろ》いたことに、犬たちはまんまとハイキの言葉に

乗せられた。

犬たちは、顔をみあわせると、原っぱのほうへ歩きはじめた。

「急げば間にあうぞ」ハイキはいった。「すごいごちそうだ。子ウサギの肉はとびきりや

わらかいからな……」

大きい犬は、さっそくツタの茂《しげ》みにもぐっていった。細いしっぽが揺《ゆ》れている。小さい

ほうの犬は仲間のあとを追おうとして、ぴたりと足を止めた。急にうしろをふりかえる。

「あんたたち、ここを動くんじゃないわよ。ウサギの話がほんとうだったら、命は助けて

やってもいい。でも、もしうそだったら……」雌犬《めすいぬ》は牙《きば》をむいた。

「ほんとにみたんだよ」ハイキは熱心な口調でいった。「信じてくれ。あんたたちをだま

したりするもんか」

信じられなかったけれど、犬たちは茂《しげ》みのむこうへ消えていった。息を詰《つ》めて立つわた

しのとなりで、ハイキは目を光らせている。わたしは腰《こし》を低くして、逃《に》げる準備《じゅんび》をした。

「よし、いこう」ハイキがいった。シダの茂《しげ》みをくぐり、下生えや木の根をよけ、谷沿《ぞ》い

の広い道をたどりながら岩山をめざしていく。しっぽを引きずりながら、体を低くして進

む。弱い雨が降りつづいていたけれど、いまは雨に打たれるのがうれしかった――においを消してくれるから。

〈うなりの地〉ではたくさんのことを学んだけれど、大きいキツネと歩調を合わせるのはいまもむずかしい。歯を食いしばって走らないと置いていかれてしまう。しばらく、シダの少ない岩がちな地面が続いた。ハイキは、シダの茂《しげ》みの手前で足を止め、わたしが追いつくのを待っている。わたしは、肩《かた》で息をしながらハイキのとなりに並《なら》んだ。

「ほら、あいつらだ」ハイキは小声でいった。

耳を前にかたむけて、暗い地平線に目をこらす。雲の下にそびえる山々は、闇《やみ》にまぎれてよくみえない。山並《やまな》みの前に広がる野原に、二匹《ひき》の犬たちのシルエットがみえた。うなり、いらだたしげに円を描《えが》いて歩いている。突然《とつぜん》、うなり声が激《はげ》しい吠《ほ》え声に変わった。

「あいつら、殺してやる！」大きい犬の声がする。

だけど、もうわたしたちには追いつけない。

〈うなりの地〉は、すみからすみまで明るかった。ニンゲンたちの灯す光に照らされて、どこへいっても活気があった。だけど、〈荒野《こうや》〉の夜は、キツネの耳の先みたいに真っ黒だ。闇《やみ》の中、わたしたちはシダのトンネルをくぐっていき、岩山のふもとにたどり着いた。砂利《じゃり》の地面を急いで横切ると、足元に気をつけながら、岩山をジグザグに登っていく。ここまでくれば、あの犬たちは、二度とわたしたちをみつけられない。

登るにつれて、ハイキの歩く速度は落ちていった。山には、えぐれた溝《みぞ》のような山道が何本も走っている。わたしはハイキについて、小道のひとつをたどっていった。ハイキは慎重《しんちょう》に歩いていたけれど、とうとう足を止めて、苦しそうに息をした。わたしも、少し離《はな》れたところにすわった。ハイキは毛づくろいをはじめ、毛にこびりついた泥《どろ》をなめ取っている。乾《かわ》いた泥《どろ》がしっぽにかかっても平気な顔だ。シフリンとはちがって、神経質《しんけいしつ》なタイプじゃないみたいだ。

少しすると、ハイキは毛づくろいをやめて顔をあげた。「アイラ、助けてくれて恩《おん》に着るよ。自力じゃ……とてもあの岩から抜《ぬ》けだせなかった。アイラのおかげだよ……見た目によらず力持ちなんだな」ハイキは、ていねいに頭を下げた。

「そっちだって犬を追いはらってくれたから、おあいこよ」ハイキは、走って逃《に》げることも、フォックスクラフトを使うこともしなかった。言葉の駆《か》け引《ひ》きだけで切《き》り抜《ぬ》けた。あんなことができるなんて知らなかった。

いまもかすかに、犬たちの吠《ほ》え声がきこえている。

「あの犬たち、原っぱでキツネをみたっていってたけど、わたし、あっちにはいってない。このへん、ほかにもキツネがいるの？」わたしは肩《かた》ごしにうしろをふりかえった。

「おれはみなかった」ハイキがいう。「だけど、あいつらはまぬけだからな」

「ウサギが原っぱに逃《に》げていったなんて、作り話でしょ？」

ハイキが鼻を鳴らす。「ウサギが雨の中を歩くわけないだろ？　もちろん、でっちあげだよ。ウサギってのは臆病《おくびょう》で、雨までこわがる。だけど、犬は食い意地が張《は》ってる――獲《え》物《もの》にありつけるときいたら、すっとんでいくんだ」


しばらくすると雨はやんだ。雲が晴れて、満天の星がみえる。〈カニスタの星〉は、〈うなりの地〉ではみたこともないほど明るく輝《かがや》いていた。わたしは、きらきらまたたく星の光を、うっとりとみあげた。夜空に浮《う》かぶ生き物みたいだ。星の白い光がかたどるいくつもの輪郭《りんかく》が、はっきりとわかる。夜空がこんなにきれいだなんて、はじめて知った。〈うなりの地〉にいたときは、建物の光や怪物《かいぶつ》たちのぎらつく目にまぎれて、よくみえなかった。それとも、〈荒野《こうや》〉の星たちは、特別きれいなんだろうか。

「きれいだよな」ハイキがわたしの表情《ひょうじょう》に気づいていった。

わたしは、しっぽを体に巻《ま》きつけた。「こんなのはじめてみた」

「どんな空があるところに住んでたんだ？」

わたしはハイキをふりかえった。間近でみると、豊《ゆた》かな灰色《はいいろ》の毛は綿毛《わたげ》みたいにふわふわしていた。体つきはずんぐりしていて、顔が大きい。わたしは立ちあがった。「もう、いかなきゃ……あんたがどこもケガしてなくてよかった」そういうと、伸《の》びをいちどして、歩きだそうとした。

「しばらくここにいたらどうだ。犬たちがもどってくるかもしれない。あいつら、いったん怒《おこ》ると手がつけられないぞ」

わたしは足を止めて、岩のはしからむこうの様子をうかがった。暗闇《くらやみ》に包まれた原っぱは、巨大《きょだい》な洞《どう》くつみたいにみえる。どこかで、鳥がホーホーと鳴いている。〈うなりの地〉にはあんな鳴き方をする鳥はいなかった。怒《おこ》ったような鳴き声は、地上の生き物たちになにかを警告《けいこく》しているみたいにもきこえる。

山のてっぺんに登って、むこうになにがあるのかたしかめたい——だけど、どんなに目のいいキツネだって、暗闇《くらやみ》の中ではなにもみえない。朝日がのぼるのを待つしかない。

ハイキは腹《はら》ばいになってあくびをした。「アイラって、このへんの生まれじゃないだろ」しっぽの先がふるえた。この灰色《はいいろ》のキツネは、わたしを犬たちから助けてくれた。だけど、どこのだれなのかわからない。頭の中に、気をつけろ、という声がひびく。

ハイキは体を起こしてすわり、楽しそうに息を弾《はず》ませた。毛づくろいをしようとうしろ足をあげ、バランスを崩《くず》して横向きに倒《たお》れる。ひと声叫《さけ》んで、急いですわりなおした。

「おれもなんだ。低地の出身だ。ここまでは長い旅だったよ」

「どうして巣穴《すあな》を離《はな》れたの？」たずねた瞬間《しゅんかん》、やめておけばよかった、と後悔《こうかい》した。相手のことを知ってしまうと、別れるのがむずかしくなる。

ハイキは、質問《しつもん》をされてうれしそうだった。得意げに胸《むね》を張《は》る。「冒険《ぼうけん》のためだ！　めざすは北の〈荒野《こうや》〉。〈長老〉たちに会いたいんだ！」

わたしは目をそらし、はるか上でまたたく〈カニスタの星〉をみあげた。

「〈長老〉たちって、きいたことあるか？」ハイキは元気のいい早口でたずねた。わたしの返事はきかずに話しつづける。「おれのいたとこじゃ、〈長老〉たちは、すべてのキツネのなかで一番賢《かしこ》いっていわれてる――キツネの伝統《でんとう》の守護《しゅご》者たちなんだぞ！　知らないことはないらしい」ハイキは声をひそめた。聞き耳を立てられているとでも思っているみたいに。「それに、ふしぎな力があるらしい。魔法《まほう》が使えるんだ……」

わたしはうつむいた。シフリンのことを考える。シフリンは、〈長老〉たちの使者だといって、こんな話をしていた。

〈長老〉たちは守護《しゅご》者だ。キツネの伝統《でんとう》と、フォックスクラフトの知恵《ちえ》と教えを守る。〈自由の地〉でもっとも賢《かしこ》い七頭のキツネだ。

シフリンは、〈長老〉たちの一匹《ぴき》のジャナというキツネが、ピリーを探《さが》していると話していた。だけど、シフリンはうそつきだった。だから、〈長老〉たちのことだって信用できない。なのに、考えるより先に声が出た。「会ったことあるの？」

ハイキは、おかしそうにひと声吠《ほ》えた。「〈長老〉たちに？　おれみたいな平凡《へいぼん》なキツネが？　おれのまわりには、〈長老〉たちに会ったことがあるやつなんて一匹《ぴき》もいない。ほんとうは存在《そんざい》しないんじゃないかってあやしんでるやつらもいる。だけど、絶対《ぜったい》にいる。おれにはわかるんだ。小さいころは、きょうだいたちと一緒《いっしょ》に、〈長老〉たちの話をくりかえしきかされた。みんなのお気に入りは、〈漆黒《しっこく》のキツネ〉の伝説だったよ——そのキツネは、姿《すがた》を消したり、別《べつ》の〈カニスタの子〉に変身したりできるんだ」

耳がぴくっとする。シフリンも〈漆黒《しっこく》のキツネ〉の話はしていたけれど、わたしはちゃんときいていなかった。

ハイキは、しっぽを大きくふった。「〈漆黒《しっこく》のキツネ〉こそ、キツネの中のキツネ。フォックスクラフトの最高の使い手なんだ。フォックスクラフトってきいたことあるか？」

わたしは小さな声で、ある、と答えた。

ハイキは夢中《むちゅう》で話を続けた。「〈長老〉たちは、フォックスクラフトを使って、ニンゲンたちの残忍《ざんにん》な攻撃《こうげき》をかわしてきた。どの時代にも〈長老〉たちと、特別な〈漆黒《しっこく》のキツネ〉がいるんだ。いまみたいな時代にこそ、〈長老〉たちみたいな存在《そんざい》が必要だよ。そうだろう？」

わたしは、耳を寝《ね》かせた。「どういう意味？」

ハイキは、急にいぶかしそうな顔になって、しげしげとわたしをみつめた。「どこからきたっていった？」声がかすかにこわばっている。

「南と東のあいだ」

わたしは爪《つめ》を噛《か》むふりをして、探《さぐ》るようなハイキの顔から目をそらした。なぜか、〈うなりの地〉で生まれたことは話したくない。どうしてかはわからないけれど。「ちがう。〈荒野《こうや》〉じゃないよな？」

〈灰色《はいいろ》の地〉よ」わたしは、〈荒野《こうや》〉のキツネたちの呼《よ》び方を使って、短く答えた。

ハイキが目を丸くする。「〈灰色《はいいろ》の地〉のキツネに会うのははじめてだ。あそこはどんな感じなんだ？　話にはよくきくけど、やっぱり、やかましくてきたないとこなのか？」めずらしいものでもみるような目つきで、じろじろわたしをみている。「だから川の岩を動かせたのか？　なんていうか……〈灰色《はいいろ》の地〉のキツネは、みんな力持ちなのか？」

「わからない」わたしは正直に答えた。「巣穴《すあな》を出たあと、いろいろ学んだからかも」

「家を出てきたのか？」

家族のことを思いだしそうになって、わたしは前足の手入れに集中した。足にこびりついたかわいた泥《どろ》をせっせとなめ取る。「ひとりで旅してるの」

ハイキは、うれしそうに飛びあがった。「おれもなんだ！」急いですわりなおし、いきおいよくしっぽを体に巻《ま》きつける。「おれの家族は、みんないなくなった」急に悲しそうな声になる。

わたしは顔をあげた。「いなくなった？」

ハイキがため息をつく。「ああ、一匹《ぴき》残らず。群《む》れがまるごと消えたんだ。みんながいなくなったとき、おれはひとりでウサギ狩《が》りをしていた。ふつうのウサギじゃない！しっぽが白くてふわふわしてて、全身に白いぶち模様《もよう》があった。こいつをつかまえたら、父さんと母さんがよろこぶだろうなと思ったんだ」ハイキは腹《はら》ばいになり、前足にあごをのせた。「だけど、ウサギは穴《あな》に逃《に》げてしまって……もどってみたら、家族はいなくなっていた」

背《せ》すじが寒くなった。わたしの家族が消えたときと、状況《じょうきょう》がそっくりだ。

ハイキは、弱々しい声で続けた。「だから、〈長老〉たちのところにいきたいんだ。家族をみつけたいけど、おれひとりじゃ無理だ。どこを探《さが》せばいいのか見当もつかない。〈長老〉たちは、〈荒野《こうや》〉で一番賢《かしこ》いキツネだっていう。絶対《ぜったい》に助けてくれると思うんだ」

わたしはうなずいた。口を開くと、思っていたよりかたい声が出た。「家族は、どこにいったと思う？」

「わからない」ハイキは、悲しげな声でいった。「だけど、好きで消えたわけじゃないってことだけはまちがいない。それに、だれがみんなをさらったのかもわかってる。あいつが邪悪《じゃあく》なまじないをかけたに決まってる。気味の悪い水色の目と、短いしっぽのあいつだ。あいつが、おれの家族をさらったんだ」

思わず、口から鋭《するど》いうなり声がもれた。きかなくたって、〝あいつ〟がだれなのかはわかっている。

〝あいつ〟の姿《すがた》をみたことはないけれど、ハイキはいま、こんなふうにいった。気味の悪い水色の目と、短いしっぽのあいつだ。

父さんと母さんを殺せと命令したあのキツネ。おばあちゃんを殺したキツネ。意志《いし》を奪《うば》う者。フォックスクラフトを操《あやつ》る者。そのキツネの正体を、わたしはまだ知らない。

知っているのは、シフリンにきいた話だけ。

あいつのすみかは〈黒い森〉の奥《おく》にある。古い木に囲まれた場所らしい。きくところによると、メイジは、自分の計画のためにフォックスクラフトを利用している。湿地《しっち》にすむ者たちの話では、森から妙《みょう》な音がきこえたとか、悪臭《あくしゅう》がただよってきたとか、仲間がいなくなったとか……。

メイジ――〈憑《つ》かれた者〉たちの主《マスター》。

3.

空気がじっとりと重い。霧雨《きりさめ》がしつこく降《ふ》りつづけ、風が吹《ふ》かない。枝《えだ》にからみついたツタが、太陽の光をさえぎっている。わたしはうっそうと茂《しげ》った枝葉《えだは》をみまわして、日の光を探《さが》した。昼か夜かもわからない。この暗い森には、ひとすじの光も、かすかな〈カニスタの光〉も、届《とど》いてこない。あたりには黄色っぽいもやがうすくかかり、うごめく生き物の姿《すがた》や影《かげ》がかすかにみえる。恐怖《きょうふ》が、カナブンみたいに、おなかの中をはいずりまわった。ここはどこ?

どこをみても別世界みたいだ。小鳥のさえずりもきこえない——きこえるのは、カラスたちの耳ざわりな声だけ。わたしは足元をみおろした。草が一本も生えていない。かわりに、奇妙《きみょう》なキノコがあちこちに生えている。怒《おこ》って土から飛びだしてきた生き物みたいだ。湿《しめ》った地面を、じわじわと侵略《しんりゃく》している。

わたしはキノコのにおいをかいだ。ほんのかすかに、熟《う》れすぎて腐《くさ》りかけた果物《くだもの》みたいなにおいがした。舌《した》が軽くしびれる。

「食べちゃダメ！」わたしはとなりの雄《おす》ギツネに叫《さけ》んだ。「毒キノコよ！」

だけど、雄《おす》ギツネの目からはもう、光が消えていた。

わたしは、自分のうなり声で目が覚めた。

「どうした？」灰色《はいいろ》の毛におおわれた親切そうな顔が、おそるおそるわたしの様子をうかがっている。

朝日が山の上を照らしはじめていた。太陽の光が岩を赤くそめ、ハイキの毛をやわらかく照らしている。明るくなってはじめて、ハイキのひげや、わき腹《ばら》の銀色がかった毛が、はっきりとみえた。こんなに毛足の長いキツネは初めてみた。足は短く、全体的にがっしりしているけれど、顔立ちは整っている——鋭《するど》い目は茶色で、鼻はほっそりしている。つい、前足の付け根に目がいった。

このキツネのことはなにも知らない。知っているのは、ハイキが自分で話したことだけ……。

〈憑《つ》かれた者〉たちには、前足の付け根に、つぶれたバラみたいな傷《きず》がある——シフリンにも、その傷《きず》があった。

考えるより先に、わたしはハイキに飛びかかっていた。ハイキがびくっと首をすくめる。反撃《はんげき》してこようとはしない。わたしは、ハイキの前足の付け根の毛をかきわけた。だけど、長い灰色《はいいろ》の毛の下の青白い皮ふには、かすり傷《きず》ひとつついていない。

わたしは、きまり悪くなってあとずさった。「ごめんなさい」

ハイキがじっとこっちをみている。「いまのは……？　なにがしたかったんだ？」

わたしはため息をついた。しかたない。「ちょっと……たしかめたくて――」うまい言葉がみつからない。「――敵《てき》じゃないか。意志《いし》を奪《うば》われていないかどうか」

ハイキは、きょとんとした顔で首をかしげた。「意志《いし》を奪《うば》われる？　どうやって？」

どこからはじめればいいんだろう。「キツネに家族をさらわれたって話してたでしょ？」

ハイキは立ちあがった。「ああ、あいつがどうした？」

「そのキツネって、〝メイジ〟って呼《よ》ばれてない？」

ハイキは、ためらいがちに口のまわりをなめた。「メイジ……そう、そうだ。実際《じっさい》に顔をみたことはないけど、低地のキツネがときどきうわさをしてる」

「わたしも、メイジの話を少しきいたことがあるの。わたし、〈憑《つ》かれた者〉たちをみたの。そのキツネたちは、メイジにあやつられてるんだって」

ハイキは、落ちついた茶色の瞳《ひとみ》で、じっとわたしをみた。「憑《つ》かれた者？」

「メイジが率《ひき》いてる群《む》れのことよ。ものすごく大きな群《む》れ。そのキツネたちは、わたしたちとはちがう。意志《いし》がないの……メイジの命令にしたがうだけ」

あのキツネたちは、なにかがおかしい。

なにかが腐《くさ》ったようなにおいもした。

「噛《か》みつくといやな味がして、灰《はい》のにおいがした。目はぼんやりしてて、なんの感情《かんじょう》も浮《う》かんでいなくて、瞳《ひとみ》のまわりが赤く光ってるの」わたしは咳払《せきばら》いをして続けた。「前はふつうのキツネだったのかもしれないけど、いまは、まるで抜《ぬ》けがら。ハイキの家族がそいつらの仲間になってないといいけど」

ハイキの顔が恐怖《きょうふ》でこわばった。「みんなになにがあったのかわからないんだ。いきなり消えた。だけど、メイジが関わっているのはまちがいない。消えたのは……おれの家族が最初じゃない。前から、〈暗闇《くらやみ》の地〉でキツネが消えてるらしいってうわさはきいてた。とうとう低地のキツネまでねらわれはじめたんだ。たったひと晩《ばん》で、おれは家族をうしなった」日差しはあたたかくなってきたのに、ハイキは身震《みぶる》いした。

「わたしもおなじ」悲しい声が出た。

ハイキが耳を立てる。「メイジに家族をうばわれたのか？」

わたしは前足をにらみながら話しはじめた。「実際《じっさい》にやったのはメイジの手下たち。家族は戦ったけど……助かったのはお兄ちゃんだけだった。でも、どこにいるか知らないの。〈荒野《こうや》〉のどこかだと思うけど、すごく広いでしょ。〈うなりの地〉なんかより、ずっと。何日も前から探《さが》してるけど、木と原っぱがずっと続いてる」

「じゃあ……おまえの家族は死んだのか？」

「お兄ちゃんは生きてる。わたし、お兄ちゃんを——ピリーを——探《さが》しにいくの」

「それは——大変だったな」ハイキはうなだれ、つらそうな顔でわたしをみた。

「どのキツネがメイジに仕えてて、どのキツネが〈長老〉たちに仕えてるのか、ぜんぜんわからない。それに、メイジと〈長老〉たちがだれなのかもわからない。だから、気を抜《ぬ》いちゃだめ」最後の言葉は、半分はハイキに、半分は自分にいいきかせた——そう、気を抜《ぬ》いちゃいけないいんだ。

「さっき、おれの前足を調べてたのは……」

わたしは、ばつが悪くて、口のまわりをなめた。「ごめんなさい。〈憑《つ》かれた者〉じゃないかたしかめてたの。あいつらの前足には、つぶれたバラみたいな傷跡《きずあと》があるから」

ハイキは、すぐには返事をしなかった。立ちあがり、大きな岩のまわりをゆっくりと歩く。やがて、首だけわたしのほうに向けて話しはじめた。「アイラ、世界が変わりはじめてる。おれだって認《みと》めたくないけど……キツネはもう、ここじゃ生きていけない。その事実に目をつぶることもできない。もう、むりなんだ。おれとおまえはよく似《に》てる。ふたりとも家族をうしなった。家族っていうのは、なにより大切だ……」ハイキは、体ごとわたしに向きなおって、目を輝《かがや》かせた。「一緒《いっしょ》に〈長老〉たちのところへいこう！　きっと助けてもらえる。アイラもいってたじゃないか。〈荒野《こうや》〉は広い――どんなキツネにも想像《そうぞう》できないくらい広い。やみくもにうろつくなんてむちゃだよ。おれたちには、〈長老〉の力が必要なんだ」

ハイキは、期待をこめた目でわたしをみている。わたしは、ひとりで旅をしてきた夜を思いかえしていた。知らない土地で、いつも緊張《きんちょう》して、不安だった。ほかのキツネと――シフリンと――並《なら》んで歩いていたのが、大昔のことみたいだ。実際《じっさい》は、数日しかたっていないのに。

〈長老〉たちはどんなキツネなんだろう。信頼《しんらい》できるんだろうか。シフリンはジャナの使者で、そして、わたしにうそをついていた。

記憶《きおく》がトゲみたいに胸《むね》を刺《さ》した――最後にみたシフリンの顔。キツネさらいの怪物《かいぶつ》がわたしを連れさっていくとき、シフリンは、ほんとうにつらそうな顔をしていた。おばあちゃんの警告《けいこく》が頭のなかにひびく。

家族以外はだれのことも信じちゃいけないよ……。

岩に片方《かたほう》の前足を押《お》しつけ、わたしはハイキにいった。「ううん、わたしはひとりでいく」

琥珀《こはく》色の太陽が山の上にのぼった。山のむこうになにが隠《かく》れていても、じきに、太陽が照らしだしてくれる。みえるのは、森だろうか、谷だろうか。山のてっぺんにのぼったら、はてしなく広がる緑の原っぱが見渡《みわた》せるにちがいない。しっぽがうずうずする。わたしは〈長老〉たちみたいに賢《かしこ》くはないけれど、秘密《ひみつ》の力がある。だれの目にもみえない、特別な力がある。ゲラシャームを使って、ピリーと心を通じあわせることができる。わたしたちの絆《きずな》はすごく強いから、お互《たが》いの心に直接《ちょくせつ》語りかけることができる。だから、わたしたちには、距離《きょり》なんか関係ない。

山のてっぺんは雲に隠《かく》れていた。あそこまで登るには一日かかるだろう。だけど、日がしずむ前にのぼりきって、まわりの様子をたしかめたい。ピリーの心に呼《よ》びかけて、どこへ向かえばいいのか教えてもらおう。

ハイキは、遊びに夢中《むちゅう》な子ギツネみたいに、しっぽをふっていた。「おれたち、ふたりとも家族を探《さが》してるんだよな」

いつのまにか、のどがからからにかわいていた。「わたしが探《さが》してるのはお兄ちゃんだけ」

「想像《そうぞう》してみろって！」ハイキは陽気な声をあげた。「ふたりで森や荒《あ》れ地《ち》を旅するんだ。おれに〈灰色《はいいろ》の地〉の話をきかせてくれよ。おれは低地の話をするからさ。そのうち、子ウサギの大群《たいぐん》にぶつかるぞ。あいつら、生まれたばかりのときは毛がないって知ってるか？　生まれたてのウサギは、小さくてやわらかいんだ」

わたしははっとして、耳をぴくぴくさせた。ふもとのほうから足音がきこえたような気がする。岩の地面は、〈うなりの地〉のかたい地面と同じくらい、足音をききとるのがむずかしい。積もった落ち葉の上を歩くと大きな音がするけれど、岩の上では音をたてずに歩くことができる。わたしは、様子をうかがおうとのびあがった。どんなに耳をすましても、ハイキのおしゃべりしかきこえない。

「ネズミは年がら年中赤んぼうをこしらえるだろ。あったかい時期は、もっとそうなんだ」ハイキは夢中《むちゅう》で話している。「ネズミの赤んぼうは世界一うまい！　おれの姉《ねえ》さんは狩《か》りの名手なんだ。ネズミの一家をまるごとしとめちまう。探《さが》しどころを心得てるんだ。ネズミの赤んぼうってのは、生まれたときには毛が一本もないだろ。ウサギの赤んぼうも同じなんだ。いやいや、それはいま話したな！　ニンゲンに毛皮がないのもうなずけるよ——連中は、いつまでたっても赤んぼうみたいにわからず屋だろ？」ハイキはひとりでまくしたてた。「そういえば、いちど……」ふと、そこで口をつぐんだ。わたしのけわしい表情《ひょうじょう》に気づいたみたいだ。「気にさわったか？　母さんに、おれはしゃべりすぎだっていつもいわれるんだ」

「なんだか、下に――」

そういいかけた瞬間《しゅんかん》、いきなり、ひとりのニンゲンが岩陰《いわかげ》からぬっと現《あらわ》れた。両手には、長く茶色い棒《ぼう》をにぎっている。つかまる距離《きょり》じゃないけれど、じっと立って、ハイキに棒《ぼう》の先を向けている。すごく不気味だ。

次の瞬間《しゅんかん》、耳をつんざくような音がひびきわたった。ハイキがうしろに飛びすさるのと同時に、頭上の岩になにかが当たって穴《あな》が開いた。火と煙《けむり》のにおいがする。ニンゲンが前に飛びだし、こっちに走ってくる。耳の中がわんわんして、音がきこえない。

わたしは岩を飛びこえ、山をのぼりはじめた。首元の脈がどくどくいっている。ごつごつした斜面《しゃめん》を小走りに駆《か》けあがり、大きな岩をジャンプしてこえた。角を曲がるときに、急いで背後《はいご》をたしかめた。すぐうしろにハイキがいる。口の動き方で、激《はげ》しく吠《ほ》えているのはわかった。さっきのものすごい音のせいで、耳がよくきこえない。だけど、ハイキの叫《さけ》び声は切れ切れに飛びこんできた。「逃《に》げろ！　狩人《かりゅうど》だ！」

混乱《こんらん》したまま、もつれる足で登りつづけた。もういちど背後《はいご》を確《たし》かめると、ニンゲンはみえなくなっていた。それでもわたしは走りつづけた。日に焼けた岩を夢中《むちゅう》でけり、砂利《じゃり》の上で足をすべらせ、転ばないように体に力をこめる。

恐怖《きょうふ》に駆《か》りたてられるように走りつづけた。道がせまくなっているところに差しかかると、岩のあいだから、ずっと下の地面がみえた。山道の両わきには低木が茂《しげ》っていて、あいだを通ると、枝《えだ》がからみついてくる。岩は太陽に照りつけられ、わたしの前足の黒い毛もつやつや光った。ハイキがとなりに並《なら》ぶ。リスが一匹《ぴき》、少し先の道をしゅっと横切り、大急ぎで岩の上にあがって、不安そうな目でわたしたちをみおろした。わたしはおなかがすいていたけど、獲物《えもの》を無視して進みつづけた。

しばらくすると、わたしはなめらかな岩の上で立ちどまった。ハイキがとなりに倒《たお》れこむ。「だいじょうぶか?」息が切れて苦しそうだ。まだ、よくきこえない――さっきの爆《ばく》音《おん》で耳が痛《いた》い。わたしは、ぶるっと頭をふった。

「耳が変なの」

ハイキが、おれもだ、とうなずいた。

わたしは山をみあげた。斜面《しゃめん》は急だ。日が高くなっている。体はくたびれているけど、てっぺんまではまだまだある。うしろをふりかえって、きた道をたしかめた。ニンゲンの姿《すがた》はみあたらない。キツネみたいに速く走れないから、ここへくるだけでも半日はかかるに決まってる。こっちの居場所《いばしょ》だってわからないはずだ。おばあちゃんがいっていたけど、ニンゲンは鼻が悪いらしい。なのに、どうやって生きているんだろう。

わたしは、前足の上にあごをのせた。少しずつ呼吸《こきゅう》が落ちついてくる。痛《いた》む体が疲労《ひろう》でだんだんだるくなって、まぶたが重くなってくる。〈長老〉たちはどんなキツネたちなんだろう。家族をなくした夜に〈うなりの地〉で会った雌《めす》ギツネみたいに、いじわるなんだろうか。それとも、おばあちゃんみたいに思慮《しりょ》深くて賢《かしこ》いだろうか。こんなに謎《なぞ》に包まれた存在《そんざい》なのに、シフリンはどうやって親しくなったんだろう？

わたしは、いつのまにか眠《ねむ》っていた。目を開けると、太陽が山の真上にのぼっている。まわりをみまわすと、岩は明るいオレンジ色に輝《かがや》いていた。ハイキは、横向きに寝《ね》ころがって、ぐっすり眠《ねむ》っている。わたしがあくびをしながら伸《の》びをすると、ハイキも目を覚ました。

「耳の具合はどうだ？」

わんわん鳴っていた耳の中は、ほとんどもとにもどっていた。「だいじょうぶ。そっちは？」

ハイキが軽くしっぽをふる。「ああ、どこも問題ない。ニンゲンから逃《に》げきれてほっとしたよ」

「あんな大きな声で叫《さけ》ぶニンゲン、はじめてみた。かんかんに怒《おこ》ってたみたい」

ハイキは耳をぴくぴくさせた。「ニンゲンが叫《さけ》んだんじゃなくて、あいつが持ってた棒《ぼう》の音だ。あの棒《ぼう》は、一瞬《いっしゅん》で動物を殺せる。ニンゲンには牙《きば》もかぎ爪《づめ》もなくて、体も葉っぱみたいに弱いから、あの棒《ぼう》を使って狩《か》りをするしかないんだ」

わたしは、岩の道を目でたどった。「わたし、まだ登る。上がどうなってるかたしかめたいの」

太陽がしずむ前にてっぺんにいかなくちゃ。ピリーと話さなきゃ。

わたしたちは、また山を登りはじめた。さっきよりペースを落として、一歩ずつ慎重《しんちょう》に岩を踏《ふ》みしめる。しばらく歩くと日がかたむき、やがて太陽は、地平線のあたりにまでしずんだ。岩のあいだに落ちる影《かげ》が長くなってくる。

頂上《ちょうじょう》につくころには、ひと眠《ねむ》りしたいくらいくたびれていた。雲におおわれた頂上《ちょうじょう》は、ひんやり涼《すず》しくて、霧《きり》が鼻をぬらした。わたしは、思いきり空気を吸《す》いこんだ。てっぺんだ！　下をのぞこうと、宙《ちゅう》に突《つ》きでた岩のふちに、そろそろと忍《しの》びよった。

谷になっているだろうと思っていたのに、そこには、夕陽に照らされた大きな湖があった。ずっとむこうには岩山がひとつあって、まわりを荒《あ》れた草原が囲んでいる。太陽が、いまにも地平線のむこうへしずもうとしていた。キツネみたいな濃《こ》い赤に輝《かがや》き、むらさき色の光のしっぽを引きずっている。急にさびしくなって、胸《むね》が苦しくなった。シフリンは、〈荒野《こうや》〉の夕陽の話をするとき、すごくうれしそうだった。

わたしは湖に目をもどした。どんな泳ぎの名手でも、ここから落ちれば命はないし、あんなに広い湖を泳いで渡《わた》ることもできない。左右をみても、みえるのは崖《がけ》ばかりだった。輝《かがや》く湖ははるか下にある。

わたしはハイキをふりかえった。「下りられない」がっかりした声が出た。「引きかえすしかないみたい」しっぽを体に巻《ま》きつけて、両耳を外向きに倒《たお》す。

「やれやれ、せっかく登ってきたのにな」ハイキがため息をついた。

わたしは、はっとして首をのばした。ハイキの頭の上でなにかが動いた。岩の上を、なにかの影《かげ》がじわじわとしのびよってくる。ニンゲンだ。

茶色い棒《ぼう》を持っている。

4.

ニンゲンは、両手でつかんだ棒《ぼう》の先を岩の下へ向けた。わたしが張《は》りつめた表情《ひょうじょう》で吠《ほ》えると、ハイキははっとふりむいて、小山になった岩のかげに飛びこんだ。ニンゲンが動きを止め、棒《ぼう》をかまえる。ハイキにねらいを定めている。

「スリマリングして！」わたしはハイキに向かって叫《さけ》び、神経《しんけい》を集中させた。「姿《すがた》を消すの！」いまではもう、スリマリングを自由にあやつれるようになっていた。息を大きく吸《す》って止め、心を落ちつけるのにも慣《な》れている。

みたものは消え、感じたものも消えていく。骨《ほね》はたわみ、毛は空気になる。

体がふわりと軽くなり、消えていくのがわかる。岩に体を押《お》しつけ、自分の体の輪郭《りんかく》が、

ごつごつした岩の灰色《はいいろ》と溶《と》けあっていくのを見守った。

とくん、とくん。自分の心臓の音が聞こえる。

そっとハイキのほうをみると、むき出しの岩の斜面《しゃめん》を必死によじ登ろうとしている。あれじゃ、ニンゲンから丸見えだ。

「スリマリングをしてったら！」ハイキに向かって叫《さけ》ぶと、集中が切れそうになった。急いで息を止める。

「おれ、できないんだ！」ハイキはあわれっぽい声をあげた。ニンゲンは、棒《ぼう》の先《さき》をハイキに向けてかまえている。

わたしは、急な崖《がけ》と、その下に広がる湖をみわたしながら、宙《ちゅう》に突《つ》きだした岩のほうへ駆《か》けもどった。湖に飛びこめば命はない。そのとき、岩の下の崖《がけ》に暗い裂《さ》け目《め》ができているのに気づいた。崖《がけ》が少しへこんでいるだけだろうか。せいいっぱい首をのばして、岩の下をのぞきこむ。裂《さ》け目の前には小さな岩棚《いわだな》があった。飛びおりてもだいじょうぶだろうか。

腹《はら》ばいになって慎重《しんちょう》にはいながら、裂《さ》け目《め》をよくみようと目をこらした。裂《さ》け目《め》は、ただへこんでいるだけじゃなくて、もっと深い。崖《がけ》の奥《おく》まで続いているみたいだ。

わたしはハイキをふりかえった。「こっち！　早く！」

ハイキが急いで走りよってくる。その瞬間《しゅんかん》、ニンゲンの木の棒《ぼう》が火を吹《ふ》き、すさまじい音がひびいた。わたしは岩のはしににじり寄《よ》り、大きく息を吸《す》って飛びおりた。四本の足を広げ、着地にそなえる。飛びおりると、小さな岩棚《いわだな》はかすかに揺《ゆ》れた。はみ出したうしろ足が激《はげ》しく宙《ちゅう》をける。きゃんきゃん吠《ほ》えながら、わたしは岩棚《いわだな》にはい上がった。さっきみつけた崖《がけ》の裂《さ》け目《め》が、目の前にある。中にもぐりこむのと同時に、ニンゲンの棒《ぼう》が、またしても耳をつんざくような音をたてた。ハイキはだいじょうぶだろうか。

耳鳴りをがまんしながら、裂《さ》け目《め》のなかにうずくまる。小さな水たまりがあったから、夢中《むちゅう》で水を飲んだ。わたしのいるところからは、岩の上がみえない。ハイキは、あのおそろしい棒《ぼう》の餌食《えじき》になったんだろうか。わたしはしっぽを体に巻《ま》きつけ、息を殺して待った。

三度目にすさまじい音が鳴りひびき、裂《さ》け目《め》のなかでこだました。ふちから外をのぞいた瞬間《しゅんかん》、ハイキが岩棚《いわだな》にとびおりてきた。わたしと同じように、ぎこちなく着地すると、はみ出したうしろ足で宙《ちゅう》をける。そのとき、岩棚《いわだな》がかたむきはじめた。ハイキは、前足で岩肌《いわはだ》を引っかきながら体を引きずりあげ、こっちへ向かってジャンプした。着地するのと同時に、岩棚《いわだな》がうめき声みたいな音をたてて崩《くず》れおちる。砕《くだ》けた岩が湖へと落ちていく。ヒューッという音に続いて、ザブン！　という音がきこえた。岩が湖にしずむ音だ。

わたしたちは、裂《さ》け目《め》の入り口に並《なら》んで荒《あら》い息をつき、耳鳴りを消そうと頭をぶるぶるふった。ニンゲンが近づいてくる気配はない。岩の下までは追ってこられない。下をみると、むらさきの尾《お》を引くオレンジ色の太陽に照らされて、まぶしいくらいに湖が輝《かがや》いている。はてしなく広がる湖とくらべると、まわりの世界が小さくみえた。水面に浮《う》かんだ白い鳥たちは、わたしたちのいるところからは、小さな点にしかみえない。とにかく、ニンゲンからは逃《に》げきれたみたいだ。

「あのニンゲン、わたしには興味《きょうみ》がなかったみたい」わたしは息を切らしながらいった。

ハイキが大きなため息をつく。「あいつらは、おれの毛皮がほしいんだ。しょっちゅうねらわれるよ」

耳鳴りは続いていたけれど、ハイキの声はちゃんときこえる。わたしはほっとした。あらためてハイキの毛並《けな》みをみる。〈うなりの地〉でも、ニンゲンはキツネにひどい仕打ちをしていた。キツネさらいは、キツネたちを片《かた》っぱしからつかまえて連れさり、殺してしまう。だけど、火を吹《ふ》く棒《ぼう》を持った狩人《かりゅうど》の話はきいたこともなかった。自分たちの体に毛が生えてないから、キツネの毛皮をほしがるんだろうか。わたしは、自分の前足をみおろした。先のほうは黒いけど、途中《とちゅう》からは体とおなじ赤茶色だ。ハイキの毛はめずらしい灰《はい》色《いろ》だから、ニンゲンたちからねらわれやすいのかもしれない。

ハイキは低くうなりながら体を起こすと、裂《さ》け目《め》の入り口にそっと近づいた。水たまりをぴちゃぴちゃなめながら足元の湖をみおろし、頭上に突《つ》きだした岩をみあげる。それからわたしをふりかえった。「上にはもどれないけど、湖に飛びおりるのはむちゃだよな」

わたしは、暗い裂《さ》け目《め》の奥《おく》に目をこらした。思ったより奥行《おくゆ》きがある。だけど、どこまで続いてるんだろう。行き止まりになってたらどうしよう？　もしそうなったら、ここで飢《う》え死にするしかない。わたしは身震《みぶる》いして立ちあがり、奥《おく》の暗闇《くらやみ》へ向かって歩きはじめた。ハイキがうしろからついてくる。

いくしかない。進むしかない。


岩の中のトンネルはせまかった。少しすると、あたりは真っ暗になって、両わきの壁《かべ》がみえなくなった。わたしは一歩ずつ進み、おかしな音がきこえないか耳をすました。ハイキの足音が、すぐうしろからきこえてくる。はぐれてしまわないように気をつけているみたいだった。暗闇《くらやみ》が苦手なのかもしれない。

「アイラがフォックスクラフトを知ってるなんて、びっくりしたよ」ハイキの声が、トンネルのなかでこだまする。「おれのいたとこじゃ、あれを使えるキツネは少ししかいなかった。子ギツネが使えるなんてきいたこともない。スリマリングは〈灰色《はいいろ》の地〉で習ったのか？」

「まあね」うそじゃないけど、ほんとうでもない——教えてくれたのは、〈荒野《こうや》〉生まれのシフリンだから。だけど、ピリーは、だれかに教えてもらう前からスリマリングができた。生まれつきやり方を知っていた。「カラークもできる」わたしは、ほこらしい気持ちでつけくわえた。ほかの生き物の鳴き声をまねるカラークは、わたしが自力で身につけた。

「すごいな」ハイキはため息まじりにいった。「おれ、フォックスクラフトはひとつも知らないんだ……おふくろは、しょっちゅういってた。『追いつめられたら、頭を使って切り抜《ぬ》けるんだよ。どうせ力じゃ負けるんだから！』って」ハイキはゆかいそうにハッハッと息を弾《はず》ませた。「キツネは、〈カニスタの子〉の中じゃ一番頭が切れるけど、強くはない。ケンカは、するだけ損《そん》なんだ」

たしかにハイキは、言葉で犬たちを煙《けむ》に巻《ま》いてみせた。だけど、スリマリングができないから、ニンゲンにねらわれたらなにもできない。おしゃべりやほがらかなふるまいは、弱さを隠《かく》す武器《ぶき》なのかもしれない——。

そう思うと、耳がけいれんして、ほおひげがふるえた。わたしは思わずうしろをふりかえった。トンネルの入り口から射《さ》しこむ弱い光が、ハイキをかすかに照らしている。長い毛に埋《う》もれた目が、鋭《するど》く光っている。一瞬《いっしゅん》、わたしはよろめいた。濃《こ》いまつげに囲まれた目が銀色に輝《かがや》いて、ハイキは急に、なんだかずる賢《がしこ》くみえた。

「ここ、洞《どう》くつになってる」自分の声がこだまして、わたしは思わず耳を倒《たお》した。

「どこに続いてるんだ？　アイラ、置いていったりしないよな？」ハイキの声は不安そうだった。それをきくと、なぜか、守ってあげなくちゃいけないような気がした。深呼吸《しんこきゅう》をして、濃《こ》い暗闇《くらやみ》に目をこらす。ハイキを置きざりにはできない。いまは、まだ。洞《どう》くつを出るまでは。

洞《どう》くつはどこまでも続いていた。わたしたちは、長いあいだ歩きつづけた。地面は上り坂になり、しばらくすると下り坂になった。いきなりとぎれていたらどうしよう？

「せまいな」ハイキの声がした。「せまいところは好きじゃないんだ。アイラは？」

「あんまり」わたしは短く答えた。いまは、黙《だま》って足の裏《うら》とひげの感覚に集中していたい。しっぽが左右の壁《かべ》に当たる。空気がうすくなってきたような気がする。坂の傾斜《けいしゃ》が急になってきた。そのとき、水が流れる音がかすかにきこえた。急にのどがかわいてくる。わたしは、舌《した》なめずりをしながら足を止め、耳をそばだてた。

ハイキがわたしにぶつかって悲鳴をあげる。「どうした？」

「なんでもない」わたしは、なだめるような声でいった。「水の音がきこえた気がして」

暗闇《くらやみ》の中でしばらく耳をすます。洞《どう》くつの中はすごく静かだ。空耳かもしれない。

わたしは、下り坂になった洞《どう》くつを歩きはじめた。ハイキがぴったりついてくるのがわかる。左右の壁《かべ》の距離《きょり》をはかるためにしっぽを左右にふると、ハイキの鼻にあたった。洞《どう》くつは、だんだんせまくなっていた。空気がじっとり湿《しめ》っている。深呼吸《しんこきゅう》をしても息苦しい。どこへ続くのかわからない道を一歩進むたびに、恐怖《きょうふ》が背《せ》すじをちくちく刺《さ》してくる。体がふらついて、心臓《しんぞう》がどきどきする。きた道を走ってもどりたい。がむしゃらに走って、この息苦しい洞《どう》くつから飛びだしてしまいたい。

そのとき、おばあちゃんの声がきこえた。

恐怖《きょうふ》は自分の友だちにしなさい。決して主人にしちゃいけない。恐怖《きょうふ》は、ニンゲンが犬にするように、おまえの首にひもをつけて、おそろしい運命に引きずっていくんだから。

しっぽの毛が一気に逆立《さかだ》つ。ほんとうにおばあちゃんの声がきこえたみたいな気がした。耳元でささやいてくれたみたいに。おばあちゃんがそばにいる。ひげがぴりぴりして、思わず声が出る。「どこ?」

ハイキが返事をする。「すぐうしろだよ」

「ハイキじゃなくて……」わたしは、目をしばたたかせて、暗闇《くらやみ》をじっとみた。空気がうすくて、頭がぼうっとする。はやる気持ちをおさえて、息を整える。そのとき、ぴくっと耳が立った。「きこえる?」あれは、川が流れる音だ。雨音によく似《に》たせせらぎだ。

「水だ!」ハイキが息をのんだ。

地面が平らになってきた。水の音に近づいてくる。雨じゃない——小川が流れる音だ。うれしくて速足になった瞬間《しゅんかん》、鼻を思いきり岩の壁《かべ》にぶつけた。また、恐怖《きょうふ》で背《せ》すじがちくちくする——行き止まりだ。閉《と》じこめられた！

おばあちゃんの声がきこえる。

恐怖《きょうふ》は自分の友だちにしなさい。決して主人にしちゃいけない。

「どうした？」ハイキのこわばった声がした。

わたしはぶつけた鼻をなめながら、水の音に集中した。川は遠くない。岩のすぐむこうを流れている。前足を出して岩のひとつにかけ、顔を寄《よ》せた。岩と岩のあいだに、せまい抜《ぬ》け穴《あな》がある。そこに頭を押《お》しこんだとたん、まぶしい光に目を刺《さ》されて、わたしはまばたきをした。足元をみると、岩のあいだを、さらさらと水が流れている。空気はひんやりと冷たい。

わたしはしっぽをふった。

顔を引っこめてハイキをふりかえる。「ここにすき間がある。たぶん、出口だと思う！」

「ほんとか？」ハイキははしゃいで前に飛びだした。わたしを突《つ》きとばしたことにも気づかないで、岩のあいだに顔を突《つ》っこむ。「アイラ、すごいじゃないか！」そういうと、うしろに下がった。わたしは先に岩のあいだにもぐりこみ、むこうへ出た。ぼんやりした明かりのなかで、新鮮《しんせん》な空気を胸《むね》いっぱいに吸《す》いこむ。まだうす暗いけれど、暗がりになれた目には、弱い光でもまぶしく感じる。

うしろからうなり声がきこえた。ハイキは、せまい穴《あな》に四苦八苦している。「あとちょっとだ」じきにハイキも、きゅうくつな穴《あな》から飛びだして歓声《かんせい》をあげた。

わたしたちは、ときどき足をすべらせながら、浅い流れの中を歩きつづけた。氷みたいに冷たい水が、おなかをひたひたと濡《ぬ》らす。崖《がけ》の中の洞《どう》くつを通ってたどり着いたのは、湖の岸辺の岩場だった。あたりは土のにおいがして、空気が湿《しめ》っている。

洞《どう》くつにいるあいだに、長い時間がたっていた。夕暮《ゆうぐ》れの赤い光が、静かな湖を照らしている。わたしはぶるっと体をふった。目は湖をみているけれど、頭には別の光景が浮《う》かんでいた――〈うなりの地〉で家族と暮《く》らしていた林だ。昼と夜が出会うこの時間になると、わたしとピリーはいつも巣穴《すあな》を出て、林へ遊びにいった。

ずっと前の、ある夕方のことを思いだす。ピリーはカナブンを追いかけていた。草むらの中をぬうように歩いていくピリーのしっぽが、弾《はず》むように揺《ゆ》れている。ふいに、しっぽがみえなくなった。

「つかまえた！」ピリーの歓声《かんせい》がきこえて、わたしは舌《した》なめずりをしながらそばへ走っていった。ピリーが前足でおさえたカナブンは、木の幹《みき》をのぼろうとしている。逃《に》げようともがき、とうとうピリーの足の下からはい出した。わたしがすかさず飛びかかり、両方の前足でおさえこむ。カナブンは幹《みき》から草むらに落ち、かたい背中《せなか》であおむけになった。わたしたちは、起きあがろうとあばれるカナブンを、じっと見守った。

先に近づいたのはわたしのほうだった。「母さんと父さんに持っていってあげる」

「おれがみつけたんだぞ！」ピリーがわたしの前に立ちはだかった。「おれが持って帰る」

草のむこうから、母さんの声がした。「アイラ！　ピリー！　雨が降《ふ》ってるわ。もどってらっしゃい」

わたしは、雨が降《ふ》っているのにも気づかないくらい夢中《むちゅう》になっていた。みあげると、空は灰色《はいいろ》にくもっている。雨粒《あまつぶ》がひとつ、鼻に落ちた。わたしは、ふきげんな顔で、雨雲がまだらにかかった空をにらんだ。雨が降《ふ》ると、うちに帰らなくちゃいけない。なんで雨なんか降《ふ》るの？

カナブンは、あおむけのまま揺《ゆ》れている。ところが、急にいきおいをつけて起きあがり、草の中を大あわてで走っていった。わたしが追いかけようとすると、ピリーがさっと行《ゆ》く手《て》に立って通せんぼをした。わき腹《ばら》に鼻がぶつかる。まわりこもうとしているうちに、カナブンは逃《に》げていった。

「逃《に》げちゃった！」わたしは、かんしゃくを起こして吠《ほ》えた。

ピリーが耳をうしろに倒《たお》す。「おれのせいじゃないだろ」

「アイラ！　ピリー！」

わたしは、がっかりして巣穴《すあな》をふりかえった。母さんと父さんに持って帰るおみやげがなにもない。雨は強くなり、草地や木の幹《みき》にあたってにぎやかな音をたてた。サーッ、ピチャン。

サーッ、ピチャン。

湖で魚がはねる音で、わたしはわれに返った。一瞬《いっしゅん》、夕方の暗がりのむこうに、魚のぎょろっとした目がはっきりとみえた。水面に波紋《はもん》が広がっていく。

わたしはため息をついて、しっぽで体をくるんだ。ピリーとのけんかを思いだすと、悲しい気分になる。カナブンなんて、いくらでもあげたのに。わたしがまちがってた――あれは、ピリーがみつけた獲物《えもの》だったのに。

「ごめんね」わたしは小声でつぶやいた。ひげをぴんとのばして感覚をとぎすませ、心の中でピリーに話しかける。ピリーの気配を感じたい。「そこにいる？」

「なにかいったか？」ハイキが、少しうしろから返事をした。「ここは静かだな。小さいころを思いだすよ――」

「なんでもない」わたしは、うなだれたまま水辺に近づいた。ゲラシャームを使ってピリーに話しかけようとしたことを、ハイキに教えるつもりはない――これは秘密《ひみつ》だから。わたしは深呼吸《しんこきゅう》をした。目をとじて、ピリーの姿《すがた》を思いうかべる。毛は金と赤で、銀色のまだらもようがある。耳の内側はクリーム色のやわらかい毛で、外側の先だけが黒い。

湖は、また静かになっていた。

アイラ? なんだか変なんだ……なにかが前とちがうんだ。

息が止まった。頭の中でピリーの声がする。ささやいているみたいに静かな声。あたりが急に暗くなったかと思うと、からみあった枝《えだ》や葉っぱで視界《しかい》がふさがれた。木がたくさん生えていて、暗いんだ。空気はほこりっぽくて、苦い味がする。息をすると、ほこりが鼻からのどに入ってくるんだ。

深呼吸《しんこきゅう》をすると、また、湖がみえるようになった。だけど、こわいという感覚だけは、いつまでもしつこく残っていた。「ピリー、どこにいるの?」

もう、おれにもわからない……忘《わす》れていくんだ。

声がききとりにくい。シューッという奇妙《きみょう》な音がまざっている。落ち葉の中を吹《ふ》き抜《ぬ》ける風みたいな音だ。わたしは頭がくらくらした。流れる景色《けしき》が頭の中にどんどん流れこんでくる。そうだ、ピリーは走ってるんだ――ひとりぼっちで、暗い林の中を走っている。

「忘《わす》れるって、なにを?」わたしは小声でたずねた。

なにもかも。

耳がふるえた。どういうこと？

アイラ、もう、おまえも忘《わす》れていいんだ。おれのことはあきらめて、自由に生きていけ。引きかえせ。おれを探《さが》すな。危《あぶ》ないんだ。

「ピリーのことを忘《わす》れたりしない！」わたしは叫《さけ》んだ。

「アイラ？　どうした？」

わたしは、夢中《むちゅう》でまばたきをした。ピリーがみている景色《けしき》が消えていき、頭の中が静かになっていく。岩の岸辺に、湖がおだやかに打ちよせている。ハイキがとなりに立って、ふしぎそうな顔をしていた。鼻をそっとわたしにすりよせる。「ひとりでしゃべってたぞ」

わたしは気まずくなって口のまわりをなめた。なにをきかれたんだろう？

「いこう」わたしは立ちあがった。

ハイキが小走りにあとを追ってくる。

岩のあいだの小道をたどりながら、わたしたちは無言で湖をあとにした。からっぽのおなかがぐうぐう鳴っている。わたしは、草地についたら絶対《ぜったい》にネズミを一匹《ぴき》しとめよう、と心に誓《ちか》った。

しばらくいくと小道はとぎれ、広々とした浅い谷に出た。谷のむこうには、山がそびえている。わたしは足元のにおいをかいだ。地面は腐《くさ》った葉っぱにびっしりとおおわれ、ゆるい下り坂になって、むこうの低木地に続いている。激《はげ》しい風が地面を吹《ふ》きはらっていくと、飛んできた小枝《こえだ》や枯葉《かれは》が顔にあたった。

この谷には、草木が一本も生えていない。まばらに残った草は茶色く枯《か》れていて、太陽が憎《にく》しみで焼いてしまったみたいだ。だけど、その下の土はじっとりしている。空気もひんやりしていた。地面によく目をこらすと、しなびたつる草がびっしりはびこっていた。べたべたして湿《しめ》っていて、ネズミのしっぽみたいだ。

夕暮《ゆうぐ》れのあわい光が、地平線の上から消えかけていた。鼻の奥《おく》にかすかなにおいを感じた。腐《くさ》りかけた木の皮や、しわくちゃになった枯葉《かれは》のにおい。がっかりして、おなかが大きく鳴った。こんなところにネズミはいない――ここじゃ生きていけない。

ハイキは、わたしの肩《かた》ごしに谷をながめている。「なんか、いやなとこだな」

わたしも谷を見渡《みわた》した。「早く通りすぎたい。むこうに木がみえる。森になってるのかも」〈うなりの地〉を出るときも、森のなかを通った。木があるところには獲物《えもの》がいる。リスは木の上に巣を作るし、鳥は枝《えだ》にとまってさえずる。わたしは舌《した》なめずりをした。土を掘《ほ》れば太ったミミズやカナブンがいて、ちょっとしたおやつになる。

わたしたちは谷を歩きはじめた。育たずに枯《か》れた植物の芽が、足の裏《うら》にごつごつあたる。なにかが腐《くさ》ったようなにおいが濃《こ》くなって、鼻がまがりそうだ。腐《くさ》ったものが、あちこちに小山を作っている。小山に目をこらすと、厚《あつ》い木の皮や、枯《か》れて丸まった葉っぱがみえた。小さな動物の骨《ほね》も、地面から半分はみ出している——ネズミかなにかの残がいみたいだ。細い骨《ほね》を、一匹《ぴき》のナメクジがはっている。わたしは足を止めて骨《ほね》に鼻を近づけ、ひげをぴんとのばした。谷でみつけた生き物は、このナメクジ一匹《ぴき》だ。においをかぐと、つんと鼻をつくような酸《す》っぱいにおいがした。

わたしは、遠くの木立をめざして足を速めた。

ふと、枯草《かれくさ》のあいだに、小さな黄色い球体がぽつぽつ散らばっているのに気づいた。見覚えがあるけれど、どこでみたのか思いだせない。近づいてみると、球体はたくさんあった——むらさきの斑点《はんてん》がある黄色いキノコだ。じめじめした土のあちこちで顔を出している。わたしは、そのうちのひとつに近づいてみた。鼻がぴくぴくする。

「近づくな！」突然《とつぜん》、ハイキが鋭《するど》い声を出した。わたしはぎょっとして飛びすさった——ハイキのそんな声は、はじめてきいた。

「どうして？」

ハイキは根が生えたみたいに立ちつくしている。「そいつは絶対《ぜったい》に食べちゃいけない。

気分が悪くなるぞ」ハイキは顔をあげ、むこうの木立《こだち》をながめながらまばたきをした。木《こ》立《だち》のむこうでは、夕陽がいまにも消えようとしている。黄色いキノコは、谷間の黒っぽい土の上でかすかに光り、厚《あつ》くやわらかそうにみえた。「不気味なところだな」

わたしは、ハイキのこわばった表情《ひょうじょう》に気づいた。体から恐怖《きょうふ》のにおいが立ちのぼっている。ハイキは、おびえているんだ。

「森についたら――」

「いや、早く出よう。別の道をいけばいい」ハイキは首の毛を逆立《さかだ》てた。しっぽを、そっと体に巻《ま》きつける。

それをみると、わたしまでこわくなって、ひげがふるえた。「どうしたの？」

ハイキは身をちぢめてあとずさり、地面に腹《はら》ばいになった。「なにかきこえるか？」

「なんにも」わたしはそういいながら、耳をすました。あたりは静かだ。ときどき、風が丘《おか》のふもとに転がる岩のあいだを吹き抜《ぬ》けて、悲鳴みたいな音をたてる。

「だろう？」ハイキは小声でいった。「静かすぎるんだ」

わたしは首をかしげた。ハイキのいうとおりだった――ここは〈荒野《こうや》〉なのに。虫の羽音はどこだろう？　鳥のさえずりは？

谷をみまわしながら、草木が一本でもないか、生き物の気配がないか、目をこらす。森だと思っていたところは、あらためてみると、倒《たお》れかけた枯《か》れ木《き》ばかりだ。枝《えだ》には新芽がひとつもついていない。

わたしが森をながめていると、木陰《こかげ》から、ふいに一匹《いっぴき》の生き物が現《あらわ》れた。となりにもう一匹《ぴき》。そのとなりに、もう一匹《ぴき》。

隊列を組んでゆっくりとにじりよってくる。とがった耳を前にかたむけ、太いしっぽは地面と水平にのばしている。しばらくかかってようやく、その生き物たちがキツネだと気づいた。だけど、なんだか動き方がぎこちない。はっているみたいな歩き方も、頭を低くして背中《せなか》を弓なりにしたかまえ方も、だれかにあやつられているみたいだ。

ハイキもけげんそうな顔になった。「あいつら、なんなんだ?」小さな声は、ふるえている。

わたしは必死に目をこらした。前足にバラの傷跡《きずあと》はあるだろうか。毛には灰《はい》みたいなにおいがしみついているだろうか。離《はな》れているから、キツネたちの目はよくみえない。だけど、直感が叫《さけ》んでいた。目には表情《ひょうじょう》がなくて、瞳《ひとみ》が赤く光っているはずだ。

「〈憑《つ》かれた者〉よ」わたしはあえぎながらいった。意志《いし》をうばわれたキツネたちが、腐《くさ》ったにおいの立ちこめる谷を、じりじりと近づいてくる。

5.

朽《く》ちかけた森から、うめき声のような音がきこえてきた。わたしはよろめき、しっぽを低木のとげに引っかけた。うす暗がりの中で、敵《てき》の影《かげ》がゆらりと揺《ゆ》らめく。地面にはびこるつる草が、風にあおられてふるえ、ネズミのしっぽみたいに足にからみついてくる。キノコまで、なじるようにわたしのほうを向いている。森がこっちに近づいてきたような気がする。かぎ爪《づめ》みたいなとがった枝《えだ》をのばしてつかまえてきそうだ。

なにかが腐《くさ》ったようなにおいが、むっと濃《こ》くなった。木陰《こかげ》に、一匹《ぴき》の年老いたキツネがじっと立っている。〈憑《つ》かれた者〉たちが谷をはっていくのをながめている。離《はな》れていても、ひややかな水色の目がみえた。

その目をみた瞬間《しゅんかん》、しっぽがだらりと垂《た》れた。

谷にこだまする森のうめき声が、だんだん大きくなっていく。ねじれた木から、黄色く細かいちりがはがれ落ち、風に乗ってもやみたいにこっちへただよってくる。耳の奥《おく》で荒《あら》い息の音がきこえ、意識《いしき》が遠のきはじめた。水色の目のキツネが頭の中にもぐりこんできて、わたしの意識《いしき》を引っかいているみたいだ。

「アイラ！　だいじょうぶか？」ハイキのせっぱつまった声がきこえた。

わたしは、激《はげ》しくまばたきをした。もういちどみると、老いたキツネはいなくなっていた。森のうめき声は小さくなって、〈憑《つ》かれた者〉の足音がきこえてきた。落ち葉を踏《ふ》む音が、じわじわと近づいてくる。

「あのキツネ、どこにいったの？」わたしは、かすれた声でたずねた。

「あのキツネ？」ハイキがけげんそうな顔をする。「アイラ、しっかりしろ」そういうと、前足で軽くわたしをたたき、わき腹《ばら》を軽く嚙《か》んだ。

わたしは、ぶるっと頭をふって、目をしばたたいた。キツネたちは着実に迫《せま》っている。十頭――ううん、もっとたくさんだ。一歩ずつゆっくりと近づいてくる。わたしは前足をあげた。びっくりするくらい重い。足元のつる草に引っぱられているみたいだ。

「こっちだ」ハイキはそういうと、わたしを連れて山のほうへ向かった。わたしはあとを追いながら、頭の中にかかったもやを払《はら》おうと、頭をぶるっとふった。「おれから目を離《はな》すな」ハイキがいう。「おれのしっぽを追ってこい」わたしは、灰色《はいいろ》のしっぽに気持ちを集中させ、速度をあげたハイキを必死で追いかけた。

〈憑《つ》かれた者〉の姿《すがた》が、ぼやけた視界《しかい》のすみに映《うつ》っている。むこうも足を速め、灰色《はいいろ》の夕《ゆう》闇《やみ》の中を追いかけてくる。わたしは急いで空をみあげた。いつのまにか黒い雲が垂《た》れこめ、〈カニスタの星〉を隠《かく》している。

わたしは必死でハイキを追った。気を抜《ぬ》くと、灰色《はいいろ》の毛が、すすけた闇《やみ》のむこうに消えてしまいそうだった。しっぽの白い先だけが闇《やみ》の中に浮《う》かびあがり、別の生き物みたいに揺《ゆ》れている。距離《きょり》をちぢめてくるキツネたちをふりかえる。先頭にいるのは、赤茶色のキツネだ。赤くふちどられた瞳《ひとみ》が、わたしをまっすぐに見据《みす》えていた。その瞬間《しゅんかん》、ピリーのふるえる声が、頭の中によみがえった。

引きかえせ。おれを探《さが》すな。危《あぶ》ない。

キツネたちの目が光っている。足がすくんで動けない。

「アイラ、止まるな！」ハイキが、ぎょっとした顔でわたしをふりかえった。「目をみるんじゃない！　あれもフォックスクラフトだ！」

わたしは、からみつくような敵《てき》の視線《しせん》から、むりやり顔をそむけた。ハイキのしっぽに神経《しんけい》を集中させ、力をふりしぼって前に飛びだす。それをみたハイキは、また走りだした。わたしもあとを追う。心臓《しんぞう》がうるさいくらいにどくどく鳴って、森のうめき声をかき消している。

ハイキは、丘《おか》のふもとにたどり着くと、むこうがわへまわりこんだ。あとを追いながら丘《おか》をすばやく見渡《みわた》すと、草や葉っぱ、新芽をつけた木々がみえた。ここには生き物の気配がちゃんとある。腐《くさ》りかけた土は消え、森のうめき声も遠ざかっていた。夕闇《ゆうやみ》が夜の闇《やみ》に変わり、いつのまにか、黄色いもやも晴れていた。雲間に輝《かがや》く〈カニスタの星〉をみたとたん、気力がみなぎってきた。草やシダの甘《あま》い香《かお》りを思いきり吸《す》いこむ。足元には花が咲《さ》いている。よろこびが体じゅうを駆《か》けめぐった。

〈カニスタの星〉の光を浴びながら、ハイキの弾《はず》むしっぽを追いかける。足元の草はやわらかく、夜鷹《よたか》の鳴く声がする。不気味な谷はずっとうしろだ。もう、いやなにおいも、奇妙《きみょう》な音もしない。わたしたちは、〈憑《つ》かれた者〉から逃《に》げきれたんだ。もう、だいじょうぶ。

ところが、いきなりハイキが立ちどまった。さっとふりむいた顔は、恐怖《きょうふ》でこわばっている。「だめだ、囲《かこ》まれた」

闇《やみ》のむこうに目をこらしたそのとき、こっちに近づいてくる二匹《ひき》のキツネがみえた。そのうしろには、なだらかな緑の丘《おか》がある。うっそうと茂《しげ》った低木の林が、弱い風に吹《ふ》かれて揺《ゆ》れている。身を隠《かく》すにはちょうどいい――あと少しなのに、届《とど》かない。キツネたちは、近くまでくると足をゆるめた。赤くふちどられた瞳《ひとみ》が、月の光を浴びて光っている。片方《かたほう》は耳の長いやせた雌《めす》ギツネで、もう一匹《ぴき》は毛のうすい雄《おす》ギツネだ。前足の付け根には、あの傷跡《きずあと》がある。

つぶれたバラみたいな傷跡《きずあと》。

立ち止まったわたしたちのうしろから、ばらばらと足音が近づいてくる――さっきの群《む》れが追いついてきた。半円を描《えが》いて広がっている。

あとずさったハイキがわたしにぶつかった。「まずい！」

前にいる二匹《ひき》が足を止めた。雄《おす》ギツネのほうは、雌《めす》よりもみすぼらしい。口もとには黄ばんだ泡《あわ》がたまり、まつげには目やにがこびりついている。ほおひげはぴくりとも動かないし、赤く光る目はまばたきひとつしない。

わたしは、キツネさらいのすみかにいたターという名の〈憑《つ》かれた者〉を思いだした。このキツネもターみたいに、別のだれかに体を乗っ取られて、あやつられているんだろうか。

ハイキがわたしのわき腹《ばら》に体を押《お》しつけてきた。うしろ足がふるえている。

そのとき、敵《てき》のだれかがおびえたような鳴き声をあげた。キツネたちがいっせいにうしろを向き、毛を逆立《さかだ》てて暗い谷間に目をこらす。なにかが気になっているらしい。わたしは耳をすました。鳥の鳴き声しかきこえない。次の瞬間《しゅんかん》、短く激《はげ》しい吠《ほ》え声がひびきわたった。吠《ほ》え声はすぐに、かん高い遠吠《とおぼ》えに変わった。わたしは耳を寝《ね》かせた。これはキツネの声じゃない。こんな声はきいたこともない。

群《む》れのうしろのほうで、敵《てき》のだれかがどなった。「マスターは侵入《しんにゅう》者をお許《ゆる》しにならない。つかまえろ！　殺せ！」

ほかのキツネたちが、低くかすれた声で吠《ほ》えはじめる。赤い目に、鋭《するど》い光がやどっていた。鳥はキツネたちの声におびえたのか、翼《つばさ》をバサバサいわせながら飛びたっていった。「不届《ふとど》き者をつかまえろ！」群《む》れの真ん中あたりから金切り声があがった。キツネたちが、吠《ほ》え声がきこえたあたりをめざして、先を争うように走っていく。押《お》しあうようにして山をまわりこみ、次々に闇《やみ》の中へ消えていった。

わたしはハイキをふりかえった。ほっとして、急に体がふるえてくる。「よかった！　助かった！」

だけどハイキは、遠ざかっていく敵《てき》の群《む》れから目を離《はな》さない。鼻づらがこわばっている。警戒《けいかい》した表情《ひょうじょう》だ。

「残念ね」ふいに、声がきこえた。ふりかえると、さっきのやせた雌《めす》ギツネが、すぐそこにいる。足を開いて立ち、毛を逆立《さかだ》てている。雄《おす》ギツネがとなりにきて、泡《あわ》を垂《た》らしながら牙《きば》をむいた。

まだ二匹《ひき》いた。

二匹《ひき》が一歩近づいてくる。ハイキは背《せ》を弓なりにして、体をできるだけ大きくみせようとのびあがった。だけど、二匹《ひき》はたじろぐ気配もない。

敵《てき》はたった二匹《ひき》だけど、戦えば負けるに決まっている。わたしはまだ子どもだし、不器《ぶき》用《よう》なハイキはすぐに倒《たお》されてしまいそうだ。ワアキーアを――変身のフォックスクラフトを――できたらよかったのに。どうしてシフリンは、あの術《じゅつ》を教えてくれなかったんだろう。

胸《むね》の中にシフリンへの怒《いか》りが燃《も》えあがる。怒《いか》りのおかげで、わたしはふっと冷静になった。耳を前にかたむけ、大きく息を吸《す》う。吸《す》った息をいきおいよくはきながら、わたしは、どう猛《もう》なカラスの鳴き声をあげた。こだましたカラスの声が、赤い目のキツネたちを囲いこむ。二匹《ひき》は、とまどったようにあたりをみながら、ぴたりと足を止めた。ハイキは、ぎょっとして叫《さけ》び、耳を寝《ね》かせている。パニックを起こして、その場でぐるぐるまわりはじめた。声の主《ぬし》がわたしだとは気づいていない。安心させてあげたいけれど、ハイキにいえば、敵《てき》にもからくりがばれてしまう。

わたしは〈憑《つ》かれた者〉たちをにらみつけた。もういちど息を吸《す》うと、今度は犬の吠《ほ》え声をまねした。のどの奥《おく》を使って、低い吠《ほ》え声やうなり声を出す。ハイキは、いやなにおいのする谷間のほうへあとずさりはじめた。わたしはハイキから離《はな》れて前に飛びだし、赤い目のキツネたちに詰《つ》めよった。犬の吠《ほ》えまねを続けながら息を調整し、今度はスリマリングをはじめる。

体の色がうすくなり、輪郭《りんかく》がぼやけていく。わたしは、まごついた顔のキツネたちに近づいた。二匹《ひき》が、おびえてきゅうきゅう鳴きはじめる。わたしが声をあやつって空中でぐるぐる飛ばすと、二匹《ひき》はみえない犬にあたりを囲まれていると思いこんで、途方《とほう》に暮《く》れたような顔になった。

スリマリングとカラークを同時にやるのは、思っていた以上に大変だった。しばらくなにも食べていなかったし、小川からここへくるあいだに、マアをほとんど使いはたしていた。スリマリングを続ける力があっというまに弱まってくる。いまにもスリマリングが解《と》けてしまいそうだ。もう、前足の黒い部分がちらちらみえはじめている。

二匹《ひき》のキツネは、おびえた顔をしているのに、なかなか逃《に》げていこうとしない。鳴きながら、足を踏《ふ》んばっている。

わたしは最後の力をふりしぼり、いまにも噛《か》みつこうとしているような、凶暴《きょうぼう》な犬の吠《ほ》え声をまねした。とうとう、雄《おす》ギツネがたえられなくなって逃《に》げだした。ハイキのとなりをすり抜《ぬ》け、谷のほうへと逃《に》げていく。ひとり残された雌《めす》ギツネは、激《はげ》しい吠《ほ》え声を浴《あ》びながら、しばらく踏《ふ》んばっていた。だけど、しばらくすると、ひと声叫《さけ》んで雄《おす》ギツネのあとを追い、キノコの生える谷をめざして走っていった。

わたしはスリマリングをやめて、思いきり息を吸《す》った。くらくらする頭を垂《た》れて、ぎゅっと目を閉《と》じる。

「アイラだったのか！」ハイキが息をのんだ。その声も、いまはよくきこえない。「もうだめかと思った。すごいじゃないか！　ほんとうにフォックスクラフトの使い手なんだな！　ただの使い手じゃなくて、名手だよ。〈灰色《はいいろ》の地〉の子ギツネがフォックスクラフトの名手だなんて、だれに想像《そうぞう》できる？」

わたしが追いはらったのは、あの二匹《ひき》だけだ。のこりは、不気味な遠吠《とおぼ》えをききつけて、勝手にいなくなった。だけど、説明する気力がなかったから、わたしはハイキのおしゃべりをききながしていた。体を引きずるようにして、少しむこうのハシバミの木立《こだち》へむかう。

「アイラ、天才だな」ハイキは目を丸くして、すっかり興奮《こうふん》している。わたしの答えも待たずにまくしたてた。「おれの兄《にい》さんと姉《ねえ》さんはみんな賢《かしこ》いし、狩《か》りもうまいし、年ももちろん上だけど、アイラみたいな魔法《まほう》が使えるきょうだいはひとりもいない！」ハイキはぴょんぴょんはねている。

わたしは黙《だま》っていたけど、ほめられて悪い気はしなかった。フォックスクラフトはむずかしい。スリマリングとカラークを同時にやるのは、全部の神経《しんけい》を集中させなくちゃいけなかった。シフリンには、けなされたことしかない。一緒《いっしょ》に旅をするならハイキのほうが楽しそうだ。ちょっとおしゃべりだけど。

わたしはハシバミの茂《しげ》みを鼻でかきわけながら、甘《あま》く新鮮《しんせん》なにおいを吸《す》いこんだ。太い枝《えだ》も、小さな木の芽も、ちゃんと生きている。すえたにおいの立ちこめる、茶色い谷間とは大違《おおちが》いだ。茂《しげ》みの中にもぐりこむと、円を描《えが》いて寝床《ねどこ》を決め、地面にうずくまった。体はくたくただけど、心はおだやかだった。

ハイキがすぐとなりで丸くなる。わたしは押《お》しのけなかった。仲間と一緒《いっしょ》に横になるのはいい気持だった。

「きっと、だいじょうぶだ」ハイキの小さな声がした。

わたしは目をぱちくりさせた。

ハイキが、じゃれつくようにに軽くわたしを押《お》した。「おれの家族も、おまえの兄《にい》さんも、きっとみつかる。ふたりで助けあおう……そうすれば、きっとみつかる」

希望がわいてきた。ひげが小さくふるえる。

〈カニスタの星〉が、空をおおう雲のむこうで、にぶく光っている。わたしは大きく息を吸《す》い、目をつぶった。心地《ここち》いい夜の闇《やみ》にくるまって、やがてわたしは眠《ねむ》りこんだ。

目を覚ますと、茶色い目が一心にわたしをみつめていた。黒っぽい顔のむこうに、明るい月がみえている。ハイキは、わたしが起きると、ぱっと顔を輝《かがや》かせた。「起きた！　あ、一生目を覚まさないんじゃないかと思ってこわくなったよ。フォックスクラフトのせいでくたびれたのか？　だいじょうぶか？」ふわふわしたしっぽが、ハシバミの木陰《こかげ》で地面をたたいている。

めまいがしていたけれど、わたしは小声で答えた。「フォックスクラフトって、マアをすごく使うの」ほんとうは、夜が明けるまで眠《ねむ》っていたかった。

「腹《はら》ぺこなんだ。そっちはどうだ？」ハイキはあくびまじりにしゃべりつづけた。「たくさん走って、あのおそろしい連中に追いまわされて……」ぶるっと身震《みぶる》いする。「ずっと見張《みは》ってたけど、あいつらがもどってくる心配はなさそうだ」自分のおなかを見下ろし、やわらかそうな灰色《はいいろ》の耳を左右に倒《たお》す。「丸一日、なんにも食べてないんだ」

わたしのおなかもぐうぐう鳴っている。目が覚めると、急におなかがすいてきた。茂《しげ》みのむこうはまだ暗い。「狩《か》りをしなきゃ」

「そう、狩《か》りだよな……」ハイキは、しょんぼりした顔になって、首を横にふった。「できないわけじゃないけど、あんまり得意じゃないんだ」

わたしはそれをきくと、ため息をついて、こわばった前足をほぐした。べつに意外じゃない。

ハイキは、遊びにでかける子ギツネみたいに元気よく立ちあがった。「そうだ、ウサギ狩《が》りをしてみないか？」

「真夜中に？」

「ああ、もちろん簡単《かんたん》にはいかないだろうけど」

わたしは、いらいらしてしっぽをふった。おなかがすいていると気が短くなるみたいだ。ウサギなんて、狩《か》ったことはもちろん、そばに近づいたこともない。ウサギはびっくりするくらい逃《に》げ足《あし》が速い。

「別にいいけど」わたしはぼんやり答えた。どうしてまだハイキと一緒《いっしょ》にいるのか、自分でもよくわからない。ひとりで旅をしようと決めていたのに。伸《の》びをして、立ちあがる。全身が重くて、前足がふるえた。狩《か》りなんてできるんだろうか。

ハイキが心配そうな表情《ひょうじょう》になった。「具合が悪そうだな。あの谷でなにかされたのか？

いやな予感がしたと思ったら、どこからともなくキツネたちが現《あらわ》れて弾《はず》むように揺《ゆ》れていたハイキのしっぽが、ぴたりと止まる。「それで、アイラが急に……」「わたしならだいじょうぶ」わたしは、しっぽをひとふりして話を終わらせた。あのとき、なにかが起こった。奇妙《きみょう》な音がきこえて、視界《しかい》がゆがんで、意識《いしき》が遠のきそうになった。木立《こだち》からこっちをみていた、あの冷ややかな目のキツネは何者なんだろう？　耳の中できこえた、荒《あら》い息のような音が忘《わす》れられない。頭の中に息を吹《ふ》きこまれているみたいだった。

ゲラシャームは、忘《わす》れかけられためずらしいフォックスクラフトだ――シフリンがそう話していた。強いきずなのおかげで、わたしとピリーは心でつながっている。ゲラシャームを使えば、わたしたちの心はいつも一緒《いっしょ》だ。水色の目のキツネににらまれていたときも、ピリーとゲラシャームをするときとよく似《に》た感覚に襲《おそ》われた――だけど、ひどい気分だった。〝ゲラ〟を少しずつうばわれているみたいだった。頭が混乱《こんらん》して、立っているだけでせいいっぱいだった。

わたしは、頭をふっていやな記憶《きおく》を追いだし、ハシバミの茂《しげ》みから外へ出た。ハイキがあとからついてくる。わたしたちは、長い草をかきわけながら、並《なら》んで歩きはじめた。地面に飛びだした木の根を越《こ》えたとき、小さな爪《つめ》が地面を引っかく音がきこえたような気がした。ひげをぴんと張《は》りながら耳をそばだてる。ネズミかもしれない。

「ウサギってうまいんだぞ」ハイキのおしゃべりがはじまった。「いまなら丸ごと一匹《ぴき》たいらげられる。うそじゃない！　姉《ねえ》さんがいちど、ほんとにりっぱなウサギをつかまえてきたことがあった。あんまりうまくて、みんなで目を丸くしたもんだ」

ネズミの小さな足が地面をけって逃《に》げていく音がした――ハイキの声に驚《おどろ》いたにちがいない。わたしは、うんざりしてハイキをにらみつけた。

「悪い。しゃべりすぎか？」ハイキは、しょんぼりしてしっぽを垂《た》れた。

それからは、ふたりとも押《お》しだまって歩きつづけた。草地を抜《ぬ》けて、木々のあいだをぬうように進む。やがて、なだらかな丘《おか》をこえ、低木やいばらの茂《しげ》みが点々と散らばる谷についた。谷間の真ん中を、細い川が流れている。

わたしは、進んでいいのかわからなかった。そのあたりは、キツネのにおいがした。ハイキはかまわず歩きつづけた。「ああ、よかった。やっと水にありつける」

わたしは、おいしそうな水につられてハイキに続いた。岸辺で立ちどまり、水を飲む。のどのかわきはおさまったけれど、足の痛《いた》みはひどくなるいっぽうだし、頭まで痛《いた》くなってきた。

ハイキがしげしげとわたしをみる。「その様子じゃ狩《か》りはむりだな」

そのとおりだけど、やるしかない。ハイキひとりで、ふたり分の食糧《しょくりょう》を調達できるはずがない。ふと、シフリンがいてくれたらいいのに、と思った。シフリンは狩《か》りが上手だった。姿《すがた》を消して獲物《えもの》に近づくのが得意だった。そんなことを考えた自分がいやになって、わたしは耳をふせた。シフリンなんかうそつきだし、裏切《うらぎ》り者《もの》だ。バラの形の傷《きず》があったのに、ずっとわたしに隠《かく》していた。

ハイキが近づいてきて、なだめるみたいに鼻先でそっとわたしを押《お》した。「休んだほうがいい」そういうと、明るい声で続けた。「ちょっと待っててくれ！」しっかりした足取りで草地を歩き、地面に鼻を近づける。ふんふんにおいをかいで何歩か進む。またにおいをかぐと、今度はあとずさった。わたしは首をかしげて見守っていた。ふいにハイキは、土がむき出しになったあたりで立ちどまった。だれかが掘《ほ》りかえしたみたいに、そこだけ草が生えていない。

わたしは、あたりをみまわした。小川の流れるさらさらという音がする。暗闇《くらやみ》のなかをコウモリが飛びかっている。そのとき、なにか音がきこえたような気がした。耳をそばだて、くるっとまわす。キツネの気配がする。うっかり、だれかのなわばりに迷《まよ》いこんでしまったんだろうか。

ハイキは、しっぽを勢《いきお》いよくふりながら、穴《あな》を掘《ほ》りはじめた。けりあげた土が、雨みたいに飛びちる。耳をぴたりと寝《ね》かせて集中している。すばやく動く前足は、ぼやけた灰色《はいいろ》の影《かげ》にしかみえない。

ハイキは土のなかに鼻先《はなさき》を突《つ》っこみ、なにかを引きずりだすと、勝ちほこったような声をあげた。「ほら、みつけた！」

土のにおいに混《ま》じって、ごちそうの豊《ゆた》かなにおいがふわりとただよってくる。口の中につばがわいて、おなかが大きな音をたてた。ハイキは、もういちど穴《あな》の中に頭を突《つ》っこんだ。うしろ足を踏《ふ》んばって腰《こし》に力をこめ、首を大きくふりながらうしろに下がる。しっぽをふりながら、土におおわれたなにかを、どさっとわたしの前に落とす。

自分の目が信じられなかった。ぽろぽろ崩《くず》れる土の下から、長く垂《た》れた耳と、やわらかそうな毛におおわれた体と、クリーム色のしっぽが現《あらわ》れた。

ウサギだ！

首の骨《ほね》は折れていて、体がくたりと地面の上にのびている。

「ほら、食べよう。腹《はら》ぺこだろ」ハイキが、わたしのほうへウサギを押《お》した。「ふたりじゃ食べきれないくらいある」

わたしは、興奮《こうふん》してふるえていた。あんまりおなかがぺこぺこで、土の中からいきなりごちそうが出てきた理由はどうだってよかった。口を大きく開けて、ウサギの肉にかぶりつく。まだあたたかい。ハイキは、うしろ足に嚙《か》みついた。わたしたちは、うなりながら肉を引きさき、口いっぱいにほおばっては飲みこんだ。いくらもたたないうちに、ウサギはほとんどわたしたちのおなかの中に消えていた。土の上には筋《すじ》や骨《ほね》だけが残っている。

わたしは、しあわせなため息をついてハイキをみあげた。ハイキは、血で赤く染《そ》まった鼻や口をなめている。おなかがいっぱいになったおかげで、わたしはいらいらしていたことを忘《わす》れていた。ハイキって、ほんとうは頼《たよ》りになるのかも。狩《か》りは苦手かもしれないけれど、ウサギをみつけてくれた！　さっきの不気味な谷でも、ふらつくわたしの面倒《めんどう》をみてくれた。〈憑《つ》かれた者〉につかまらないように、導《みちび》いてくれた。その気になれば、自分だけ逃《に》げることだってできたのに。

そのとき、土をけるかすかな音がして、耳がぴくっとした。川の音にまじって、なにか別の音がする。キツネが忍《しの》び足《あし》で歩く音だ。ぱっと顔をあげた瞬間《しゅんかん》、怒《いか》りに燃《も》える一対《いっつい》の目がみえた。

ハイキがおびえた声で鳴き、あわててわたしのそばに逃《に》げてきた。一匹《ぴき》のキツネが、わたしたちの前に立ちはだかっている。真《ま》っ赤《か》な毛のたくましい雄《おす》ギツネだ。黒い毛が両目のまわりをふちどっているせいで、目がものすごく大きくみえる。その目が、ウサギの残がいをにらんだ。

「どろぼうめ」雄《おす》ギツネははきすてるようにいった。憎《にく》しみで顔がゆがんでいる。「〈尾《お》なしの予言者〉の手下たちだろう。わたしたちの谷を汚《よご》し、巣穴《すあな》から平穏《へいおん》をうばい、そのうえ、わたしたちの食糧《しょくりょう》までうばうのか！　恥知《はじし》らずめ！　いつかつかまえてやろうと思っていた。のどを引きさいてやる」雄《おす》ギツネは、怒《いか》りにふるえ、しっぽをまっすぐにのばしていた。夜空をあおぎ、鋭《するど》くひと声吠《ほ》える。足音がばらばらと近づいてきて、足元の地面が揺《ゆ》れた。あっというまに、キツネたちが集まってくる。

真《ま》っ赤《か》な雄《おす》ギツネは、仲間たちをみまわして叫《さけ》んだ。「このどろぼうどもは、〝囚《とら》われだ！　決して逃《のが》すな！　〈亡霊《ぼうれい》の谷〉からやってきて、わたしたちのなわばりに押《お》しいってきた。どんな罰《ばつ》がふさわしい？」

「フリント、やっつけて！」キツネたちが口々に叫《さけ》ぶ。「逃《に》がしちゃだめ！」

なんてばかなことをしたんだろう！　どうして、ここがだれかのなわばりだと気づかなかったんだろう！　だれの獲物《えもの》か考えもしないで、ウサギを食べてしまうなんて。

わたしはもつれる足で深紅《しんく》のキツネからあとずさると、イラクサの茂《しげ》みを突《つ》っ切《き》り、必死でその先の草原をめざした。いくらもいかないうちに、背中《せなか》を前足でなぐりつけられ、首に嚙《か》みつかれた。

うしろからハイキの悲鳴がきこえる。「待ってくれ！　かんちがいだ！」

「そいつを黙《だま》らせろ。仲間を呼《よ》ぶつもりだぞ！」

「巣穴《すあな》へ連れていきましょう！　そこで片《かた》づけるのよ」

そよ風に揺《ゆ》れる草が、からかうようにわたしの鼻をくすぐっている。草原からただよう甘《あま》い草木のにおいが、こっちは安全だよ、とささやきかけてくる。だけど、わたしはそこまでたどり着けない。

目の前の草に噛《か》みつく――ほんの少し気を抜《ぬ》いて、ウサギを食べてしまったせいで。

青くさい味が口の中いっぱいに広がる。わたしはキツネたちに引きずられていった。

暗闇《くらやみ》の中へ。

6.

記憶《きおく》がよみがえった。ずっと前の、ある朝のこと。あたたかい巣穴《すあな》から表に出た瞬間《しゅんかん》、わたしは、まぶしい光に目をしばたたいた。空気が冷たくてひげがちぢむ。こわごわ目をあけて、なわばりを見渡《みわた》す。空はハトの羽みたいな灰色《はいいろ》で、地面はきらめく霜《しも》におおわれていた。霜《しも》から突《つ》きだした草は、小枝《こえだ》みたいにかちこちに凍《こお》っている。

わたしは目を丸くした。「ピリー、みて！」みるものすべてが、白く輝《かがや》いている。

急いでそばにきたピリーは、興奮《こうふん》して吠《ほ》えながら鼻をくんくんいわせた。

おばあちゃんがわたしたちのあいだをすり抜《ぬ》けて、白く凍《こお》った草をそっと踏《ふ》んだ。ふりむいて、わたしたちの鼻をなめる。

「こんなに寒くちゃ、外で遊ぶのはむりだね。中にいなさい。父さんと母さんが狩《か》りをしてる。今日は獲物《えもの》をみつけるのもひと苦労だろうよ。あたしも手伝《てつだ》ってこよう」

わたしは耳を立てた。「一緒《いっしょ》にいってていい？」

ピリーが期待をこめてしっぽをふる。「おれたち、穴《あな》を掘《ほ》るのが上手だよ」そういうと、はしゃいで飛びはねた。わたしもピリーのまねをして、霜《しも》におおわれた土をけりあげた。

「いいや、だめだ。あたたかくて安全なところにいなくちゃ。巣穴《すあな》を離《はな》れるんじゃないよ。すぐにもどってくるから」おばあちゃんににらまれて、わたしたちはしかたなく中にもどった。おばあちゃんは、はうように白い地面を歩いて、林のほうへ遠ざかっていった。

わたしたちは、せいいっぱい首をのばして、霜《しも》で白くなった自分たちのなわばりを見物した。板塀《いたべい》に着いたおばあちゃんが、厳《きび》しい顔でふりむく。「中へおもどり！　ほら、早く！」

わたしたちは巣穴《すあな》の奥《おく》にもどると、土の上に飛びだした木の根のあいだにもぐりこんだ。風がさえぎられていて、あたたかい。わたしは、ため息をついて丸まった。霜《しも》を踏《ふ》むおばあちゃんの足音が、少しずつ遠ざかっていく。

「アイラ、なにやってるんだよ」ピリーがいたずらっぽくわたしをみた。

「なにって、おばあちゃんを待つんでしょ？」

ピリーがからかうようにしっぽをふる。「きっと雪になるぞ。みたくないのか？　雪が降《ふ》るときって、ちっちゃいハツカネズミが雲から落っこちてくるみたいなんだ」

わたしはくやしくなって鼻をふりあげた。「雪くらい知ってる！　みたことあるもん」

ピリーは、鼻でわたしをつついた。「うそつけ！」

わたしはピリーのしっぽを軽く噛《か》んだ。「ほんとだもん！」

ピリーは体をふりほどくと、わたしに背《せ》を向けて歩きはじめた。「みたくないならいいけどさ」ゆるい傾斜《けいしゃ》をよじのぼって、巣穴《すあな》の出口へ向かう。うしろ足が、段《だん》になった木の根を登っていく。最後に木の根をひとけりして、ピリーは巣穴《すあな》の外へ飛びだした。しっぽの先がうれしそうにふるえている。

「待って！」わたしは急いでピリーを追いかけた。

わたしたちは、霜《しも》をさくさく踏《ふ》んでいった。足のうらが凍《こお》りそうに冷たくなって、背《せ》すじがぞくぞくする。氷みたいにひんやりした空気が、目に映《うつ》るすべてのものを銀色に染《そ》めていた。きらきら光る白い霜《しも》におおわれて、なんのにおいもしない。

「ほら、みろよ！」ピリーはそういうと、大きく息を吸《す》った。はあっと息を吐《は》くと、空中に小さな白い雲ができる。わたしは、ピリーの鼻先に浮《う》かんだ雲を、まじまじとみた。自分も息を吸《す》って、鼻からいきおいよく出す。息は、白く細い二本のらせんを描《えが》きながら、ゆったりと頭の上にのぼっていった。ピリーが、白いらせんに飛びついて噛《か》みつき、がちんと牙《きば》を鳴らす。

わたしは楽しくなって、しっぽで地面を打った。だけど、霧《きり》におおわれた空をみあげると、急にこわくなって両耳を平らに寝《ね》かせた。「お日さまはどこ？」灰色《はいいろ》の空のどこをみても、太陽がみあたらない。

ピリーは足を止め、考えこむ顔になった。「今日みたいに寒い日は、どこかに隠《かく》れてるんじゃないのかな」

「でも父さんが、お日さまは毎日お空にのぼってくるんだって、いってたもん。寒い日だってのぼってくるはずよ」

「けど、みえないだろ？」

わたしは不安になって、空をみあげたまま霜《しも》の上を走った。足がすべって、凍《こお》った草がざくざく音をたてて倒《たお》れる。「うん、そうだけど……」ふと、板塀《いたべい》に開いた穴《あな》に目がとまった。こんなに巣穴《すあな》から離《はな》れるのははじめてだ。うしろめたくなって、しっぽが揺《ゆ》れる。わたしは、自分をふるいたたせようと、ぶるっと体をふった。肩《かた》ごしにうしろをみる。まだ巣穴《すあな》はみえている――だから、だいじょうぶ。板塀《いたべい》の穴《あな》に近づく。穴《あな》のむこうは林だ。わたしは目を見開いた。凍《こお》った草に囲まれて、なにかがまばゆく輝《かがや》いている。大きくてひらべったい、銀色がかった円盤《えんばん》みたいなもの。ところどころ、黄色や金色に輝《かがや》いている。

わたしは、注意深く円盤《えんばん》をみた――まぶしくて、まともにみると目が痛《いた》くなる。

ピリーがとなりにきた。「あれ、なんだ？」

わたしは鼻をなめた。「わかんない。でも、もしかしたら……」灰色《はいいろ》の空と、輝《かがや》く円盤《えんばん》を交互《こうご》にみる。「もしかしたら、お日さまじゃない？　あそこに閉《と》じこめられちゃったのかも」

わたしは、吸《す》いよせられるみたいに、銀色の円盤《えんばん》に近づいた。板塀《いたべい》の穴《あな》をくぐり抜《ぬ》け、まばゆく輝《かがや》く円盤《えんばん》をみる。ピリーも急いであとを追ってきた――あたたかくてふわふわしたピリーの体がとなりにくる。目のはしに、らせんを描《えが》いて立ちのぼるピリーの白い息がみえた。

ほんとうは、わたしたちだけでなわばりを出ちゃいけなかった。巣穴《すあな》から出るんじゃないよ、というおばあちゃんの言いつけも覚えていた。だけど、ほんとうに太陽が空から落っこちてきて、氷の下に閉《と》じこめられているのだとしたら？　出られなくて困《こま》っているのだとしたら？　霜《しも》が永遠《えいえん》に溶《と》けないとしたら？　背《せ》すじがぞくっとして、体中の毛が逆立《さかだ》つのがわかった。大地をあたためてくれる太陽がなかったら、なにもかも凍《こお》ってしまう。土はかたくなって、ネズミはみんな死んでしまう。昼はなくなって、終わりのない夜だけがいつまでも続く。

わたしは、ひげをぴんと張《は》って、ピリーをふりかえった。

「やらなきゃ」わたしは、緊張《きんちょう》した声でいった。「お日さまを助けだすの」


キツネたちに追いたてられながら、わたしたちは、地下へと続くせまいトンネルをもぐっていった。すぐ前には、いばった歩き方の若《わか》い雌《めす》ギツネがいる。黒っぽい輪郭《りんかく》は、闇《やみ》にまぎれてほとんどみえない。うしろのキツネたちが、かかとに嚙《か》みついて急《せ》き立《た》ててくる。わたしは転びそうになって、悲鳴をのみこんだ。背後《はいご》からは、ハイキの弱々しい鳴き声や、ほかのキツネたちの足音がきこえてくる。いったい、何匹《ひき》いるんだろう?

前をいく雌《めす》ギツネが、トンネルの先の巣穴《すあな》に入っていった。星明かりが、頭上の細いすきまから射《さ》しこんでいる。巣穴《すあな》の天井《てんじょう》は、木の根っこだった。ネズミのしっぽみたいな細い根っこが、複雑《ふくざつ》にからみあっている。細い根の先からは、小さな土のかたまりがいくつもぶら下がっていた。まばたきをしていると、少しずつ暗闇《くらやみ》に目が慣《な》れてくる。あたりにはキツネのにおいがしみついている。わたしは、混乱《こんらん》して耳を寝《ね》かせた。てっきり、灰《はい》や燃《も》えがらのにおいがするかと思ったのに。

だけど、わたしとハイキをにらみつけるキツネたちの目には、敵意《てきい》しか浮《う》かんでいない。

わたしたちはあとずさり、巣穴《すあな》の壁《かべ》ぎわで小さくなった。暗闇《くらやみ》に浮《う》かびあがる八組の目が、穴《あな》が開きそうなほどわたしたちをみている。

最初に襲《おそ》ってきた雄《おす》ギツネ――フリントと呼《よ》ばれていた――が、仲間を押《お》しのけて前へ出てきた。うなりながら牙《きば》をむきだす。頼《たよ》りない星明かりの下に出ると、両目を囲む黒い毛のせいで、目があるところに、ぽっかりと穴《あな》が開いているみたいにみえた。

「やられる」ハイキが鳴いて、わたしの肩《かた》に鼻をうずめた。わたしは息を止めて体をこわばらせた。

フリントが牙《きば》をむく。「化け物どもめ、息の根を止めてやる」ほかのキツネたちも、口々に鋭《するど》い吠《ほ》え声をあげた。

黒っぽい毛並《けな》みの若《わか》い雌《めす》ギツネが、つんとあごを上げてフリントにいった。「すぐに殺しちゃだめ。なにが目当てか聞きだしたら？」

別の若《わか》い雄《おす》ギツネが、そのとなりに並《なら》んだ。「シミのいうとおりだ」腹立《はらだ》たしげに片方《かたほう》の前足で地面をたたく。「こいつらから〈尾《お》なしの予言者〉の話をきだそう」

ハイキが、きゃん！　と鳴いた。わたしは歯を食いしばっていた。弱みなんか、絶対《ぜったい》にみせない。足をしっかりと踏《ふ》んばり、ふるえそうになる体に力をこめる。ほっそりした年上の雌《めす》ギツネが、二匹《ひき》のあいだに割《わ》りこんできた。「まずは、前足の毛皮をはいでやりましょう」ピンクの舌《した》でわざとらしく舌《した》なめずりをすると、一歩こっちに詰《つ》めよった。「悪《あく》霊《りょう》たち、白状《はくじょう》しなさい――〈尾《お》なしの予言者〉はなにをたくらんでるの？」

ハイキがあわれっぽい声で叫《さけ》んだ。「なんの話かさっぱりだ！　予言者なんて知らないよ！」

わたしは首をかしげた。雌《めす》ギツネは、どうして前足の毛皮をはぐ、なんて言いだしたんだろう？　雌《めす》ギツネの前足に目をこらしてみたけれど、暗くて、傷跡《きずあと》があるかどうかわからない。わたしは、ほかのキツネたちの様子を注意深くたしかめた。瞳《ひとみ》は赤くないし、〈憑《つ》かれた者〉たちみたいに、口からよだれを垂《た》らしてもいない。

フリントという雄《おす》ギツネは、さっきなんていってた？

〈尾《お》なしの予言者〉の手下たちだろう。

このキツネたちは〈憑《つ》かれた者〉じゃないんだ――目には生気があるし、動作もきびきびしている。生きているキツネのにおいがする。攻撃《こうげき》的だけど、ほんとうはおびえている。

わたしは、耳をぴんと立てた。「予言者って、メイジのこと？」

ハイキはきいていなかった。「たのむ、助けてくれ！　おれたちはなにも知らないんだ！」

フリントと呼《よ》ばれた雄《おす》ギツネが、いらだたしげに鋭《するど》い声を出した。「どうしても話さないつもりだな」

「どうするの？」ほっそりした雌《めす》ギツネが、うんざりした声でいった。「ここに閉《と》じこめておくわけにもいかないでしょう？」

「このまま逃《に》がしちゃだめだ！」若《わか》い雄《おす》ギツネが吠《ほ》える。「あいつになにもかも話してしまう。そしたら、おれたちの命はない！」

わたしはそれをきくと、急いでキツネたちに向きなおった。「かんちがいしないで！」フリントと呼《よ》ばれたキツネが、フーッと毛を逆立《さかだ》てた。わたしは、フリントの目をまっすぐにみかえしながら、急いで説明を続けた。「わたしたちのこと、メイジの群《む》れのキツネだって思ってるんでしょ――あの――」どう呼《よ》ばれていたか思いだす。「あの、〈尾《お》なしの予言者〉の手下だって。でも、ちがう。わたしたちは、ふつうの、ちゃんとしたキツネ。あの変なキツネたちから逃《に》げて、このなわばりに入ってきちゃっただけなの。すごくおなかがすいて、くたびれてたの。それで、あんたたちの獲物《えもの》を食べちゃったの。うっかりしてただけよ」

「耳をかさないで！」シミと呼《よ》ばれていた黒っぽい雌《めす》ギツネが叫《さけ》んだ。「罠《わな》よ！」

わたしは、とがった顔の雌《めす》ギツネをまっすぐにみて訴《うった》えた。「わたしたちをよくみて。意志《いし》をうばわれたみたいにみえる？　そっちとおなじキツネだってわかるでしょ？　だって、わたしにはわかるもの。わたしたちも、あのキツネたちから逃《に》げてるの」わたしは、まわりをみまわした。キツネたちは意外そうな顔になって、じっとわたしをみた。ハイキまで静かになっている。あわれっぽい鳴き声をあげるのはやめて、すんすん鼻を鳴らしている。

とがった顔の雌《めす》ギツネが、いきなり詰《つ》めよってきた。ハイキが、きゃん！ と吠《ほ》え、壁《かべ》に向かって飛びすさる。わたしは、思わず耳をうしろに倒《たお》したけれど、がんばって踏《ふ》みとどまった。雌《めす》ギツネの鋭《するど》い目つきを、正面からにらみ返す。雌《めす》ギツネの目が下へおりて、わたしの前足をなぞった。しばらくすると、ため息をついた。「〝囚《とら》われ〟じゃないわ」

張《は》りつめた空気が一気にゆるむ。キツネたちは、止めていた息をいっせいにはいた。こわばった顔から、たちまち力が抜《ぬ》ける。

フリントというキツネが、うなずきながらいった。「カロのいうとおりだ。この二匹《ひき》は、自由の民だ」

黒っぽい毛のシミが不満そうにいう。「じゃあ、ここでなにしてるわけ？」

わたしはシミをふりかえった。「いったでしょ。逃《に》げてきたの。〈憑《つ》かれた者〉から――あんたたちが〝囚《とら》われ〟って呼《よ》んでたキツネたちから。〈荒野《こうや》〉を旅してたら、変な場所に入りこんじゃったの。草がみんな枯《か》れてる、くさい谷があるでしょ？ そこで、あのキツネたちにみつかったの」

「〈亡霊《ぼうれい》の谷〉だ」若《わか》い雄《おす》ギツネが小声でいうと、ほかのキツネたちも不安そうに目を合わせた。

「追われている途中《とちゅう》で……すごい吠《ほ》え声がきこえたの。キツネより大きい動物だったと思うけど」わたしは、あの声を思いだして体をこわばらせた。

カロと呼《よ》ばれていた細い顔の雌《めす》ギツネが、しっぽで巣穴《すあな》の床《ゆか》をたたいた。警戒《けいかい》しているみたいなうなり声でいう。「コヨーテじゃないかしら。湖のむこうで狩《か》りをしてる群《む》れがあるのよ。でも、〈亡霊《ぼうれい》の谷〉に迷《まよ》いこんでくることなんか、いちどもなかったわ」

「よくわからない」わたしは白状《はくじょう》した。コヨーテなんて生き物がいることも知らなかった。

「〈憑《つ》かれた者〉たちは、その動物をつかまえにいって、わたしたちはなんとか逃《に》げだせたの。すごく危《あぶ》なかった」わたしは首を横にふった。

カロがちらっとフリントをみて、わたしに目をもどした。「あんた、コヨーテをみたことがないみたいね。〝囚《とら》われ〟がコヨーテにかまうはずないわ。やっかいな敵《てき》だから」

「あっちの群《む》れのリーダーはいたか？」フリントが横からいった。「自由の民が一匹《ぴき》いるのに気づいたか？　〝囚《とら》われ〟じゃないキツネがいただろう？」

また、あのふしぎな言葉だ――囚《とら》われ。わたしは、カルカを思いだして、毛が逆立《さかだ》った。

わたしの家族を襲《おそ》った片目《かため》の雌《めす》ギツネ。シフリンは、カルカも、メイジに仕えるキツネのひとりだといっていた。

……ターやほかのキツネたちとはちがって、自分の意志《いし》で〈マスター〉の命令にしたがっている。カルカは〈憑《つ》かれた者〉じゃない。

谷を追ってきたキツネたちのようすを、もういちど思いかえす。みんな、赤く光るうつろな目をしていた。

「ううん、ふつうのキツネはいなかったと思う」

カロはフリントに向きなおった。「コヨーテを追いかけた、だなんて信じられないわ。あのキツネたちがそんなことをする？」

フリントは、探《さぐ》るような目つきでわたしをみた。「かんちがいしているんだろう。みろ、まだ子ギツネだ」

「子ギツネということは、マリンタがくる前に生まれたの？」

「らしいな」

ふたりは、けげんそうにわたしをみた。ふたりがなんの話をしているのかはわかる。ふつうの子ギツネは、年に二度おとずれるマリンタに生まれる。二度目のマリンタのときには、昼と夜の長さが同じになって、木々の芽がいっせいにふくらむ。ふたりは、マリンタがくる前に生まれたわたしのことをあやしんでいた。

雌《めす》ギツネが声をあげた。「あなた、お父さんとお母さんは？　家族はどこ？」

うそをついたらすぐに見破《みやぶ》られそうな気がした。「わたしは〈灰色《はいいろ》の地〉からきたの。ここでは〈尾《お》なしの予言者〉って呼《よ》ばれてるキツネが……メイジっていう名のキツネが、手下を使ってわたしの家族を殺した。わたしは逃《に》げたの。お兄ちゃんも逃《に》げた。お兄ちゃんは、〈荒野《こうや》〉のどこかにいる。わたし、お兄ちゃんをみつけたいの」声がうまく出ない。みぞおちを怒《いか》りにつかまれて、のどが苦しい。

カロが両耳を前に倒《たお》した。「で、そっちのお友だちは？」うさんくさそうな顔でハイキをみる。

ハイキは、ふるえる声で説明した。「おれは、〈荒野《こうや》〉でアイラと出会ったんだ。おれも、事情《じじょう》はアイラと一緒《いっしょ》だ。メイジに家族をさらわれた」

「あんたも〈灰色《はいいろ》の地〉からきたの？」

「おれは〈南の荒野《こうや》〉からきた」ちらっとわたしをみて、また、ほっそりした顔のカロに目をもどす。

「家族をさらったのは、ほんとうに〈尾《お》なしの予言者〉なの？」

ハイキの声は小さかったけれど、もうふるえていなかった。「おれはその場にはいなかったけど、まちがいない。あいつか、あいつの一味がやったんだ。ほかにも、急にいなくなった家族がいくつかあった。おれの家族が最初じゃないんだ。だけど、おれには考えがある」

カロは、興味《きょうみ》を引かれたみたいに首をかしげた。「どんな？」

ハイキは目をふせた。「〈長老〉たちに会いにいく。助けを借りるんだ」

カロは目を見開いて、すばやくフリントと視線《しせん》をかわした。

フリントが前に出てきて、カロと並《なら》んで立つ。「わたしたちの獲物《えもの》を盗《ぬす》んだのは、どういうつもりだったんだ？」

「悪かったよ」ハイキは消え入りそうな声であやまった。「おれのせいなんだ。アイラは悪くない」

かばってくれたのはうれしかったけど、わたしもハイキに負けないくらいうしろめたかった。「わたしだって食べたもの」

「だけど、みつけたのはおれだ」ハイキは引かない。「ほかのキツネの貯蔵庫《ちょぞうこ》だって気づくべきだったのに。いつもの早とちりで……」ハイキは、フリントとカロの顔色をうかがった。目を見開き、そわそわとしっぽをふる。「おわびにウサギを一羽《わ》つかまえてくるよ！　いや……二羽《わ》、いやいや三羽《わ》！」

ハイキは頭に血がのぼっているみたいだ。そんな約束したって、絶対《ぜったい》に守れないのに。「そうね」わたしは割《わ》って入った。「ほかのキツネの獲物《えもの》を盗《ぬす》むなんて、わたしたちが悪かった。おなかがぺこぺこで、バカなことをしちゃったの」キツネたちは、出口の前にずらっと並《なら》んで、一歩も動こうとしない。わたしは、なんだか腹《はら》が立ってきて、ひげがちくちくしはじめた。「でも、わざとじゃない。〈荒野《こうや》〉は〈灰色の地《はいいろのち》〉より住みやすいのかな、って期待してた。でも、ちがったみたいね」

「アイラ！」ハイキが、警告《けいこく》するみたいにわたしをにらんだ。

「あやまっているようにはきこえんな」フリントがいう。

わたしは肩《かた》を怒《いか》らせてじっと立っていた。これ以上あやまりたくない。このキツネたちは、わたしたちを襲《おそ》って、巣穴《すあな》に引っぱりこんで、殺してやるとおどした。〈憑《つ》かれた者〉じゃないということがわかったんだから、さっさと解放《かいほう》してほしい。頭がずきずき痛《いた》んでくる。許《ゆる》してください、だなんてたのむつもりはない。

雌《めす》ギツネがすわった。「最近、キツネが消える事件《じけん》が続いてるのよ」

フリントが鋭《するど》い声を出す。「カロ、こいつらを信用するつもりか？」

カロは耳をくるりとまわして、わたしをまっすぐにみた。「だって敵《てき》じゃないもの。でしょう？」

わたしは黙《だま》ってうなずいた。

カロが話を続ける。「ここへくる途中《とちゅう》に、草地を通ったでしょう。〈亡霊《ぼうれい》の谷〉のとなりよ。あそこには、いとこの一家が住んでいたの。だけど、いまはもぬけのからよ」

「ぼくたちの家族からも一匹《ぴき》いなくなった」若《わか》い雄《おす》のキツネが、静かにいった。「母さんの兄《にい》さんのリロっていうキツネだ。ある夜巣穴《すあな》を出て、それっきりもどってこなかった。家族で一番足が速かったのに。母さんと同じくらい狩《か》りがうまかった」

「決めつけないでよ」黒っぽい毛のシミがいった。「なにかあったのかもしれない……ニンゲンにしとめられたのかもしれないし」

カロは、赤茶色の細いしっぽを激《はげ》しくふった。「兄《にい》さんはいつだって機転がきいたわ。ニンゲンの罠《わな》にかかるなんて考えられない」

わたしは咳払《せきばら》いをした。「〈亡霊《ぼうれい》の谷〉って、〈憑《つ》かれた者〉たちが住んでるところ？」

カロが首をかしげる。「〝囚《とら》われ〟のこと？　いいえ。あのキツネたちのすみかは、むこうの森よ。谷をうろつくのは夜のあいだだけ。あの谷も、むかしは不気味なだけで、危険《きけん》じゃなかったのよ。でも、このところ急に様子が変わってきた。荒れ地がじわじわ広がって、わたしたちのなわばりまでのっとられそうよ。わたしたちだって、むかしからこんなにピリピリしてたわけじゃない」その声には、どこかすまなそうなひびきがあった。「ここは家族の巣穴《すあな》なのに、気が抜《ぬ》けないわ」

毛のみだれた年老いた雄《おす》ギツネが、巣穴《すあな》のすみで腹《はら》ばいになった。「カロ、その話はもうすんだはずだ。巣穴《すあな》を移《うつ》るつもりはない。わたしたちのなわばりはここなんだ。逃《に》げるのではなく――食い止めるのだ」

「食い止めるって、どうやって？」カロがいう。

フリントが、しっぽで地面をいきおいよく打った。「昼と夜の長さが少しずつ等しくなってきた。じきマリンタだ。マアが豊《ゆた》かになれば戦える！」

カロは、また耳をまわした。「敵《てき》の数が多すぎるわ。勝てるわけないでしょう？」

群《む》れのキツネたちは、いっせいに言い合いをはじめた。不安そうな吠《ほ》え声が巣穴《すあな》にひびく。わたしたちのことは忘《わす》れてしまったみたいだ。

「あたしは戦う！」シミが吠《ほ》えて、みえない敵《てき》を引っかくみたいに前足で宙《ちゅう》をなぐった。

となりでは、若《わか》い雄《おす》ギツネが歯ぎしりをしながらうなずいた。「おれだって戦う！」

カロが、ほっそりした鼻づらにしわを寄《よ》せた。「あんなにたくさんの敵《てき》をどう相手するっていうの？」

「フォックスクラフトを使えばいいわ！」シミが、かん高い声で叫《さけ》んだ。

「だれも使えないでしょう」カロは冷静にいった。

「〈長老〉たちなら知ってる」ハイキがいった。

話し声がいっせいにやんだ。キツネたちが、好奇心《こうきしん》を浮《う》かべた顔でハイキをふりかえる。

「〈長老〉たちなら知ってる」小柄《こがら》な若《わか》い雄《おす》ギツネが、ハイキの言葉をくりかえしながら立ちあがった。しっぽの先が曲がっていて、顔の片側《かたがわ》に灰色《はいいろ》のぶちがある。「〈長老〉たちは姿《すがた》を消したり、ほかの動物の鳴きまねをしたりできるんだ。変身もできるってきいたことがある。それ、ほんと？」

「ほんとうだろうが、うそだろうが、どっちでもかまわん」年老いたキツネが腹立《はらだ》たしそうにうなった。「わたしたちとは縁《えん》のない連中だからな」

「助けてくれたことなんかいちどもない」フリントがうなずく。

「偏屈《へんくつ》ものの集まりだもの」カロもいった。「ふつうのキツネなんか見下してるのよ」

「それでも、キツネの伝統《でんとう》の守護《しゅご》者なんだ――すべてを知ってるんだ」ハイキが、かしこまった声で、ささやくようにいった。

わたしは、ジャナを尊敬《そんけい》していたシフリンを思いだして、無性《むしょう》に腹《はら》が立った。「わたしは〈長老〉たちの助けなんていらない」

老いたキツネが鼻を鳴らした。「それは頼《たの》もしい。〈長老〉たちが自分たちを助けてくれるとでも思っているのか？　〈灰色《はいいろ》の地〉からきた子どもと、低地出身のうすぎたないキツネの分際《ぶんざい》で」

ハイキはたじろいだけれど、ふるえる声でいいかえした。「おれの悪口は好きにいえばいい。おれはどうせ、たいしたキツネじゃない。あんたたちの獲物《えもの》をうばったのだって、おれが悪かったんだ……だけど、アイラのことは甘《あま》くみないほうがいいぞ」ハイキはわたしのほうを向いて、はげますようにうなずいた。

「子どもをかばうとはやさしいじゃないか」年老いたキツネは冷ややかにいった。「だが、〈長老〉たちには、おまえのような仲間意識《いしき》などはない。連中は、南の〈荒野《こうや》〉で苦しむキツネさえ、見殺しにしているのだ」鋭《するど》い目つきになる。「わたしは、子どものころからこの野原に住んでいる。〈亡霊《ぼうれい》たちの谷〉ができるよりもむかしからだ。かつてはあの谷にもシダが茂《しげ》り、ハシバミの木々が枝《えだ》を広げ、池にはカモが浮《う》かんでにぎやかに鳴き、わたしたちの格好《かっこう》の狩場《かりば》になっていたものだ。谷がしだいに朽《く》ちていくのを、わたしはずっとみてきた。ハシバミの木立《こだち》は腐《くさ》った。カモはよその土地へ逃《に》げていき、池は涸《か》れてあとにはぬかるみだけが残った」怒《いか》りのこもった声が大きくなった。「あの地にはいま、気味の悪いキノコが生え、赤目のキツネどもがのさばっている。わたしたちのなわばりを恐怖《きょうふ》におとしいれ、家族をおびやかしている」鼻からシューッと息を吐《は》く。「そこへ、低地からふらっとやってきたよそものが、〈長老〉たちに助けてもらいたい、などとぬかしはじめた」

うなだれたハイキをみながら、老いたキツネは話しつづけた。「連中はここでなにが起こっているか知っているはずだ。ところが、自分たちの力を出《だ》し惜《お》しみしている——かぎられたキツネにしか、ワアキーアを教えようとしないのだ」

背《せ》すじからしっぽの先まで、ふるえが走った。ワアキーア——姿《すがた》を変えるフォックスクラフト。シフリンが変身するのも、メイジの刺客《しかく》のカルカが大きな犬に変身するのも、わたしはみたことがある。ワアキーアがどんなにすごい術《じゅつ》かはよく知っている。

老いたキツネは、鋭《するど》い目でハイキをにらみつけた。「なぜおまえは、〈長老の岩〉をみつけられるなどと思った？　おまえよりもはるかに賢《かしこ》いキツネたちが、これまで何度となく挑《いど》んでは失敗しつづけてきたのだぞ。よそもののくせに大口をたたきおって」

「父さん」カロが声をかけて、年老いたキツネに近づこうとした。だけど、怒《いか》りに燃《も》えた父親の目をみると、ぴたりと足を止めた。

「最後まで話をさせろ！」キツネは吠《ほ》えた。「この愚《おろ》かな灰色《はいいろ》ギツネは、自分がどんなむちゃをやろうとしているのかわかっていない！」ハイキに向きなおる。「仮《かり》に、とんでもない奇跡《きせき》が起こって、おまえが〈長老〉たちに会えたとしよう。〝シャナ〟と呼《よ》ばれる結界を通って〈長老の岩〉にたどり着いたとしよう。だとしても、おまえが望んでいるような助けは絶対《ぜったい》に得られまい。危険《きけん》な冒険《ぼうけん》で時間をむだにしたあげく、知恵《ちえ》も助けも得られずに、さらわれた家族を取りもどすこともできない。〈長老〉たちに思いやりを期待するな。キツネが死に、谷が朽《く》ちようと、連中は知らん顔だ。なにひとつしてはくれん」

キツネはよろよろと立ちあがると、うしろを向いてトンネルへ向かいはじめた。長いしっぽは細くて、ところどころ毛が抜《ぬ》けている。しっぽが地面の上を引きずられていく。

声が遠ざかっていった。「キツネの伝統《でんとう》で自分の問題が解決《かいけつ》できると思うな。連中は、秘《ひ》密《みつ》を明かすくらいなら死を選ぶ」

7.

年老いたキツネは、弱々しい足取りで細い穴《あな》の中を遠ざかっていった。

わたしはそっとハイキのそばへいった。「もういこう」

ふたりでトンネルに向かう。カロとフリントがわきへどいて、わたしたちを通してくれた。

だけど、シミは納得《なっとく》できないみたいだった。「このままいかせる気？　こんなにあっさり？　ねえ、あいつら、ママがきのうつかまえてきたウサギを横取りしたのよ？」

カロがため息をついた。「疲《つか》れていて、おなかがすいてたのよ。〝囚《とら》われ〟に追われてたなら、しかたがないでしょう」

わたしは立ちどまった。ハイキがあわててふりかえる。「どうした？　気が変わらないうちにいこう」

わたしは耳をうしろに倒《たお》した。カロの使った言葉がどうしても引っかかる。〝囚《とら》われ〟という言葉。わたしは、カロとフリントをふりむいた。「〝囚《とら》われ〟って、〈憑《つ》かれた者〉のこと？　メイジの群《む》れのことでしょ？」

もう、フリントのことはそんなにこわくなかった。暗がりに慣《な》れてくると、フリントのまぶたのまわりを縁取《ふちど》る黒い毛がはっきりみえて、目がおばけみたいに大きくみえることもない。「わたしたちは、連中のことを〝囚《とら》われ〟と呼《よ》んでいる。あいつらは、文字《もじ》どおり囚《とら》われているキツネたちだからな」

「メイジに？」

「ああ、わたしたちの呼《よ》び方では〈尾《お》なしの予言者〉に。いや……あいつの手先に、といったほうがいい」

「あのキツネたちって、だれなの？」

「アイラ……」ハイキが、すがりつくような顔でわたしを押《お》した。「気が変わらないうちに逃《に》げよう」だけどわたしは、この家族のことはもうこわくなかった。なにより、ほんとうのことが知りたい。

フリントがうつむいた。「おまえが〈憑《つ》かれた者〉と呼《よ》んでいる連中も、もとはふつうのキツネたちだった。だが、〝囚《とら》われ〟となったいまは、〈予言者〉の思うがままだ。意志《いし》をうばわれている」

フリントの話をきいていると、あのうつろな目が頭に浮《う》かんでくる。そのときふと、どうすればふつうのキツネが〈憑《つ》かれた者〉になるのかふしぎになった。生きたキツネから、どうやって意志《いし》をうばうんだろう？「〝囚《とら》われ〟って……それもフォックスクラフトなの？」

「まあ、そうともいえるわね」カロが、おさえた声でいった。「どんな術《じゅつ》なのかはわたしたちも知らないわ。火を使ってなにかするって話もきいたけど」

「どうかしら」年かさの雌《めす》ギツネの一匹《ぴき》が口を開いた。「キツネは火をきらうものよ」

フリントがぱっと顔をあげ、耳をうしろに寝《ね》かせる。「ルパスが――カロの父が――〈長老〉を憎《にく》むのは、むかしから受けつがれてきたキツネの秘密《ひみつ》をひとり占《じ》めしているからだ。だが、フォックスクラフトをあやつるのは、なにも〈長老〉たちだけじゃない。〈尾《お》なしの予言者〉も、フォックスクラフトを知りつくしている」

フリントの言葉が胸《むね》に突《つ》きささった。フォックスクラフトは〝いいもの〟だと思っていた。わたしたちをニンゲンから守ってくれるものだと思っていた。だけど、フォックスクラフトを利用して、別のキツネをあやつるキツネがいたなんて……。

「アイラ！」ハイキは逃《に》げたくてしかたがないみたいだ。

わたしは歩きはじめ、フリントとカロのあいだをすり抜《ぬ》けて巣穴《すあな》の入り口へ向かった。

「ウサギ、食べちゃってごめんなさい」小声であやまる。

うしろからカロの声がきこえた。「気をつけていきなさい」ほかのキツネたちは、黙《だま》ってわたしたちを見送っていた。

「危《あぶ》なかったな」キツネたちに声をきかれないところまでくると、ハイキが小声でいった。

地面に続くせまいトンネルの中をのぼっていく。

「本気で襲《おそ》うつもりなんてなかったんだと思う。わたしたちを〈憑《つ》かれた者〉――〝囚《とら》われ〟だってかんちがいしただけ。こわがらせて、追いはらおうとしたのよ。あのキツネたちも不安なの。わかるでしょ――メイジと、手下の群《む》れになにかされるんじゃないかって」

「メイジじゃなくて、〈尾《お》なしの予言者〉っていってたぞ」

「でも、おなじキツネのことでしょ」

「メイジに尾《お》がないなんて、ほんとか？」

無意識《むいしき》に、わたしは自分のしっぽを体に巻《ま》きつけた。

気味の悪い水色の目と、短いしっぽのあいつだ。

トンネルの出口にいたキツネが、ハイキの質問《しつもん》に答えた。「そういわれている」年老いてしゃがれた声。声の主は、〈長老〉たちをののしって、腹立《はらだ》たしげに巣穴《すあな》を出ていったあのキツネだ。巣穴《すあな》をのぼっていくと、ルパスと呼《よ》ばれていたあのキツネの姿《すがた》がみえてきた。

ルパスは、わたしたちから顔をそむけたまま話しつづけた。「〈予言者〉が尾《お》をなくした理由はさまざまにいわれている。生まれつきかもしれない。オオカミとの戦いでうしなったという者もいるが、ニンゲンたちが町を作りだしてからは、オオカミがこれほど南へ下ってくるとは考えられない。事故《じこ》でうしなったと考えている者もいる。自分で嚙《か》みきったと考える者もいる。どんな痛《いた》みにも耐《た》えられることを誇示《こじ》するためにな」

出口に立ちふさがったルパスの緑色の目をみた瞬間《しゅんかん》、わたしは急に気分がくじけてきた。「あなたの家族が、もういっていいって……」弱々しい鳴き声がもれて、はずかしくなる。

ルパスは、わたしがとなりへいくと、こっちをみた。背丈《せたけ》はわたしと変わらない。年を取って、ちぢんだのかもしれない。「なにをしようとおまえの自由だ。出ていきたいなら、いくがいい」

本気なのかおどしているのか、よくわからない。

ハイキは年老いたキツネのそばを急いですり抜《ぬ》けると、小走りに外へ出ていき、イラクサの茂《しげ》みに隠《かく》れて伸《の》びをはじめた。わたしは、涼《すず》しい夜の空気を胸《むね》いっぱいに吸《す》いこみながら、あたりの様子をたしかめようと耳をすました。土と、草と、木の皮のにおいがする。風の音と、コオロギが鳴く音……それにあれは……あれはなんの音だろう？　遠すぎてよくきこえない。耳をすましたけれど、かすかな音は、すぐにきこえなくなった。

わたしはじっと耳をすましつづけた。すると、音がもどってきた——かん高い獣《けもの》の吠《ほ》え声だ。

首筋《くびすじ》の毛がざわっと逆立《さかだ》つ。

ルパスも吠《ほ》え声に気づいたみたいだった。「〝囚《とら》われ〟の連中だろう。おまえを追ってきたのか？」

しっぽの先がふるえた。どうして居場所《いばしょ》がわかったんだろう？「あのキツネたち、夜になるとこのへんにくるんでしょ？　どうしてわたしを追ってきたなんて思うの？」

「直感だ。自分でもわかっているはずだ。連中が〈灰色《はいいろ》の地〉へきたのも、おまえがいたからじゃないのか？　〝囚《とら》われ〟どもが、なわばりからそれほど遠くへ離《はな》れるなど、きいたこともない」

「あいつらの目当てはお兄ちゃんよ」

ルパスがじっとみつめてくる。わたしは鋭《するど》い視線《しせん》に耐《た》えられなくなって、目をそらした。口を開いたルパスは、少しやさしい声になっていた。「おまえたち、こんな夜に外をうろつくつもりじゃなかろうな。中へもどったらどうだ」わたしは、老いたキツネの、闇《やみ》の中で光る目をちらっとみた。鋭《するど》い目の下には、これまでは気づかなかった思いやりがにじんでいる。

キツネはうしろを向いて、巣穴《すあな》へ続くトンネルを下りはじめた。毛の抜《ぬ》けかけたしっぽが地面を引きずっていく。また、獣《けもの》の吠《ほ》え声がきこえた。まだ遠いけれど、近づいているのはまちがいない。〈憑《つ》かれた者〉が谷を出てきたんだろうか。草原に入ってきたんだろうか。

「ハイキ」わたしは静かに声をかけた。「今夜はここに泊《と》めてもらおう。外は危《あぶ》ないから」大きな灰色《はいいろ》の顔が、イラクサの茂《しげ》みのむこうからのぞいた。「あそこへもどるのか？　アイラ、あいつらは危険《きけん》だ。おれたちを殺そうとしたんだぞ！　どうして急に信用する気になった？」

「メイジの群《む》れが近づいてる。明るくなるまで待たなきゃ」わたしは顔をこわばらせた。

「信用するとかそういう話じゃないの。それに、わたしはだれのことも信用なんかしてない」巣穴《すあな》に向きなおる瞬間《しゅんかん》、ちらっとハイキの姿《すがた》がみえた。わたしの言葉に傷《きず》ついたみたいに、肩《かた》を落としていた。罪悪感《ざいあくかん》でひげが揺《ゆ》れる。

巣穴《すあな》にもどってみると、さっきとは雰囲気《ふんいき》が変わっていた。背《せ》を弓なりにして警戒《けいかい》しているキツネは一匹《ぴき》もいない。好きなところに寝《ね》そべったり、ゆったり壁《かべ》にもたれたりしている。

年寄《としよ》りのキツネが、〈憑《つ》かれた者〉がきていると話したみたいだった。もどってきたわたしたちをみても、だれも意外そうな顔をしない。カロとフリントは毛づくろいをしあっている。タオという名の若《わか》い雄《おす》のキツネは、きょうだいらしいシミのしっぽにじゃれついている。シミはあおむけになって、きょうだいをふざけ半分にけっていた。二匹《ひき》と同い年くらいの小柄《こがら》な雄《おす》ギツネは、腹《はら》ばいになって、灰色《はいいろ》のぶちのある鼻をなめている。二匹《ひき》の年かさの雌《めす》ギツネたちは、巣穴《すあな》にもどってきたわたしたちを、落ちついた顔でみあげた。

ルパスは、群《む》れから少し離《はな》れたところにすわっていた。「シミ、タオ、前とうしろの入り口を見張《みは》りにいけ。ほんとうに〝囚《とら》われ〟がうろついているなら、用心するにこしたことはない」

タオと呼《よ》ばれた若《わか》い雄《おす》ギツネは、前足をシミのしっぽにかけたまま顔をあげた。「ここへ下りてくるなんてありえないと思うけど」

「ほう、そうか?」ルパスがけわしい顔になる。「じゃあ、このまま敵《てき》がくるのをのんびり待つことにしよう」

きょうだいたちは、しぶしぶ立ちあがった。シミが巣穴《すあな》の奥《おく》へ向かう。気づかなかったけれど、そっちにも入り口があるみたいだ。タオは、わたしとハイキのそばを通りすぎて、もうひとつの入り口へ向かった。わたしたちのことは気にしていない。トンネルを上がっていく足音が少しずつ遠ざかっていく。

ルパスが、老いた顔をこっちに向けた。「おまえたちはカロのしとめた獲物《えもの》で空腹《くうふく》を満たしたうえ、ここで夜を明かす。少し話をしてくれてもいいだろう? まずはわたしからはじめよう。名はルパス。この地で生まれた。もう少し北のほうだがな。このあたりでは一番の年かさだ。おまえたち、南のほうからきたなら、湖畔《こはん》の岩山をこえてきたのだろう。ひょっとするとわたしは、あの岩山よりも年寄《としよ》りかもしれん」

腹《はら》ばいになっていたカロが、横向きに寝《ね》そべりながら、わたしたちのほうをみた。「わたしは、ルパスの娘《むすめ》のカロ。こっちは連れあいのフリントよ」そういって、両目を黒くふちどられたキツネを鼻先で指した。「いま見張《みは》りにいったシミとタオは、こないだのマリンタで生まれたわたしたちの子どもよ。モックスもね」小柄《こがら》な雄《おす》ギツネに顔を寄《よ》せて、鼻の上を軽くなめる。

「わたしたちはカロのおばよ」年配《ねんぱい》の雌《めす》ギツネの片方《かたほう》がいった。「デクサとミプス」

「わたしはこの土地一番の老いぼれというわけだ」ルパスが小声でいって、またわたしたちのほうへ向きなおった。顔をおおう毛は、年のせいで灰色《はいいろ》がかっている。「それで、おまえたちは？〈尾《お》なしの予言者〉にひどい仕打ちを受けたことはきいた。そして、片方《かたほう》は〈長老〉たちに助けてもらおうなどと考えるような愚《おろ》か者らしい。わかっているのは、それだけだ」

ハイキは群《む》れの注目を集めて首をすくめた。不安がこみあげてきて、わたしはしっぽのふるえをおさえられなかった。ピリーの記憶《きおく》を集めて、胸《むね》の中にしっかりしまいなおす。知らないキツネたちに、ピリーのことを話すつもりはない。「なにを話せばいいの？」

「名はなんという？」ルパスはいった。

夜明けの光が、巣穴《すあな》をおおう木の根の天井《てんじょう》から射《さ》しこんできた。ほかのキツネたちは、壁《かべ》ぎわで折り重なるように眠《ねむ》っている。頭を家族のおなかにあずけたり、長いしっぽを巻《ま》きつけたりしている。ルパスも、カロのおなかに鼻先をうずめて眠《ねむ》っている。

わたしは、夢《ゆめ》もみない深い眠《ねむ》りから目を覚ますと、頭をすっきりさせようとまばたきした。あわい朝の光をみながら、ピリーのことを考える。むかしは一緒《いっしょ》に丸くなって、なんの心配もしないでぐっすり眠《ねむ》った。ピリーはどこにいるんだろう。〈うなりの地〉でピリーを探《さが》していたとき、頭の中に、いきなりふしぎな光景が浮《う》かんだことがあった。その光景のなかで、ピリーは石でできた大きなニンゲンのそばにいた――ううん、ちがう。わたしはあのとき、ピリーの目を通して石のニンゲンをみていた。

ゲラシャームを使ってピリーとつながっていた。

だけどいまは、ピリーが〈荒野《こうや》〉にいることはわかっているのに――たしかに近づいているのに――、心に語りかけるのはだんだんむずかしくなっている。語りかけても、ピリーは答えてくれない。わたしを避《さ》けているような気がする。

首をめぐらせて、巣穴《すあな》で眠《ねむ》っているキツネたちをみまわした。このキツネたちは、わたしの家族じゃない。ここはわたしの家じゃない。

わたしにはもう、帰る家がない。

どこか静かな場所をみつけて、ゲラシャームでピリーに話しかけたかった。ハイキにお別れをいおう。ここからはひとりで旅をすることを伝えよう。それくらいはしなくちゃいけない。狩人《かりゅうど》からも〈憑《つ》かれた者〉からも、一緒《いっしょ》に逃《に》げてきた仲間なんだから。そう思って巣穴《すあな》をみまわすと、ハイキの姿《すがた》がみあたらなかった。

そのとき、耳をつんざくようなかん高い吠《ほ》え声が、静かな朝の空気を切りさいた。キツネの声じゃない。〈亡霊《ぼうれい》の谷〉できこえた、あの変わった鳴き声だ。巣穴《すあな》のキツネたちがはね起きて、緊張《きんちょう》した顔であたりをみまわす。キツネたちの体から立ちのぼった恐怖《きょうふ》のにおいがむっと濃《こ》くなる。奇妙《きみょう》な声の数は、ふたつ、三つと増《ふ》えていく。巣穴《すあな》のまわりでこだましている。

「コヨーテよ」カロが叫《さけ》んだ。「近いわ」

ルパスが顔をくもらせた。「連中がこんなに近くへせまってきたのははじめてだ」

谷間で吠《ほ》え声をきいたときは一匹《ぴき》しかいなかった。「群《む》れで移動《いどう》するの？」

「ああ、そういうやつらもいる」フリントが、わたしのそばをすり抜《ぬ》けながら答えた。足早に出口へ向かっていったけれど、途中《とちゅう》でタオと会ったみたいだ。小さな話し声がきこえたあと、二匹《ひき》が一緒《いっしょ》に巣穴《すあな》へもどってきた。

シミも、もうひとつの出口からもどってきた。「巣穴《すあな》のすぐ外にコヨーテが一匹《ぴき》いるみたい」

フリントが声を殺していう。「巣穴《すあな》のまわりをまわっているらしいな」かたい表情《ひょうじょう》でカロをみた。「あいつらはキツネの赤んぼうをねらうといわれているが、ここに赤子はいない。いったいなにが目的だ？」

カロは大きく息を吸《す》った。「いなくなるまで待ちましょう」

「ああ、そうするしかないな」フリントがいった。「外はまだ暗い。コヨーテと〝囚《とら》われ〟

がうろついているあいだは、ここでおとなしくしていよう。もうすぐ夜が明ける。朝がくれば、少なくとも〝囚《とら》われ〟の連中は森へ帰っていく」

ルパスが深刻《しんこく》な面持ちでいった。「外にいるキツネは気の毒だな」

わたしは思わず前足を宙《ちゅう》に浮《う》かせた。「ハイキが外にいるの」

ルパスは舌打《したう》ちをした。「ばかなまねを。もどってくるとは思えんな」

おしゃべりが大好きな、気のいいハイキ……家族を取りもどすことだけが望みだったのに。

わたしはトンネルへ向かって、一歩踏《ふ》みだした。「探《さが》してくる」

カロが行く手に立ちふさがった。「やめてちょうだい。〝囚《とら》われ〟にあなたがみつかれば、ここにいるわたしたちも危険《きけん》にさらされる。お友だちのことは残念だけど、できることはなにもないわ。祈《いの》るしかない。きっと〈カニスタの星〉が助けてくれる」

いいかえそうと口を開いた瞬間《しゅんかん》、激《はげ》しい遠吠《とおぼ》えがひびきわたった。恐怖《きょうふ》で、ざっと毛が逆立《さかだ》つ。あれはフリントたちのいうとおり、コヨーテの遠吠《とおぼ》えだ……だけど、あの声には、どことなく聞き覚えがある――。そのとき、声の主が、ひとつの言葉をくりかえし叫《さけ》びはじめた。何度も、何度も、くりかえし。

「アイラ。アイラ。アイラ」

カロがぽかんと口を開けた。上を向き、弱い朝の光が射《さ》しこむ木の根の天井《てんじょう》に目をこらす。そのすきを突《つ》いて、わたしはカロのそばをすり抜《ぬ》け、出口へと走った。

野原に立ちこめた濃《こ》い霧《きり》は、渦《うず》を描《えが》き、夜明けの赤い光にそまっている。一匹《ぴき》のコヨーテが、すらりと長い足で、イラクサの茂《しげ》みの手前に立ちはだかっていた。鼻は黒く、顔はクリーム色の毛におおわれ、片耳《かたみみ》には嚙《か》みちぎられたあとがある。くちびるの上にひきつれた傷跡《きずあと》があるせいで、ほおひげがななめ上を向いている。

わたしは、ファークロウを思いだした。獣《けもの》たちの檻《おり》がたくさんある場所で出会ったオオカミだ。コヨーテのほうが小柄《こがら》だしやせているけれど、それでも、大きさはふつうのキツネの倍くらいある。引きしまった足にも、がっしりしたあごにも、力がみなぎっていた。獣《けもの》のにおいが漂《ただよ》ってくる。コヨーテはわたしをみつめたまま、目をそらそうとしない。金色の瞳《ひとみ》の奥《おく》には、すべてを知っているようなふしぎな表情《ひょうじょう》が浮《う》かんでいる。

心臓《しんぞう》がどくんと鳴った。

シフリンだ。

「アイラ、やっとみつけた……」コヨーテは、おずおずと前に踏《ふ》みだした。よろこんでいるようにもみえるし、どことなくおびえているようにもみえる。「二度と会えないかと思っていた」

8.

そのコヨーテの正体は、ワアキーアを使って姿《すがた》を変えたシフリンだった。砂色《すないろ》の毛はあちこちでもつれ、太く短いしっぽは弱い風の中で揺《ゆ》れている。
わたしは、体じゅうがちくちくして、しっぽが小刻《こきざ》みに揺《ゆ》れるのを感じていた。
シフリンは、わたしを〈憑《つ》かれた者〉から守ってくれた。でも、うそをついて、母さんと父さんとおばあちゃんが死んだことを、ずっと黙《だま》っていた。
キツネたちがトンネルをあがってくる音がしたかと思うと、カロとフリントとタオとシミが外へ出てきた。フリントが毛を逆立《さかだ》てる。「コヨーテ、ここでなにをしている？　ここはわれわれのなわばりだ。勝手に入ることは許《ゆる》さん」

シフリンはしばらくわたしをみつめたあと、フリントに視線《しせん》を移《うつ》した。「ああ、すぐに出ていく」

カロが背中《せなか》を弓なりにする。「じゃあ、さっさと出ていって！　自分の群《む》れにもどってちょうだい」

「わたしに群《む》れはいない」

「いいえ、声がしたわ」カロは鋭《するど》い声でいった。「おおぜいで遠吠《とおぼ》えをしていた」

わたしは咳払《せきばら》いをして割《わ》って入った。「きいて、これにはわけが……」

シミが鼻をくんくんさせて、耳を寝《ね》かせた。「母さん、このコヨーテ、なんだかおかしいわ」

シフリンは、ほかのキツネたちを無視《むし》して、まっすぐわたしをみた。「わたしだとわかったのか？　おまえの名を呼《よ》んだときは、カラークを使って声を変えていた」

わたしは耳を前に倒《たお》して片方《かたほう》の前足をあげたまま、じっと立っていた。「あんたの声はよく知ってる」

シフリンはうなだれた。「ニンゲンにさらわれてから、おまえのことをずっと探《さが》していた」

わたしは、前足を宙《ちゅう》に浮《う》かせたままシフリンをみつめた。

「アイラ、おまえを傷《きず》つけるつもりはなかった」

シフリンの前足に視線《しせん》を走らせる。ワアキーアを使って姿《すがた》を変えているから、あのつぶれたバラみたいな傷跡《きずあと》も消えている。シフリンは、すがりつくような表情《ひょうじょう》でわたしをみた。

そのとき、タオが空気のにおいをかぎながら声をあげた。「群《む》れはいないっていわなかったか？」

シフリンがはっとした顔になって、両耳をぴんと立てた。

そのとき、声がきこえた——激《はげ》しく吠《ほ》えたてるいくつもの声。次の瞬間《しゅんかん》、霧《きり》の中からコヨーテの群《む》れが現《あらわ》れた。巣穴《すあな》の入り口に集まったキツネたちをにらみつける。シフリンの姿《すがた》は、イラクサの茂《しげ》みに隠《かく》れてみえていない。

カロとフリント、タオとシミは、コヨーテが近づいてくると肩《かた》を怒《いか》らせた。白っぽい毛の大きな雌《めす》のコヨーテが前に進みでてくる。

「近づいたら承知《しょうち》しないわよ！」カロが勇ましい声で吠《ほ》えた。「争いは望まないけれど、そっちがその気なら相手になりましょう！」

コヨーテは鼻を鳴らした。「あんたが？　あたしたちと戦う？」群《む》れのコヨーテたちが、ばかにしたようにかん高い声をあげる。雌《めす》のコヨーテの黄色い目に、邪悪《じゃあく》な光が浮《う》かんだ。

「ウサギをよこせばおとなしく帰ってやる。ここには獲物《えもの》がたっぷりあるってきいたから、わざわざやってきたんだ。ひと晩《ばん》じゅうかかったんだから、がっかりさせてほしくないね」コヨーテは、長い爪《つめ》で土を引っかいた。

「われわれも、少ない獲物《えもの》でどうにかしのいでいる」フリントが怒《いか》りをこめた声でいった。「貯蔵庫《ちょぞうこ》もからっぽだ。おまえたちにわけてやれるものはない」

からっぽなのは、わたしたちのせいだ。わたしは、うしろめたくなってしっぽを垂《た》れた。

コヨーテは鼻をくんくんさせた。視線《しせん》を、キツネの群《む》れから荒《あ》れた草むらに移《うつ》す。「ウサギのにおいなんか全然しないじゃないか」牙《きば》をむき出し、腹立《はらだ》たしそうにうなる。「あんたたちがひとり占《じ》めしたんだろう！」

「なんて連中だ！」コヨーテたちがいっせいに吠《ほ》えた。「いじきたないキツネどもめ！」牙《きば》をむき出し、よだれを垂《た》らしながら、じりじりと迫《せま》ってくる。

シフリンが早口でわたしに説明した。「ひとりで旅をしていたんだが……」申《もう》し訳《わけ》なさそうに耳を寝《ね》かせている。「アイラ、これだけはわかってくれ。おまえを探《さが》しだすのはむずかしかった。こいつらはわたしがどうにかする──おまえのことはかならず守る」

答えるひまはなかった。シフリンはイラクサの茂《しげ》みをまわりこみ、コヨーテたちの前に立ちはだかった。「キツネたちにかまうな」

コヨーテたちは、気圧《けお》されたようにあとずさった。激《はげ》しい吠《ほ》え声が少しずつやんで、おびえたような鳴き声になる。

「リーダー！」白っぽい雌《めす》のコヨーテが、すがるような声でいう。「てっきり、あなたのお望みは……」コヨーテは、ふと口をつぐんだ。シフリンに鼻を寄《よ》せ、急いでにおいをかぐ。「リーダー、なにか様子が……」

「様子が、なんだ？」シフリンは、堂々とした大きな体で雌《めす》のコヨーテに詰《つ》めより、群《む》れをにらみわたした。

「いいえ、申《もう》し訳《わけ》ありません、リーダー」雌《めす》のコヨーテはあわれっぽい声になった。服従《ふくじゅう》のしるしに、シフリンの前であおむけになって、クリーム色の毛におおわれたおなかをみせる。「どうかお許《ゆる》しください」

群《む》れのコヨーテたちも次々に頭を垂《た》れた。許《ゆる》しをこうように、あとずさりながら鼻を地面にすりつける。

コヨーテたちが、シフリンをこわがってる！

シフリンが変身したのは、ただのコヨーテじゃない――コヨーテのリーダーだ。わたしは、きゅうきゅう鳴いてあやまるコヨーテたちを、ぽかんと口を開けてみていた。こんなにこわがるなんて、ほんとうのリーダーは、よほどおそれられているにちがいない。

「ここにはなにもない」シフリンは、鼻を鳴らしていった。「丘《おか》のふもとへいけばリスくらいはみつかるだろう。いくぞ」

コヨーテたちは、おびえた声でシフリンに賛成《さんせい》した。

そのとき、怒《いか》りにふるえる遠吠《とおぼ》えがひびきわたった。「何様のつもりだ？　リーダーはこのおれだ！　おれがこの群《む》れのリーダーだ！」コヨーテたちの群《む》れを乱暴《らんぼう》にかき分けて、だれかが前に出てきた。コヨーテたちはおびえた声をあげ、急いで服従《ふくじゅう》のポーズを取って足をふるわせた。遠吠《とおぼ》えをあげたコヨーテが、大またでシフリンに近づいていく。堂々と胸《むね》をはり、鼻づらには憎《にく》しみでしわを寄《よ》せている。とがった長い耳の片方《かたほう》には、噛《か》みちぎられたあとがある。くちびるの上には、引きつれた傷跡《きずあと》があった。

うしろにいたシミが、はっと息をのむ。「あの二匹《ひき》……そっくりよ！」

そのコヨーテが、ほんものの群《む》れのリーダーだった――シフリンが姿《すがた》を借りた相手だ。心臓《しんぞう》がどくんと鳴る。ワアキーアを使ってわたしに変身したシフリンをみたとき、わたしは、激《はげ》しい恐怖《きょうふ》に襲《おそ》われた。殺していたっておかしくなかった……。

ほんもののリーダーは、自分にそっくりな姿《すがた》に変身したシフリンをにらみつけた。まわりでは、群《む》れのコヨーテたちが起きあがり、おびえた声で鳴いている。リーダーの顔にとまどいが浮《う》かんだ。

とまどいは、たちまち激《はげ》しい怒《いか》りに変わった。「何者だ？」リーダーは、食いしばった牙《きば》のあいだからいった。「どんなまやかしを使っている？」

わたしはカロたちをふりかえった。キツネたちはあっけにとられて、にらみあう二匹《ひき》のコヨーテをみつめている。

「シフリン、なにするつもり？」わたしは小声でいった。「危険《きけん》だってわかってるでしょ？襲《おそ》われるわよ！」

シフリンはリーダーから目をそらさずに、低い声で答えた。「アイラ、こうなったのはわたしのせいだ。コヨーテの群《む》れはうしろに残して、ひとりでここへきたつもりだった。だが、知らないうちに引き連れてきてしまったらしい。騒《さわ》ぎを起こした責任《せきにん》はとる」シフリンはリーダーをにらみながら、大またで歩きはじめた。

「どういうことだよ！」タオが声をあげる。

「なんで二匹《ひき》いるの？」シミはぼう然としている。

「フォックスクラフトよ」わたしは小さな声でいった。シフリンが、ゆっくりと茂《しげ》みの中に分け入っていく。

リーダーのコヨーテは、おびえた声で叫《さけ》んだ。「待て！　答えろ！　おまえは、だれだ？」口から泡《あわ》を飛ばし、もつれる舌《した》でわめきつづける。「ペテン師《し》め！　おまえは……おまえは怪物《かいぶつ》だ！」茂《しげ》みの中へ消えようとしているシフリンのしっぽを追いかけた。「つかまえてやる。殺してやる！」コヨーテが地面をけって襲《おそ》いかかるのと、シフリンがわきへ飛びのくのは同時だった。シフリンは草原を駆《か》けはじめた。リーダーがあとを追う。何度もつまずき、そのたびに体勢《たいせい》を整えて走りつづける。途方《とほう》に暮《く》れていた群《む》れも、あとを追いはじめた。

「あのコヨーテ、アイラを知ってたな」タオがいった。「名前で呼《よ》んでた」

キツネの家族は静まりかえった。頭のうしろに痛《いた》いくらい視線《しせん》を感じる。だけど、わたしはふりむかなかった。迷《まよ》わず走りだした――コヨーテたちを追いかけて、白い朝もやの中を走った。

コヨーテたちは、隊列を組んで草の中を走り抜《はしぬ》けていった。たくさんのしっぽが上下に激《はげ》しく揺《ゆ》れている。わたしはあとを追いながら、ハシバミの木立や、黄色い花をつけたハリエニシダの茂《しげ》みをジグザグに抜《ぬ》けていった。群《む》れは、朝日ののぼるほうへ向かっている。灰色《はいいろ》の毛が、日の光を受けて金色に輝《かがや》いていた。シフリンとリーダーの姿《すがた》はもうみえない。

やがて、小川のそばへきた。流れにそって走るあいだも、わたしとコヨーテたちとの距離《きょり》はどんどん開いていく。朝の光のなかでみる景色《けしき》は、ゆうべと大ちがいだった。夜鳥やコオロギの鳴き声はやんで、かわりに虫の羽音がきこえる。ウサギが木の根元をはねていったけれど、わたしは見向きもしなかった。

ココーテたちは、小川をあとにして、ゆるやかな丘《おか》をのぼりはじめた。地面がざらついてくる。シダの茂《しげ》みのむこうには、背《せ》の高い松の木が立ちならんでいる。ココーテたちは、はじめと変わらないスピードで、根気強く走りつづけている。わたしは荒《あら》い息をつきながら、ココーテたちがシダをかきわけて松林に飛びこんでいくのをたしかめた。

松林に着くころには、わたしはひとりぼっちになっていた。だけど、かん高い吠《ほ》え声や荒《あら》い息の音はきこえるし、たくさんの足が砂《すな》まじりの土をける振動《しんどう》も感じる。坂はきつくなって、小高い丘《おか》に続いていた。足の裏《うら》が痛《いた》いし、体じゅうの筋肉《きんにく》が悲鳴をあげている。それでもわたしは、ココーテたちに追いつこうと走りつづけた。

松と松のあいだをすり抜《ぬ》けようとしたとき、ごつごつした木の根に足を引っかけて転んだ。落ち葉が厚《あつ》く積もった地面に転がったまま、わたしは胸《むね》を上下させてあえいだ。

顔をしかめて重い体を起こすと、今度は足元に注意しながら、スピードを少し落として走った。急に不安になる。足音がきこえない。シフリンはつかまってしまったんだろうか。それとも、足音がきこえないくらい遠くへいってしまったんだろうか。ほおひげをまっすぐにのばして、耳をすます。丘《おか》のてっぺんをこえて坂を下りはじめると、また、吠《ほ》え声とうなり声がきこえてきた。下をみると、岩だらけの平らな土地に、ココーテたちが円になって集まっている。興奮《こうふん》した様子ではね、うなったり激《はげ》しく吠《ほ》えたりしている。

円の真ん中に、ふたつの影《かげ》があった。

シフリンとリーダーがにらみあっている。わたしは慎重《しんちょう》に近づき、木立《こだち》に隠《かく》れた。不気味な光景だった——姿《すがた》のそっくりなコヨーテが二匹《ひき》、にらみあっている。どっちがシフリンなのか、わたしにもわからない。かたずをのんで見守っていると、二匹《ひき》は戦いをはじめた。突《つ》きとばし、噛《か》みつき、もつれあって転がり、ぱっと離《はな》れる。

「うすぎたないペテン師《し》め！」片方《かたほう》のコヨーテがわめきながら突進《とっしん》して、相手を地面に転がした。あおむけに転んだコヨーテは——たぶん、こっちがシフリンだ——、石の地面に頭をぶつけて悲鳴をあげた。もみあう二匹《ひき》の少しむこうでは、地面が崖《がけ》みたいにぷっつりととぎれている。わたしのいる木立《こだち》からは、その先がどうなっているのかはわからない。

コヨーテたちは二匹《ひき》を取りかこみ、じわじわと近づいていった。血のにおいに興奮《こうふん》して、噛《か》みつくとすぐにうしろへ下がって、リーダーに場所をゆずる。コヨーテたちは、すきをみてはシフリンの体に牙《きば》を立てた。

遠吠《とおぼ》えをあげている。いまになってわたしは、自分が危険《きけん》にさらされていることに気づいた。もし、血のにおいでわれを忘《わす》れたコヨーテたちにみつかったら、あっというまに殺されるに決まっている。

わたしは木の根元で体をちぢめ、勝敗の行方《ゆくえ》をみようと首をのばした。激《はげ》しく吠《ほ》えたてるコヨーテたちのあいだに、リーダーとシフリンの姿《すがた》がちらちらみえる。片方《かたほう》は血を流していた。真《ま》っ赤《か》な血の色がいやでも目に飛びこんでくる。

どうかあれがシフリンじゃありませんように。

血を流すコヨーテは、苦しげに息をしながらわきへ逃《に》げた。「戦うつもりはない。もうやめてくれ」

胸《むね》がどきっとする。あの声は、シフリンだ。

「逃《に》がすか！」吠《ほ》えたリーダーの口のはしにも、血がにじんでいた。わたしには、リーダーの気持ちが想像《そうぞう》できた。わたしも、自分に変身したシフリンをみたとき、激《はげ》しい怒《いか》りがわいてきて、なにも考えられなくなった。あのリーダーも、決して戦いをやめないだろう。コヨーテは、わたしみたいな子ギツネとはちがって戦いがうまいし、力も強い。まわりを取りかこむコヨーテたちも、もっとやれ、とリーダーをけしかけている。リーダーが腰《こし》を落として力をためた。たくましいうしろ足を曲げ、飛びかかる体勢《たいせい》をとる。口を開けて牙《きば》をむき出すと、リーダーはシフリンに襲《おそ》いかかった。

わたしは息をのんだ。

シフリンは、危《あぶ》ないところで横へ転がった。石の上を転がり、体が止まるとすばやく立ちあがる。だけど、勢《いきお》いよく飛んだリーダーは、急には止まれなかった。必死で空をけりながら、そのまま崖《がけ》のむこうへ姿《すがた》を消した。崖《がけ》がどのくらいの高さなのかはわからない。不安そうにざわめく群《む》れの様子をみると、助かる見込《みこ》みはなさそうだった。

群《む》れは崖《がけ》の手前でぐるぐる走り、ぶつかりあいながらきゅうきゅう鳴いている。白っぽい毛のコヨーテが、空をみて、おびえたようにあとずさった。「太陽が血を流している！」悲痛《ひつう》な声で遠吠《とおぼ》えをする。「リーダーは助からない！」

コヨーテたちは打ちひしがれたように腹《はら》ばいになり、パニックを起こしてきゃんきゃん吠《ほ》えた。

「なわばりへ！」白いコヨーテが叫《さけ》ぶ。「聖霊《せいれい》たちとともに、リーダーの魂《たましい》を送りだすのよ」

群《む》れは待ちかまえていたように走りだし、声をそろえて遠吠《とおぼ》えをはじめた。わたしは急いで下生えのなかに隠《かく》れた。すぐそばをコヨーテたちがバラバラと走っていく。足音が遠ざかり、吠《ほ》え声が風に流されてきこえなくなるまで、そのまま身をひそめていた。それから、大きく息を吸《す》うと、木陰《こかげ》から踏《ふ》みだした。

おそるおそる、平らな岩の上を歩いていく。岩に散《ち》った血しぶきが、朝日に照らされていた。わたしは深呼吸《しんこきゅう》をひとつして、崖《がけ》のふちをのぞきこんだ。ずっと下のほうに、岩棚《いわだな》がひとつ飛びだしている。骨《ほね》みたいに白くなめらかな岩だ。その上に、虫の息のリーダーが倒《たお》れていた。死んではいない――でも、もう長くない。苦しげな息の音がきこえる。まぶたが開いていて、目玉がぐるぐるまわっている。わたしは、コヨーテがかわいそうになった。自分とそっくりなコヨーテをみて、どんなに気味が悪かっただろう。どんな生き物だって、あの激《はげ》しい怒《いか》りには抵抗《ていこう》できない……コヨーテは凶暴《きょうぼう》だし、キツネの天敵《てんてき》だ。それでも、こんな終わりかたはひどすぎる……あのコヨーテはなにもしていないのに。

リーダーがこっちを見上げたけれど、わたしを通りこして、空をみているみたいだった。その目は、氷みたいにぬれて光っていた。なにをみているんだろう？　肩《かた》ごしにふりかえると、夜が明けたばかりの空がみえた。空は、朝焼けで深い赤にそまっている。

太陽が血を流している！

わたしは崖《がけ》のふちからそっとあとずさると、あたりをみまわした。シフリンの姿《すがた》がみえない。と、思ったそのとき、小さな鳴き声がきこえた。シフリンはいつのまにか、崖《がけ》から木立《こだち》へ移動《いどう》していたみたいだ。だけど、遠くへはいっていない。大きなシダの陰《かげ》でよろよろ歩いている。その体が激《はげ》しくけいれんし、横向きに倒《たお》れこんだ。まだコヨーテの姿《すがた》からもどっていない。

わたしはシフリンに駆《か》けよった。目はかたく閉《と》じられていて、浅い呼吸《こきゅう》はせわしない。

「どうしたの？　そんなに痛《いた》いの？」わたしは、急いでシフリンのケガの具合をたしかめた。肩《かた》の引っかき傷《きず》からは血がにじんでいるし、わき腹《ばら》にも噛《か》まれたあとがいくつもある。だけど、傷《きず》はどれも浅かった。深い傷《きず》はどこにもない――なのに、どうしてこんなに苦しんでいるんだろう。

そのとき、ほんもののリーダーの姿《すがた》が頭をよぎった。岩棚《いわだな》に体を打ちつけて、いまにも息を引きとろうとしていた。ワアキーアのせいで、シフリンは、あのコヨーテの傷《きず》まで写しとってしまったんだろうか。リーダーが死んだら、シフリンも死んでしまうんだろうか？

耳がかっと熱くなって、全身がこわばった。「もどって！」わたしは叫《さけ》んだ。「ワアキーアを解《と》かなきゃ。もとのキツネにもどるの！　じゃなきゃ死んじゃう！」

9.

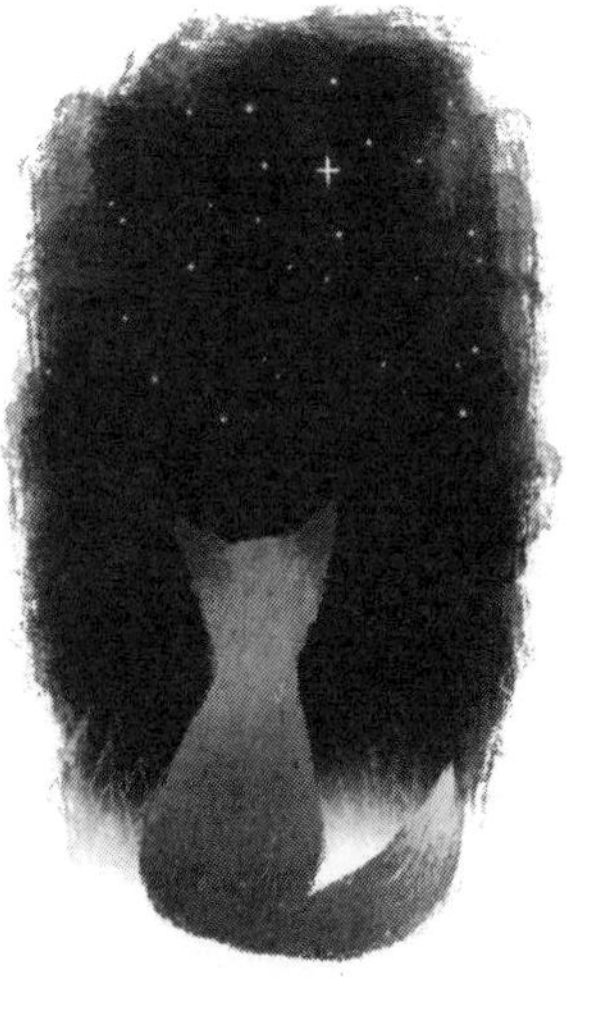

朝日が枯《か》れ枝《えだ》のあいだから射《さ》しこんで、森の地面を照らした。苦しむシフリンの上で、小鳥たちがのんきにさえずっている。シフリンは脚《あし》を弱々しく動かしたけれど、かたく閉《と》じられたまぶたはぴくりともしない。

「きいて！」わたしはあせって吠《ほ》えた。「キツネにもどらなくちゃいけないの！」

小枝《こえだ》を踏《ふ》む音がした。ぱっとふりかえると、ほっそりした顔のキツネがいた。「カロ……どうしてここにいるの？」

フリントとシミ、タオもいる。

四匹《ひき》のうしろからハイキが駆《か》けよってきて、驚《おどろ》いた顔でわたしとシフリンをみた。「アイラ、なにがあったんだ？　風にあたろうと巣穴《すあな》を出て、もどってみたら、おまえがコヨーテの群《む》れを追いかけていったときいたんだ」せわしなくしっぽをふる。「死ぬほど心配したぞ！」

「ああ、みんな心配していた」フリントがいった。「おまえはまだ子ギツネだ。あのコヨーテたちは、森を駆《か》けもどっていったよ。やみくもに遠吠《とおぼ》えをして、すさまじい騒《さわ》ぎだった」

「そのコヨーテ、どうしたの？」シミが不安そうにたずねた。「なんだか……変よ……」

カロが近づく。「ココヨーテじゃない」そういうと、わたしの目をみてたずねた。「アイラ、そうでしょう？」

わたしはひげがふるえるのを感じた。「そう、キツネなの。名前はシフリン。ワアキーアでココヨーテに変身してる」

「なんだって？」タオが声をあげた。

くわしく説明しているひまはない。「ワアキーアは変身のフォックスクラフト。このキツネは、ココヨーテに変身してるだけ――ココヨーテのリーダーに」

タオは顔をしかめた。「あんなのモックスのでたらめかと思ってた。姿《すがた》を消すとか、変身するとか……だけど、ほんとなのか？」

カロは、息子《むすこ》を無視《むし》して続けた。「ほんもののリーダーはどこ?」

わたしは不安にかられて、こわばった声で答えた。「崖《がけ》の下。大ケガしてる。わからないけど、もしかすると、あのコヨーテが死んだら——」

「このキツネも死ぬの?」カロは耳を寝《ね》かせた。

思わず弱々しい鳴き声がもれて、わたしは歯を食いしばった。どうしたらいいのかわからない。「もとの姿《すがた》にもどる力がないみたいなの」

キツネたちがそっと近づいてきて、シフリンの顔をのぞきこむ。シフリンは、ぐったりと横たわったまま動かない。わたしは、白い岩棚《いわだな》に転がったコヨーテのことを考えていた。

カロがそばにきた。「しかたがないわ。できることはなにもない」

フリントがシフリンの鼻先に顔を寄《よ》せた。「きこえるだろう? 空気のもれるような音がする。このキツネのマアが、肉体からもれているんだ」

わたしは途方《とほう》に暮《く》れてシフリンをみつめた。耳をすますと、シューッというかすかな音がきこえるような気がした。息がもれる音に似《に》ている。シフリンの体があわい光に包まれはじめた。悲しみがひたひたと押しよせてくる。わたしは、気をたしかに持とうと、激《はげ》しく首をふった。いま、フリントはなんていった?

マアが、肉体からもれているんだ。

そうだ！　できることがあった！

「目を開けて！」わたしはシフリンの耳元に口を寄《よ》せて吠《ほ》えた。「はやく目を開けて！」

シフリンはうめき、頭をこっちに向けた。目は閉《と》じている。

わたしは、シフリンにぐっと顔を近づけた。ほかのキツネたちは黙《だま》って見守っている。

「シフリン、きいて。目をみてくれなくちゃ助けてあげられない。こんなにあっさりあきらめるわけないわよね？　あんたはもっと強いキツネでしょ？」

シフリンのひげがけいれんする。わたしがなにをいっているか理解《りかい》するだけでせいいっぱいみたいだ。そのとき、シフリンのまぶたがかすかにふるえた。

ほかのキツネたちが息をのんだけれど、わたしは顔をあげなかった。まばたきもしないでみつめつづけていると、やがて、シフリンが目を開けた。コヨーテのリーダーとおなじ、氷みたいに冷たい目だ。わたしは、岩の上で死にかけている獣《けもの》の姿《すがた》を頭の中から追いはらった。マアシャームの呪文《じゅもん》を唱えはじめる。

「この手がおまえを感じ、この目がおまえを癒《いや》す。カニスタの星のもと、わたしはわたしの力をおまえと分ける。わたしたちはひとつになる。おまえの痛《いた》みはみな消える」

シフリンの目は、半分閉《と》じかけている。マアシャームは効《き》いたんだろうか。いくら待っても、あの、ふしぎな力で体じゅうが満たされる感覚がやってこない。鳥のさえずりと、シフリンの苦しげな息の音だけがきこえる。
わたしは、もういちど呪文《じゅもん》をつぶやいた。「この手がおまえを感じ、この目がおまえを癒《いや》す……」
シフリンは、砂色《すないろ》の顔をしかめながら、必死で目を見開いた。力をふりしぼって、わたしの目をみつめる。体を引っぱられるような感じがして、わたしは前によろめいた。シフリンに引っぱられたみたいだった。体勢《たいせい》を立てなおして、もういちどシフリンと目を合わせる。すると、あれがはじまった。ひげが逆立《さかだ》ち、しっぽが熱くなって、ひとりでに揺《ゆ》れはじめる。わたしとシフリンのあいだで光がきらめく。世界がだんだんぼやけていく。

この手がおまえを感じ、この目がおまえを癒《いや》す……

思い出が頭の中に押《お》しよせてきた。わたしのとなりでピリーが飛びはねていて、まだら模様《もよう》のしっぽをいきおいよくふっている。ふざけてさっとかがんだり、草の上を転がったりしている。母さんの声がきこえる。父さんがやわらかい土の上を歩く音がする。ハシバミと土のにおいがして、わたしはため息をつく。また別の記憶《きおく》がよみがえってくる。林の中をおばあちゃんが歩いてくる。口にはハトを一羽《わ》くわえている。ピリーがおばあちゃんに駆《か》けよって、わたしもあとを追いかける。ふざけてピリーにじゃれついて、わきへ押《お》しのける。うなったり吠《ほ》えたりして騒《さわ》がしいわたしたちの前に、おばあちゃんが獲物《えもの》を置いてくれる。牙《きば》を立てると、豊《ゆた》かな肉の味が口いっぱいに広がる。ピリーはハトの足にかぶりつく。わたしたちは押《お》しあいながら獲物《えもの》をほおばる。夢中《むちゅう》で肉に嚙《か》みつくと、灰色《はいいろ》の羽毛がふわふわと舞《ま》いあがる。

ぶるっと体をふるると、ハトの羽毛が宙《ちゅう》を舞《ま》って雪みたいに降《ふ》ってくる。視界《しかい》をおおう羽根の吹雪《ふぶき》に目をこらすと、谷間でおどおどと走りまわるウサギがみえた。雌《めす》ギツネが一頭、ぬかるんだ地面を慎重《しんちょう》に歩いて、ウサギに忍《しの》びよっている。体を低くして首を少しかしげ、狩《か》りには慣《な》れているみたいだ。毛はみたこともないくらい濃《こ》い赤だ。ゆっくりと円を描《えが》き、ぴたりと足を止めて耳をぴくぴく動かし、地面をけって前に飛びだす。ウサギをしとめると、地面にたたきつけて首の骨《ほね》を折る。

キツネはふりかえり、金色の目でまっすぐにわたしをみる。

あの雌《めす》ギツネは、わたしのためにウサギをつかまえてくれたんだ。そうわかって、わたしはうれしくなる。しあわせな気持ちで胸《むね》がいっぱいになる。

灰色《はいいろ》のハトの羽根が、風にあおられて渦《うず》を描《えが》きはじめる。羽根が雲みたいに集まり、そこだけ時間が止まったみたいに、空中で静止する。空が暗くなってくると、赤い毛のキツネが遠ざかっていく。ぬかるみを足早に歩いていき、とうとう姿《すがた》がみえなくなる。わたしは首をかしげて息をひそめる。宙《ちゅう》に浮《う》かんでいた羽根が灰《はい》みたいにさらさらになり、朝の風に吹《ふ》かれて舞《ま》いはじめる。真っ赤《まっか》な朝日がのぼってくる。昼が夜になり、夜が昼になる。雲が風に吹《ふ》かれてふたつにちぎれ、雲間から射《さ》した日の光が木の葉を照らす。木の葉がはらはらと舞《ま》いおちる。森の地面をおおう葉っぱは、琥珀《こはく》色に輝《かがや》いている。木の葉の色は、夜明けの色。シフリンの瞳《ひとみ》の色——。

はじめにまばたきをしたのはシフリンだった。〈うなりの地〉でマアを分けてもらったときもそうだった。口元をこわばらせて、目をきつく閉《と》じる。シフリンのまぶたが下りた瞬間《しゅんかん》、わたしは鋭《するど》い痛《いた》みを感じて、息を吐《は》きながらあおむけに倒《たお》れこんだ。地面に転がって、ぜえぜえ息をする。口の中に金臭《かなくさ》い味がする。やわらかい毛におおわれた耳の先がちくちくして、その痛《いた》みがゆっくりと頭に広がっていく。くたびれて全身が重い。

足の裏《うら》は氷みたいに冷えきっていた。マアシャームをしていたときはすごくしあわせな気分だったのに、いまは苦しくてたまらない。

ずきずき痛《いた》む頭を持ちあげて松の木々をみまわしながら、どこにいるのか思いだそうとした。まわりには、ハイキや、カロや、ほかのキツネたちが、ぼう然とした顔で立っている。わたしのほうはみていない。みんなの視線《しせん》をたどると、そこにはシフリンがいた。さっきまで砂色《すないろ》のコヨーテがいた場所には、鮮《あざ》やかな赤い毛のキツネが横たわり、こわばった足を曲げたりのばしたりしている。両耳が立っている。長いしっぽは朝の光を浴びている。金色の目には生気がもどっている。
シフリンは立ちあがった——生まれ変わったように。

目を覚ますと、あたたかく暗い巣穴《すあな》の中だった。まわりにはだれもいない。地面はかわいていて、冷えきっていた足は体温を取りもどしている。おそるおそる伸《の》びをしてみた。激《はげ》しい頭痛《ずつう》はましになっていた。あくびをして、体をふる。

ほかのキツネたちのにおいがして、おさえた話し声がきこえた。ここは、ゆうべ泊《と》めてもらったルパスたちの巣穴《すあな》だ。少しのあいだわたしは、どうやってもどってきたんだろう、と首をかしげた。

そして、思いだした——動けないくらいくたびれたこと。質問《しつもん》の嵐《あらし》。みんなの視線《しせん》。〈荒野《こうや》〉のキツネたちは、マアシャームにびっくりしていた。虫の息だったコヨーテが、どうして元気なキツネになったのか、わけがわからないみたいだった。

あのあとわたしは、ぼんやりした頭のまま、カロとハイキのあいだをすり抜《ぬ》けて走った。ほかのキツネたちは、ぽかんとしてわたしをみていた。シフリンが声をかけてきたけれど、言葉は霧《きり》みたいに消えてしまって、ちっともききとれなかった。森を抜《ぬ》けてこの巣穴《すあな》へもどってくるまで、どれくらいかかったんだろう。

どれくらい眠《ねむ》っていたんだろう。

マアをあげるのがこんなにくたびれることだったなんて、想像《そうぞう》もしていなかった。シフリンは〈うなりの地〉でケガをしたわたしにマアをわけてくれたけれど、平然としていたような気がする。わたしはそう考えながら、忘《わす》れかけた記憶《きおく》をたぐり寄《よ》せた。ううん、ちがう。シフリンは、マアシャームをしたあと、動きがにぶくなっていた。灰色《はいいろ》の地面の上で足を引きずりながら、何度も顔をしかめていた。そのあとは一日じゅう眠《ねむ》りこんで、ぴくりとも動かなかった。ちっとも眠《ねむ》れなかったわたしは、のんきに眠《ねむ》れてうらやましい、とさえ思っていた。

いまではわかる。ほんとうはあのとき、シフリンは足を持ちあげるだけでもつらかったんだ。ぐっすり眠《ねむ》っていたのは、それだけくたびれていたからなんだ。わたしを気遣《きづか》って、平気なふりをよそおっていただけなんだ。

〈うなりの地〉でシフリンにいった自分の言葉を思いだす。

危険《きけん》な感じね。命の源《みなもと》をわけてくれるなんて。

シフリンはこう答えた。

与《あた》えすぎなければいいだけの話だ……。

トンネルを歩いて、話し声のするほうへ近づく。しゃがれた低い声は、最年長のルパスだ。わたしは耳をそばだてた。

「カロとフリントから報告《ほうこく》を受けた。この巣穴《すあな》へきたコヨーテは、死んだコヨーテにうりふたつだったんだろう。あの子ギツネに助けられ、キツネの姿《すがた》を手に入れたのか?」

「はじめからキツネだったのよ」カロの声だ。「変身をしていたんですって」

「ほらね母さん、なんだか変な感じ、っていったでしょ?」これはシミだ。黒っぽい毛をした、カロの娘《むすめ》だ。

「ええ、そうだったわね」またカロの声がした。「なんとなく違和感《いわかん》はあったわ。コヨーテたちも気づいていたみたいだった。おそれて黙《だま》っていたけど」

ルパスがカロの声をさえぎった。「なんだと? 姿《すがた》をコヨーテに変えていたということか?」

「ええ、そうです」シフリンの声がする。わたしは耳を寝《ね》かせて、うなり声をこらえた。怒《おこ》っているのかほっとしているのか、自分でもわからない。どうしてここにいるんだろう? シフリンが助かったのはうれしいけれど、だからって、許《ゆる》したわけじゃない。「コヨーテの群《む》れからじゅうぶん離《はな》れたのをたしかめて、連中のリーダーに姿《すがた》を変えたんです。ワアキーアをしたまま旅をしたほうが安全だと思いました。いつもこの方法でうまくいきましたから」

わたしは、みんなが話している巣穴《すあな》のほうへ、もう一歩近づいた。ルパスの厳《きび》しい声がする。「フォックスクラフトを使って得意になっているようだが、うまく使いこなせているとはいえんな。コヨーテどもをうちの巣穴《すあな》へ引きつれてくるとは」

シフリンの声は落ち着いていた。「じゅうぶん気をつけたつもりです。ワアキーアを使ったのは、コヨーテたちのなわばりからかなり遠ざかってからでした。どうやって追いついてきたのかふしぎです」

「心当たりはあるんでしょう」カロは容赦《ようしゃ》ない。「わたしにはわかるわ。白状《はくじょう》しなさい。あなたのせいで危険《きけん》にさらされたんだから、説明をきく権利《けんり》くらいはあるわ」

シフリンはため息をついた。「このところ、夜にコヨーテの姿《すがた》で〈荒野《こうや》〉を旅していると、〈憑《つ》かれた者〉たちに追われることが幾度《いくど》もありました。岩山のふもとでも追われ、ヒースの野原でも追いまわされました。キツネがコヨーテを追いかけるなんて、きいたこともありません。〈憑《つ》かれた者〉のことは知っていますか？　キツネの体を持ちながら、魂《たましい》を持たない怪物《かいぶつ》がいるんです」

とたんに、巣穴《すあな》の空気が張《は》りつめる——ぴりぴりしていて、味まで変わったような気がする。

「連中のことならよく知っているとも。〝囚《とら》われ〟どものことだろう。〈亡霊《ぼうれい》の谷〉をうろついている」

「ええ、メイジに囚《とら》われたキツネたちのことです」シフリンは、年老いたキツネがそんな言葉を知っていたことに驚《おどろ》いているみたいだった。大きく息を吸《す》って話を続ける。「わたしは、〈憑《つ》かれた者〉がアイラを追いかけていくところをみたんです。アイラは……友だちと一緒《いっしょ》で、谷を出たあたりで連中に囲まれていました。だから、吠《ほ》え声をあげて、やつらの気をそらしたんです。できるだけこっちに注意を引きつけておいて、アイラを遠くへ逃《に》がす作戦でした。〈憑《つ》かれた者〉は、思ったとおりわたしを追いかけはじめました――それにしても、予想以上にしつこかった。わたしがコヨーテではないと気づいているようでした。もとからわたしを探《さが》していたような気さえしました」

わたしはしゃがみこんだ。たしかにあのとき、〈憑《つ》かれた者〉たちは、コヨーテの遠吠《とおぼ》えのおかげで、わたしとハイキから離《はな》れていった。あの吠《ほ》え声がシフリンだったなんて。

ルパスがまた口を開いた。「なにがいいたい？　亡霊《ぼうれい》のようなキツネどもとコヨーテが、手を組んでおまえを捕《と》らえようとしているとでも？　なんのために？」

シフリンは長いあいだ答えなかった。わたしは耳をぴくぴくさせながら、むこうの音に神経《しんけい》を集中させた。キツネたちがすわりなおす音がする。ほかにはなんの物音もしない。

とうとう、シフリンは答えた。「わたしは〈長老〉たちの使者です」

キツネたちがいっせいに息をのんだ。

「じゃあ、〈長老〉たちって、ほんとに全部知ってるのか？」タオの声だ。

「〈尾《お》なしの予言者〉は、どうして〈荒野《こうや》〉のキツネたちから意志《いし》をうばうの？」これはシミ。

「〈長老〉たちは、われわれがどうなろうとかまわないのか」フリントが怒《いか》りをこめてうなった。「この地のキツネたちがどれだけ苦しもうと、興味《きょうみ》がないのか？」

シフリンの声に怒《いか》りが混《ま》じった。「それはちがう。〈長老〉たちは愛情《あいじょう》深い方たちです。キツネたちの苦しみに胸《むね》を痛《いた》めています」

「〈長老〉たちは賢《かしこ》いのでしょう？　どうして〈予言者〉を放っておくの？」カロがたずねた。

シフリンはため息をついた。「メイジには異様《いよう》な力があるからです。あの力がどこからくるのか、わたしたちにもわからない。〈長老〉たちをもってしても、〈憑《つ》かれた者〉を根《ね》絶《だ》やしにすることはできないのです。メイジはだれにも劣《おと》らないマアを持っている。あれほどのマアを持つのは、〈漆黒《しっこく》のキツネ〉しかいません」

巣穴《すあな》が静まりかえった。

おずおずと沈黙《ちんもく》をやぶったのは、若《わか》い雄《おす》ギツネの声だった。「じゃあ、どうして〈漆黒《しっこく》のキツネ〉は、〈予言者〉を倒《たお》さないの?」この声はたぶん、シミとタオの小柄《こがら》なきょうだいだ。たしか、モックスという名前だった。

シフリンは声を殺して答えた。「どうか、このことは口外しないように。敵《てき》がどこで聞き耳を立てているかわからない。〈漆黒《しっこく》のキツネ〉は……いなくなったんです。居場所《いばしょ》を知る者はいません」

ルパスが、皮肉をたっぷりこめた声でいった。「申《もう》し訳《わけ》ないが、教えてはくれまいか。秘密《ひみつ》に包まれた偉大《いだい》なる〈長老〉たちの使者ともあろうお方が、なぜわざわざ、つましいわれわれのなわばりへいらっしゃったのか」

「〈灰色《はいいろ》の地〉からきたキツネの女の子が、ここへ迷《まよ》いこんできたといううわさがあったんです——その子がメイジにつかまったかもしれない、と」

「それで?」ルパスがいった。

「〈長老〉たちがその子ギツネの身を案じていました。その子に万一のことがあれば、責《せき》任《にん》はわたしにあるのです。〈灰色《はいいろ》の地〉でその子を見うしなったのはわたしですから。だから、自分から申し出て探《さが》しにきました」

わたしはトンネルから巣《す》穴《あな》へ入っていった。シフリンは、むこう側のトンネルの入り口に立っていて、赤いしっぽを左右にふっている。

キツネたちはみんなそろっていた。ハイキもフリントのとなりですわっていたけれど、わたしに気づくと駆《か》けよってきた。「アイラ、ああよかった！」わたしの鼻をなめて、となりにすわる。ハイキがとなりにいるとほっとした。シフリンのことも、〈長老〉たちのことも、ここにいるキツネたちのことも、よくわからない。だけど、ハイキだけはわたしの仲間だ――わたしたちは、ひとりぼっちだ。

わたしはハイキの鼻を軽くなめて、シフリンに向きなおった。足はふらついているけれど、口を開くとしっかりした声が出た。「わたしを探《さが》してたの？」

シフリンが静かに答える。「〈カニスタの星〉に祈《いの》りながら。かならずみつけようと胸《むね》に誓《ちか》っていた」

わたしは急いでハイキをみた。ハイキは、不安そうな顔でこっちをみている。もういちどシフリンに向きなおる。毛についていた血はきれいに落ちていて、あちこちについていた浅い傷《きず》も、豊《ゆた》かな毛に隠《かく》れてほとんど目立たない。鼻に残った引っかき傷《きず》にだけは、まだ赤い血がにじんでいる。

「元気そうね」

「おまえのおかげだ」シフリンは両耳を外側に向けた。「訓練もしていない子ギツネは、ふつうマアシャームなどできない。だが、いつかの夜、おまえに〈うなりの地〉の屋根の上で助けてもらったとき、この子ギツネはどこかちがうと感じた——あの直観は、まちがっていなかった。おまえのマアは特別だ……いまは疲《つか》れきっているだろうな」

「だいじょうぶ」わたしは鼻をなめて、背中《せなか》に力をこめた。「なんでここにきたの？　わたしはお兄ちゃんを探《さが》してるの。じゃまをしないで」

シフリンが目をきらっとさせた。琥珀《こはく》色の目の真ん中には、黒い瞳《ひとみ》がある。「その力を知れば、メイジはかならずおまえを捕《と》らえにくるだろう。もしかすると、もう気づいているのかもしれない……このあたりには、あいつの手下がうようよしているからな。おまえを安全な場所へ案内させてくれ——〈荒野《こうや》〉でただひとつだけ、メイジの力がおよばないところがある。〈長老の岩〉だ。おまえをそこへ連れていきたい」

10.

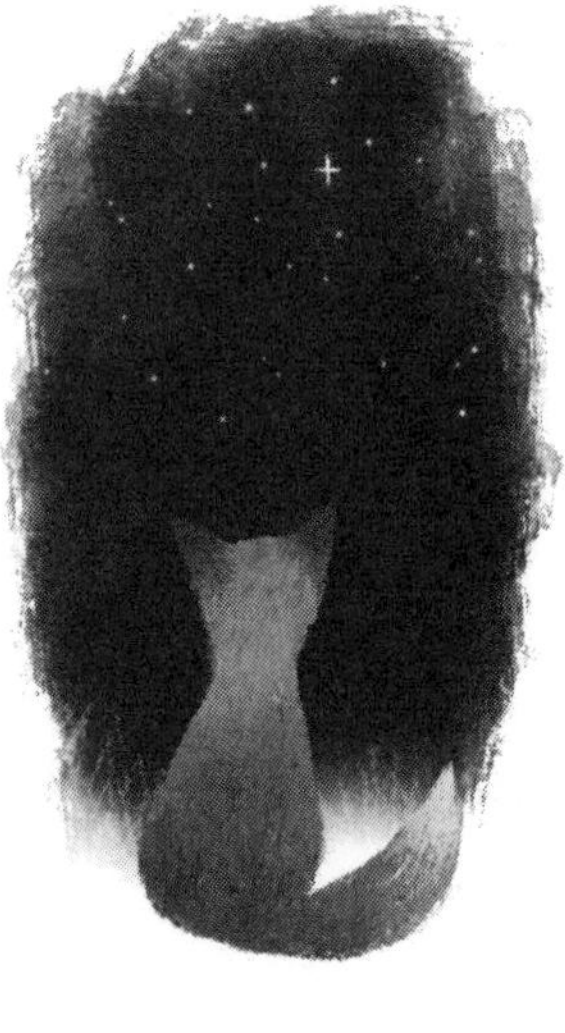

「あんたと一緒《いっしょ》に〈長老〉たちのところになんかいかない」わたしはシフリンをにらみつけた。「いったでしょ――わたしはお兄ちゃんをみつけるの」

シフリンが耳をぴくっとふるわせた。「〈長老〉たちはフォックスクラフトをだれよりも巧《たく》みに使いこなす。ピリーをみつける手段《しゅだん》を知っているかもしれない」

「ハイキと同じこといってる」わたしはちっとも納得《なっとく》できなかった。

するとハイキが、咳払《せきばら》いをして話しはじめた。「〈長老の岩〉は、むやみに探《さが》してもみつけるのがむずかしいってきいた。行き方を知ってるだれかに案内してもらったほうがいいんじゃないか？」そういって、わたしをみたまま、シフリンのほうをくいっとあごで指す。

シフリンとは目を合わせたくないみたいだ。

「〝みつけるのがむずかしい〟？」シフリンが鼻を鳴らした。あのいばった口調がもどってきている。「むずかしいどころか、不可能《ふかのう》だ」

わたしは、反射的《はんしゃてき》に首の毛を逆立《さかだ》てた。

いばり屋！

「だから、わたしはピリーをひとりで探《さが》したいの」わたしはキツネたちを見渡《みわた》して、ルパスの姿《すがた》を探《さが》した。ルパスは暗がりにひとりでひとり占《じ》めしてるし。そう思わない？」えらそうでしょ。フォックスクラフトをひとりですわっている。「〈長老〉たちって、なんだか
賛成《さんせい》してくれるかと思ったのに、ルパスは背中《せなか》を丸めて、なにか考えこんでいる。

「わたしたちは〈荒野《こうや》〉のキツネよ」カロがいった。「〈長老〉たちと予言者のいさかいに巻《ま》きこまれるのはごめんだわ。一日一日を生きのびるのがせいいっぱい――ニンゲンを避《さ》けるだけでも命がけよ」カロは、しっぽを垂《た》れたまま立ちあがった。「悪いことは起こるものよ。いちいち考えこんでるひまはないわ。食べさせなきゃいけない家族がいるんだから」そういうと、体をふった。「狩《か》りにいってくるわ」

フリントがぱっと立ちあがる。「わたしもいこう」

「一緒《いっしょ》に狩《か》りをするの？」わたしは驚《おどろ》いてたずねた。

「一緒《いっしょ》といっても――」カロが説明する。「オオカミや犬みたいなやり方じゃないわよ――わたしたちは、群《む》れじゃなくて家族だもの。キツネはふつうひとりで狩《か》りをするものだけど、わたしたちは獲物《えもの》を分けあうの。家族のだれかがおなかをすかせないようにカロはそういうと、トンネルに向かって歩きはじめた。

フリントがそのあとを追う。「みんなも外へいこう。風にあたれば気分も変わる。暗くなると〈荒野《こうや》〉には〝囚《とら》われ〟がうろつくが、日のあるうちは、連中がわれわれにかまうこともない」

わたしたちは、涼《すず》しく明るい表へ出た。気づかなかったけれど、マアシャームをしたあと、まる一日眠《ねむ》っていたみたいだ。鳥の群《む》れが空の高いところを飛んでいて、広がったり集まったり、空の上でいろいろな形を作っている。わたしは胸《むね》いっぱいに息を吸《す》った。空気は新鮮《しんせん》で、草の甘《あま》いにおいがする。

そのとき、一家で一番小さいキツネが、おずおずと近寄《ちかよ》ってきた。

「あの、ぼく、モックスっていうんだ」モックスは、両足で地面を軽く引っかきながらあいさつした。

「わたしはアイラ」

「うん、知ってる」モックスはわたしをみて、また足元に視線《しせん》を落とした。足にも顔とおなじ灰色《はいいろ》のまだらがある。「フォックスクラフトができるんだってね」

「ちょっとだけね」

モックスは、曲がったしっぽを小さくふった。「きみがコヨーテを助けるところみたかったなあ……あ、コヨーテじゃなくて、〈長老〉たちの使者だっけ。シミとタオにきいたよ！　ぼくはみんなについていけなかったから……」長い耳をうしろに倒《たお》す。「フォックスクラフトを学んでみたいけど、ぼくはみんなみたいに丈夫《じょうぶ》じゃないから。おじいちゃんは、おまえは特別なんだ、っていう。だけど、知ってるんだ。特別っていっても、いい意味じゃない。生まれたときからマアが少なかったんだって。だから、しょっちゅう休んでなくちゃいけないんだ」モックスは、どうってことないけど、といいたげにしっぽを軽くふってみせた。「もうなれっこだけど……アイラには強いマアがあるんだね。リロもそうだったよ」

「いなくなったキツネのこと？」

モックスは、少し顔を寄《よ》せて答えた。「あいつらにつかまったんだと思う。母さんもいってたけど、リロは頭がよくて足が速かった——ニンゲンにつかまるわけないんだ。だけど、〝囚《とら》われ〟の群《む》れにいるのもみたことがない」

返事をしようとしたとき、年かさの雌《めす》ギツネのひとりが——デクサかミプスかどっちかだけど、わたしには区別がつかない——モックスを呼《よ》ぶ声がした。「日陰《ひかげ》にきなさい。お日さまにあたっていると頭が痛《いた》くなるでしょう?」

モックスはばつの悪そうな顔をわたしに向けると、大おばたちのいる木陰《こかげ》へ急いだ。

カロとフリントが、草地の上を慎重《しんちょう》に渡《わた》っていく。大きな茂《しげ》みの手前にくると、鼻をいちど触《ふ》れあわせて、別々の方角へ向かいはじめた。シミとタオはじゃれあい、モックスはデクサとミプスのそばで腹《はら》ばいになっている。モックスもシミとタオと同い年のはずだけど、もっと幼《おさな》くみえる。子ギツネみたいに小さいし、やせた背中《せなか》には骨《ほね》が浮《う》きでていて、足も細くて頼《たよ》りない。灰色《はいいろ》のぶちのある鼻を前足の上にのせて、ほかのきょうだいがしっぽを追いかけあって遊ぶのをながめている。

わたしは、モックスがかわいそうになった。体が弱いから、仲間に入れないんだ。

デクサとミプスは、守るようにモックスに寄《よ》りそっている。一方は耳をなめて毛づくろいをしてやり、もう片方《かたほう》はわき腹《ばら》の毛にからみついたトゲを抜《ぬ》いている。

シフリンは一家から少し離《はな》れたところに立って、森のほうをながめていた。わたしは、しっぽを垂《た》れてシフリンから目をそむけた。ハイキが小走りに駆《か》けよってくる。「アイラ、ちょっと話せるか?」おさえた声だ。

「いいけど。それより、コヨーテたちがきた夜、どこにいたの?」責《せ》めるつもりはなかったのに、とがった声が出た。肩《かた》ごしにふりむくと、シフリンがこっちをみていた。だまっているけれど、耳を立てている。

「夜中に目が覚めて、急に不安になったんだ。まわりは知らないキツネばかりだし、巣穴《すあな》に閉《と》じこめられているような気がしてきた。それに、あのルパスとかいうじいさん、ちょっとおっかないだろ……」ハイキはそわそわと足を踏《ふ》みかえている。「みんな眠《ねむ》っていたし、すごく静かだった。少しだけ散歩をするつもりだったんだ……小川へいって水でも飲めば、頭もすっきりするだろうって思った。ところが、外に出ると、コヨーテのやつらが近づいてくる音がして、急いで隠《かく》れた。あのとき、おれ、イラクサの茂《しげ》みのすぐむこうにいたんだ――あいつらのにおいで息が詰《つ》まりそうだったよ。みつかればひとたまりもないだろ」ハイキは身震《みぶる》いした。「アイラに心配かけるつもりはなかったんだ。ひとりで出発するつもりもなかった。アイラを置いていくわけない！」

「別にいいのに」わたしはそっけなくいった。「仲間じゃないんだし」

ハイキは、悲しそうな顔になって灰色《はいいろ》のしっぽを垂《た》れた。自分が言い放《はな》った冷たい言葉がたちまちいやになる。マアシャームで疲《つか》れているせいで、気が短くなっている。耳を前に倒《たお》して、仲直りのしるしにハイキの鼻をなめた。

ハイキはすぐに明るい顔にもどって、また話しはじめた。シフリンのほうをちらっとうかがう。「ただ……ちょっと、思ったんだ。考えなおしたらどうだ？〈長老〉たちのところへ連れていってもらったらいいじゃないか。おれはいまでも、〈長老〉たちならきっと助けてくれると信じてる。あの使者とかいうキツネが、おれたちを――いやおまえを――ううん、もしかしたらおれたちふたりを――連れていってくれるなら、甘《あま》えてみるのもありじゃないのか？」ハイキは両耳をひねった。「おれ、家族が恋《こい》しいんだ。ここにいるキツネたちと過《す》ごすのも悪くない。ずっとひとりだったから。だけど、しあわせそうなキツネの家族をみると……つらくなるんだ。わかるだろ？」

わたしは、しっぽを巻《ま》きつけた。ハイキのさびしさはよくわかった。

「〈長老〉たちが助けてくれるなら、会いにいってみるのもいいんじゃないか？」ハイキは、もういちど肩《かた》ごしにふりかえった。シフリンは毛づくろいをはじめている。

わたしはひげをぴくぴくさせながら考えこんだ。わたしは意地を張《は》っているだけなんだろうか。〈長老〉たちはほんとうに助けてくれるんだろうか。

ハイキは、不安そうにシフリンをちらちらみている。「アイラが気にしてるのは〈長老〉たちなのか？　それとも、あの使者か？」

わたしは、草のあいだの土を引っかいた。「シフリンには、〈うなりの地〉で会ったの。はじめは頼《たよ》りになると思ったんだけど、あることでうそをつかれてたの。わたしにはすごく大事なことだったのに。すべてを変えてしまうくらい大事なことを、ずっと隠《かく》されてた。〈長老〉たちにもうそをつかれるかもしれない」

「使者は――シフリンは――、アイラを守るために〈長老の岩〉へ連れていきたいといっていた。いってみればいいじゃないか。どうしてこわがるんだ？」

巣穴《すあな》の前でじゃれあっていたシミとタオが、わたしたちのほうをふりかえった。

「わたしにもわからない」小声で答えたとき、きょうだいたちが駆《か》けよってきた。耳を倒《たお》して、楽しそうに息を弾《はず》ませている。最初に会ったときの敵意《てきい》がうそみたいだ。

シミが息を切らしながら誘《さそ》った。「わたしたちのなわばり、案内してあげよっか？」

タオがしっぽをふる。「真ん中に小川が流れてて、狩《か》り場《ば》も休む場所もたくさんあるんだ」

「たぶん、南の〈荒野《こうや》〉で一番いいなわばりよ」シミが胸《むね》を張《は》った。

「そりゃいい、ぜひ案内してくれ！」ハイキがはしゃいで声をあげる。

「こっちだ！」タオがイラクサの茂《しげ》みのあいだを駆《か》け抜《ぬ》けていく。シミが続き、ハイキもあとを追う。走りだそうとしたわたしは、一瞬《いっしゅん》立ちどまった。顔を横に向けて、目のはしでシフリンの様子をうかがう。シフリンはさっきと同じところにすわっているけれど、そっぽを向いていた。

わたしたちは草むらをかきわけて進み、シダの茂《しげ》みをまわりこんだ。すぐに、小川の流れる音がきこえてくる。

水辺に近づくと、わたしは足を止めておいしい水を飲んだ。つめたい水がのどの奥《おく》をくすぐる。水をしたたらせながら顔をあげると、気分がすっきりしていた。

あたりをみまわすと、遠くのほうに、ヒースの茂《しげ》る小高い丘《おか》があった。「あの丘《おか》はなに？　なわばりがよくみえそう」そういったあと、胸《むね》の中でつけくわえた。ゲラシャームをするのにもちょうどよさそう——あそこなら、静かにピリーと話ができる。

シミが目を輝《かがや》かせた。「連れてってあげる！」そういうと、うれしそうに先頭を切って歩きはじめた。わたしたちは、豊《ゆた》かに茂《しげ》ったシダをかきわけながら、ゆるやかな坂をのぼっていった。小川が曲がりくねりながら流れている。流れにそってしばらく進むと、川は小さな滝《たき》になって、少し下の林へ流れおちていた。ふと、コヨーテのリーダーのことを思いだした。白い岩の上に、ひとりぼっちで転がっていた。群《む》れのコヨーテたちは、いまもリーダーの死を悲しんでいるんだろうか。リーダーがいなくなって、これからどうするんだろう。

太陽が血を流している！

コヨーテたちは、死をどんなふうにとらえているんだろう——あの獣《けもの》たちは、なにを信じているんだろう。

檻《おり》に閉《と》じこめられていたオオカミ、ファークロウを思いだす。ファークロウは、群《む》れで狩《か》りをすることのよろこびを語っていた。たとえ命を落としても、それは群《む》れの名誉《めいよ》になるんだ、と話していた。

ひとつの獣《けもの》となって、ひとつの心臓《しんぞう》となって走る。稲妻《いなずま》のように逃《に》げる獲物《えもの》がひづめで地面をける。群《む》れとともに危険《きけん》をかえりみずに突進《とっしん》し、己《おのれ》を犠牲《ぎせい》にすれば、〈ビシャール〉は生きのびる。決して死ぬことはない。忘《わす》れられることもない。生き残った者たちの遠吠《とおぼ》えの中で生きつづける。

おなじ〈カニスタの子〉なのに、オオカミとキツネは、考え方が全然ちがう。

わたしは、死ぬことを名誉《めいよ》だなんて思えない。死は、生き物をのみこんでしまう真っ暗な穴《あな》みたいなものだと思う。暗い気分になりかけた自分を、わたしはしかりつけた。月に向かって遠吠《とおぼ》えをしたって、太陽の下でめそめそ泣いたって、しかたない――そんなことをしたって家族はもどってこない。

ヒースにおおわれた丘《おか》のふもとは、シダがまばらになり、木立《こだち》に囲まれていた。あのオオカミは〈荒野《こうや》〉にたどりつけただろうか。それともニンゲンにつかまって檻《おり》に連れもどされてしまったんだろうか。

「あとちょっと」シミは肩《かた》で息をしながら、小さな丘《おか》のてっぺんに近づいていった。

丘《おか》の頂上《ちょうじょう》にたどり着くと、どこまでも見渡《みわた》すことができた。わたしは円を描《えが》きながら、夢中《むちゅう》で景色《けしき》をながめた。豊《ゆた》かな草原には、サンザシの茂《しげ》みが点々と散らばっている。草のあいだを二羽《わ》のウサギがはねている。そばの草むらに、赤茶色のキツネがひそんでいた――カロだ。ウサギたちにしのびよっていく。頭と肩《かた》が、長い草をすべるようにかきわけていく。カロは足を止めて、獲物《えもの》の様子をうかがった。ウサギたちは軽くはねてうずくまり、草を食みはじめた。

「あたしたちのなわばりは、北は森まで、東はハシバミの木立《こだち》まで続いているの」シミが得意げに説明した。「父さんと母さんはすごく狩《か》りがうまいのよ。デクサとミプスは、ネズミみたいな小さい獲物《えもの》をつかまえるだけ。巣穴《すあな》から離《はな》れるのがいやみたい」

「おれたちも狩《か》りがうまくなってきてるよな」タオがいう。

「あたしもフォックスクラフトが使えたらいいのに」シミは残念そうな声をあげた。「そしたらウサギなんてつかまえほうだいでしょ！　〝囚《とら》われ〟だって、あたしをこわがって、夜にしのびよってきたりしなくなる」シミは考えこむような顔でなわばりをみまわした。

「前はあいつらだって、いまみたいにずうずうしくなかったのに」

タオがいきおいよくしっぽをふった。「おじいちゃんがいってただろ。〈長老〉たちもあいつらのフォックスクラフトも、おれたちには必要ないって！　こないだなんか、おれひとりでリスをつかまえたんだぞ！」

「足が折れてるリスでしょ」シミはそっけない。

タオはふくれっつらをした。「だからなんだよ。足が折れてたって、リスをつかまえるのはむずかしいんだぞ！　みんなにだって分けてやったのに」

わたしは感心した。シミやタオの家族は、力を合わせて生きているんだ。「モックスは？」わたしは、草原を見渡《みわた》しながらたずねた。シミとタオがちらっと目を合わせたのがわかった。

「あいつも食べてたよ」タオが答える。「うしろ足だったたと思うけど」

「アイラがきいたのはリスのことじゃないわよ」シミが、そっとわたしに近づいてきた。

「モックスは狩《か》りをしないの」だれかにきかれる心配なんてないのに、声をひそめている。

「べつに、あたしたちはそれでかまわないの……モックスは、貯蔵庫《ちょぞうこ》にあるものを食べればいいんだし」

「あいつは悪くないんだ」タオが急いでいった。「生まれつき体が弱いからさ。いっつも具合が悪いんだ」

ふたりは、モックスをかばおうとしているんだ。わたしは胸《むね》があたたかくなった。〈灰《はい》色《いろ》の地〉だったら、弱った子ギツネは絶対《ぜったい》に生きていけない。

タオが体をふった。「アイラがきたところは、ここことは全然ちがうんだろ?」

わたしは、果てしなく続く灰色《はいいろ》の地面や、ごつごつした黒っぽい塀《へい》を思いうかべた。

「どこにいってもニンゲンたちがおおぜいいるの。ニンゲンのすみかもたくさんあって——ぎゅうぎゅう詰《づ》めで、走りにくいくらい」

「あいつらって、地面の上にすみかを作るんだろ?」ハイキがいった。「おれたちとはちがう」

「ウサギともちがう!」タオが横からいった。「〈荒野《こうや》〉にもニンゲンたちがいるけど、あちこち移動《いどう》するんだ。あいつらには注意しないといけない。とくに狩人《かりゅうど》は危険《きけん》だ」

ハイキがはっと目を見開いた。「おれたちも狩人《かりゅうど》に追われたんだ」

シミが首をかしげる。「逃《に》げきれたなんてラッキーね。あいつらがいるから、あたしたちはめったになわばりを出ないの。ニンゲンはだいたい〈灰色《はいいろ》の地〉のあたりにいるから。でも、だからって完全に避《さ》けるのはむりよ。ほんとに、どこにだっているんだから。森のはしに黒い道が走ってるんだけど、みえる?」

わたしたちは、茂《しげ》みのむこうに目をこらした。

「あれ、〈死の道〉よ。ニンゲンたちが、怪物《かいぶつ》に乗ってあそこを走るの」

灰色《はいいろ》の石の道がみえる。〈死の道〉がこんなところにまでのびているなんて、気づかなかった。「ニンゲンの手が届《とど》かないところなんてないのね」わたしはつぶやいた。「ニンゲンは、どんどん自分たちのなわばりを広げてる」

タオがいたずらっぽい目つきになった。「手が届《とど》かないところだってある。〈怒《いか》れる川〉の北に〈白銀の地〉ってところがあるんだ。あそこはものすごく寒くて、ニンゲンも寄《よ》りつかない」

シミが挑《いど》むような顔でつけくわえる。「あんなところ、だれもいきたくないわよ」声を低くして続けた。「こんなふうにいわれてるのよ。吹《ふ》きあれる風が毛をさらい、凍《い》てつく雪が血を凍《こお》らせる。〈白銀の地〉にはマリンタも訪《おとず》れないって。しかも、オオカミたちが群《む》れを作って暮《く》らしてるんだって――キツネなんか、オオカミの牙《きば》にかかったらひとたまりもないわ！」シミはかん高い声でひと声鳴くと、くるっとまわってタオに飛びかかった。

驚《おどろ》いたタオがうしろにひっくり返る。シミを追いかけ、ヒースの茂《しげ》みをかきわけながら丘《おか》を下っていく。ハイキもうれしそうに吠《ほ》えて二匹《ひき》のあとを追った。わたしは、三匹《びき》のキツネたちが草原を転がりまわるのをながめていた。しっぽが揺《ゆ》れたけれど、遊びに加わる気にはなれない。

〈灰色《はいいろ》の地〉にいたころはよく、ピリーとあんなふうに遊んだ。

静かになった丘《おか》の上で、わたしは呼《よ》びかけた。「ピリー、どこにいるの？」

風がヒースの茂《しげ》みを渡《わた》っていく。岩のあいだを流れる川のせせらぎがきこえる。空の高いところで、カラスが一羽《わ》、ひと声鳴いた。

だけど、お兄ちゃんの声はしなかった。

11.

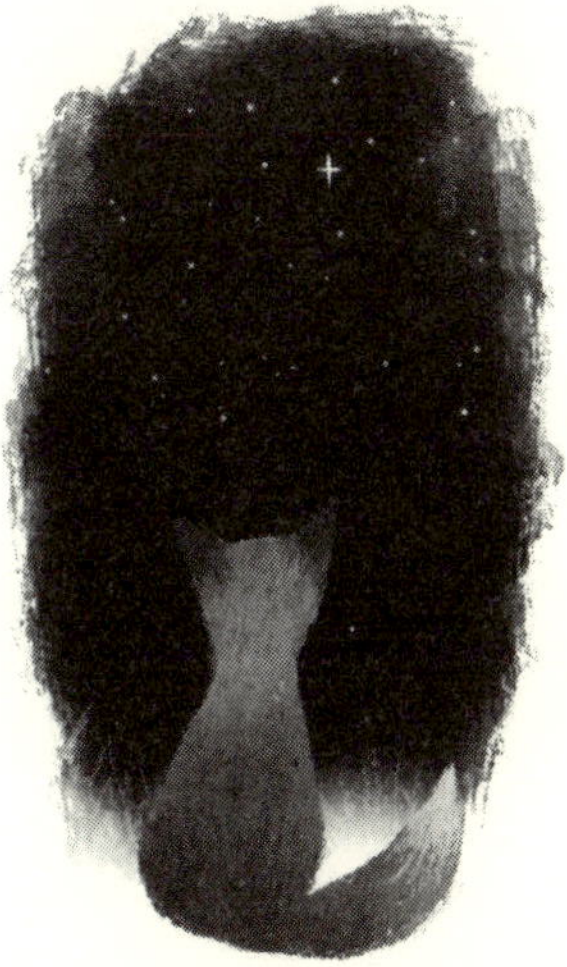

「ピリー？　ピリー、どこ？」

「うしろにいるよ」

わたしは肩《かた》ごしにふりむいた。ピリーは氷に閉《と》じこめられた太陽の手前で、凍《こお》った草を踏《ふ》んで立っている。前足で氷をちょっとたたくだけで、それ以上進もうとはしない。「この太陽、まだあったかいのかな？」

ハトみたいな灰色《はいいろ》の空には白い雲が細くたなびいている。雨は降《ふ》っていないのに、毛がしっとり湿《しめ》っている。なわばりを区切る板塀《いたべい》には霜《しも》が降《お》りていた。

足の裏《うら》が冷えてじんじんする。氷の上に前足を置く。「太陽、ずっと下に埋《う》まっちゃってるんじゃない？　全然あったかくないもん」鼻を寄《よ》せてにおいをかぐ。太陽にはにおいがあるんだろうか。氷はなんのにおいもしない。顔をしかめて、銀色に輝《かがや》く氷と、表面でちらちら踊《おど》る金色の光を注意深く観察する——太陽は、きっとこの下にある。でも、どうすれば助けだせるんだろう？

もう一歩前に踏《ふ》みだすと、足がすべって悲鳴がもれた。歩き方を練習していた赤ちゃんのころみたいだ。

ピリーが鼻を鳴らす。

「思ってるよりむずかしいんだから！」わたしは叫《さけ》んだ。

ピリーは、からかうように軽くうなずいた。「はいはい」

わたしたちは、ふたりで話しあって役割《やくわり》を決めた。片方《かたほう》は氷の上を渡《わた》っていく。もう片《かた》方《ほう》は、おばあちゃんと母さんと父さんがこないか見張《みは》っておく。太陽を助けだせば、みんなはきっと喜んでくれるだろうけど、巣穴《すあな》を離《はな》れているのをみつかったら、絶対《ぜったい》にしかられる。

話しあいの結果、わたしが太陽を助けだす係になった。太陽を救えるかどうかは、わたしにかかっている。ピリーには、絶対《ぜったい》に救ってみせるといったけど——氷の上を歩くのがこんなにむずかしいなんて知らなかった。

凍《こお》った水たまりに向きなおる。真ん中までいかなくちゃ——あそこが一番金色に輝《かがや》いている。あそこまでいったら、きっとお日さまのぬくもりを感じられるにちがいない。だけど、そこまでたどり着けたとしても、なにをすればいいのかはわからない。穴《あな》を掘《ほ》って、太陽を逃《に》がせばいいんだろうか。太陽ってどれくらい大きいんだろう。空に浮《う》かんでいるときはあんまり大きくみえなかったけれど、よくわからない。

耳元で、なにかが溶《と》けるような、シュッという音がした。空をみあげると、白い雲が細長くなって、灰色《はいいろ》の空で渦《うず》を描《えが》いている。そのとき、なにか白いものが鼻に落ちてきた。なめた瞬間《しゅんかん》、舌《した》の上で溶《と》けてしまう。白いものはまた降《ふ》ってきて、足元の氷の上に落ちた。

「雪だ！」うしろでピリーが大きな声をあげた。ふりむこうとしたはずみに足がすべる。足をばたつかせて踏《ふ》みとどまろうとしたけれど、そのまま腹《はら》ばいになった。ピリーがおかしそうに吠《ほ》える。自分でやってみればいいのに！　わたしはピリーをにらんだけれど、自分でもおかしくなってきた。急いで立ちあがると、大胆《だいたん》な気分になって、足をばたつかせながら氷の上を進んだ。しっぽが大きく弾《はず》む。雪はどんどん降《ふ》ってきた。すごく軽くてふわふわしているのに、どうしてチョウみたいに宙《ちゅう》を飛んでいかないんだろう。雪に嚙《か》みつくと、舌《した》の上ですぐに溶《と》けていく。

氷の中心に近づくと、足を止めた。まばたきをしてまつ毛の雪を払《はら》いながら、まわりをみまわす。となりの空き地には雪が厚《あつ》く積もっている。木は白くなっているし、板塀《いたべい》は白い毛皮をかぶっているみたいだ。ニンゲンの世界も——灰色《はいいろ》の地面、でこぼこの塀《へい》——少しずつ雪に隠《かく》れていく。静かに降《ふ》りつもっていく雪が、音を包みこんで消していく。

はっとして、わたしは声をあげた。雪をかぶった白い茂《しげ》みのあいだに、琥珀《こはく》色の目がのぞいていた。

ピリーがびっくりして叫《さけ》ぶ。「どうした?」

わたしは声が出なかった。氷の上で足を突《つ》っ張《ぱ》ったまま立ちつくす。真ん中まできたのに、ちっともあたたかくない。背《せ》すじが寒くなる。琥珀《こはく》色の目の持ち主は、りっぱな雄《おす》のキツネだった。雪におおわれた体のうしろで、長いしっぽが大きく揺《ゆ》れている。しっぽの白い先がふるえているのは、なにか話しかけようとしているからだろうか、それとも、おどそうとしているんだろうか——どっちなのかわからない。

ピリーもキツネに気づいた。「アイラに近づくな!」鋭《するど》い声でキツネを威嚇《いかく》すると、わたしをふりかえって早口でいった。「アイラ、もどってこい。もう帰ろう」

心臓《しんぞう》がどきどきしてくる。知らない動物には近づいちゃいけない——おばあちゃんには何度もそういわれてきた。わたしは、足をすべらせながらピリーのほうへもどりはじめた。足をせいいっぱい動かしても、気ばかりあせって、ちっとも前に進まない。転ばないように必死で足をばたつかせたけれど、次の瞬間《しゅんかん》、わたしは氷の上で腹《はら》ばいになっていた。おなかの下で、なにかが割《わ》れるぴしっという音がする。骨《ほね》が折れたのかもしれない。こわくなったけれど、体はどこも痛《いた》くない。

そのとき、おなかがひやっと冷たくなった。

ぎょっとしてはね起きると、丸い氷にひびが入って、そこから水があふれだしてくる。かぎ爪《づめ》で引っかかれたみたいだ。ひびはどんどん広がっていく。中をのぞきこんでも太陽はみあたらない。水は冷たくて、底がみえないくらい深い。

「氷が割《わ》れちゃった！」わたしは、降《ふ》りつづける雪のなかに目をこらして、ピリーを探《さが》した。だけど、お兄ちゃんの姿《すがた》はどこにもない。みえるのは、あの大きなキツネだけ。黒い毛におおわれた足で、雪の積もる草を踏《ふ》みしめている。

キツネは、割《わ》れた氷のほうへ歩いてきた。鋭《するど》い目が、ぴたりとわたしをみすえている。

空が暗くなってきたころ、カロとフリントが巣穴《すあな》へもどってきた。カロは丸々と太ったウサギを二羽《わ》くわえていた。フリントが、三羽《わ》目のウサギを地面にほうる。デクサとミプスとシフリンは、鳥を一羽《わ》とネズミを何匹《ひき》かつかまえてきていた。

シミとタオとモックスは、子どもみたいにはしゃいでいる。息を弾《はず》ませ、しっぽをちぎれそうなくらいふりながら、両親のところへ走っていく。わたしとピリーも、母さんと父さんが狩《か》りから帰ってきたときはあんなふうにはしゃいでいた。

「貯蔵庫《ちょぞうこ》にもう一匹《ぴき》ウサギを入れておいた」フリントがそういって、からかうような目つきでわたしとハイキをみた。「いつまでもつかはわからんが。みんな、腹《はら》が減《へ》っているみたいだ」

ハイキは耳をぴくぴくさせながら獲物《えもの》をみつめている。

「ぺこぺこだよ！」モックスが声をあげた。

タオは、待ちわびたみたいに、前足でしきりに地面を引っかいている。

最初にウサギにかぶりついたのはシミだった。ほかのキツネたちもいっせいに獲物《えもの》に飛びついて、音をたてながら肉を噛《か》みちぎる。おなかはぐうぐう鳴っていたけれど、わたしはじっとがまんしていた。わたしはよそものだ。いちどは、この家族のウサギを勝手に食べてしまった――フリントに皮肉をいわれなくたって、あのことはちゃんと覚えている。

ハイキは、遠慮《えんりょ》するつもりなんかないみたいだ。ネズミに牙《きば》を立ててがつがつ飲みこんでいる。シフリンまで平気な顔で食べていた。イラクサの茂《しげ》みのはしで、ばりばり音をたてながら鳥を食べている。大きな肉のかたまりを飲みこむと、わたしをふりかえった。挑《ちょう》発《はっ》しているみたいな目つきだ。なにをぐずぐずしている？　そういっているみたいだった。

獲物《えもの》のことだろうか。それとも、別のことなんだろうか。

わたしは、おずおずと前に出た。タオが、ウサギの肉を嚙《か》みちぎろうと苦労している。わたしは、だらんとした後ろ脚《あし》に嚙《か》みついて、タオと一緒《いっしょ》に、両側からウサギを引っぱった。しばらくがんばっていると、ウサギの肉が裂《さ》けて、わたしたちは同時にしりもちをついた。

おなかがいっぱいになると、みんなで巣穴《すあな》へもどった。わたしは壁《かべ》ぎわで腹《はら》ばいになって、前足の毛づくろいをした。ここの家族は、わたしみたいなよそものにも親切にしてくれる。ハイキも、はじめて会ったときから友だちみたいに接《せっ》してくれた。〈荒野《こうや》〉のキツネたちは、〈うなりの地〉で出会った意地悪なキツネたちとは全然ちがう。家族をなくした夜に会った雌《めす》ギツネは、わたしをじゃまもの扱《あつか》いして、自分のなわばりから追いはらった。あのキツネがどうなったかは知っている。キツネさらいたちのすみかで、黄色いドアのむこうへ連れていかれた。そのドアのむこうにいったキツネは、二度ともどってこない。

〈灰色《はいいろ》の地〉のキツネたちがうたぐり深いのは、しかたないのかもしれない。

キツネたちは巣穴《すあな》のあちこちでのんびり寝転《ねころ》がって、体をなめてきれいにしている。おだやかな空気が流れていた。シミとタオまでおとなしくなって、モックスの毛づくろいをしてやっている。ハイキがわたしのとなりにきて、あくびをしながら腹《はら》ばいになった。

「ウサギってうまいよな」

「そうね」わたしは鼻をなめながらうなずいた。顔をあげると、シフリンがこっちをみている。じっとわたしの目をみてから、あごで巣穴《すあな》の出口を指し、先に立ってトンネルの中へ消えた。

わたしは立ちあがった。

ハイキがこっちをみる。「どこいくんだ？　もどってきたばっかりなのに」

「シフリンに話があるの」

「おれも一緒《いっしょ》にいくよ」ハイキが腰《こし》を浮《う》かせる。

「すぐもどるから」わたしは、ちゃんとひとりで話をしたかった。

ハイキは耳を寝《ね》かせた。「ほんとにだいじょうぶか？」フリントがこっちをみたのに気づいて、ハイキは声を落とした。「シフリンって、なんか変だろ……隠《かく》し事《ごと》がありそうな感じでさ」ハイキは、引きとめようとするみたいに、前足をわたしの肩《かた》にかけた。「ここにいろよ。おれと、みんなと一緒《いっしょ》に。フォックスクラフトでなにかされるかもしれないぞ」

ハイキが心配してくれるのはうれしかった。「シフリンならだいじょうぶ」わたしは、ハイキの灰色《はいいろ》の鼻を軽くなめて安心させると、次の言葉を待たずに背《せ》を向けた。なにかききたそうな顔のキツネたちのあいだをぬいながら、トンネルに入っていく。

シフリンは、イラクサの茂《しげ》みのあいだに立っていた。コヨーテに変身して現《あらわ》れたときとおなじ場所にいる。りっぱなしっぽが規則正《きそくただ》しく左右に揺《ゆ》れて、草を払《はら》っていた。うしろの空には月がのぼっている。

「きてくれるとは思わなかった」シフリンがいった。

「なにか話があるんでしょ？」

シフリンは、頭でむこうのほうを指した。「谷はまだ静かだ。〈憑《つ》かれた者〉たちが動きはじめるまでに、もう少し間がある。小川のそばへいこう。あそこならだれにもきかれない」

わたしは耳をひねった。だれかに聞き耳を立てられるとでも思っているんだろうか。巣《す》穴《あな》の一家のことを心配しているんだろうか？　シフリンの言葉で、急に不安になってくる――カロやフリントたちが巣穴《すあな》に置いてくれるのは、なにかたくらみがあるからなんだろうか。

シフリンはしっぽで宙《ちゅう》を切りながらうしろを向いて、イラクサの茂《しげ》みのあいだをゆったりと歩きはじめた。わたしは、うんざりして耳を寝《ね》かせた。シフリンは、わたしがついてくるかどうかたしかめようともしない。

わたしは、距離《きょり》を置いてあとに続いた。

シフリンは、ゆるやかな上り坂になった草地を歩いて、曲がりくねりながら流れる小川をたどっていった。ハシバミの木立《こだち》で足を止めると、注意深くあたりのにおいをかいで、コケの上で腹《はら》ばいになる。

わたしは少し離《はな》れたところにすわって、シフリンの様子をうかがった。ききたいことも、いいたいことも、たくさんあったはずだった。だけど、こうして暗い草地でふたりになると、なにをいえばいいのかわからない。

はじめに口を開いたのはシフリンだった。「キツネさらいにおまえを連れていかれたとき、もうおまえには二度と会えないのだろうと覚悟《かくご》した」右耳がぴくっとふるえる。「しかたなく、〈荒野《こうや》〉にもどった。まっすぐジャナに会いにいって、なにがあったのか一部始終を話した。ジャナから、アイラは生きているときかされたときは驚《おどろ》いた」

「ジャナはどうしてわかったの？」

「ミカという名の〈長老〉たちのひとりが、ジャナに教えたらしい。ミカには、そういう力がある」

「それもフォックスクラフト？」

シフリンは、わたしの目をみて説明を続けた。「ああ、〝パシャンダ〟と呼《よ》ばれる能力《のうりょく》のひとつだ。〈長老〉だけがあやつれる力で、なかでもミカはこれがうまい。神経《しんけい》を集中させて、風が運んでくる知らせを読みとるんだ」

「ピリーのことは？　ミカはなにかいってた？」

「いや、わからない」シフリンは足元に視線《しせん》を落とした。「わたしが話したのはジャナだけだ。以前、〈憑《つ》かれた者〉からふたりで逃《に》げていたとき、おまえはわたしにマアシャームをしてくれただろう。ジャナに、おまえのマアをもらっているとき、どんな光景をみたか話した。ジャナも、おまえは特別なキツネだといっていた。おまえがひとりで旅をするのは危険《きけん》だともいった」

わたしはむっとしてしっぽをふった。「ここまでちゃんとたどり着いたのに」

「〈長老の岩〉までは厳《きび》しい旅になるだろう。死の道を渡《わた》り、森を抜《ぬ》け、日暮《ひぐ》れのときにだけ現《あらわ》れる小道をみつけなくてはならない。岩のまわりには、敵《てき》を寄《よ》せつけないように、古い魔法《まほう》がかけられている。容易《ようい》にみつかる場所ではないのだ。それに、おまえは〈憑《つ》かれた者〉たちにつけねらわれている。楽な旅ではない。じきにメイジも、カルカからの報《ほう》告《こく》を受けておまえの居場所《いばしょ》を知る」

「カルカは死んだわ」わたしは短くいった。

シフリンは驚《おどろ》いた顔になった。「まさか、あいつと戦ったのか？」

「わたしはなにもしてない」わたしは、檻《おり》に閉《と》じこめられていたオオカミのことを考えた。

ファークロウは、たったひとりでメイジの刺客《しかく》たちを次々に倒《たお》していった。がっちりしたオオカミのあごも、血をしたたらせながら敵《てき》に食らいつく口も、こわくなるくらい力強かった。

「〈憑《つ》かれた者〉はおまえがどこにいるか知っていた」シフリンがいった。「おまえのいどころをつかんでいた。それは、当然メイジも知っているということだ」

わたしはシフリンをにらんだ。「じゃ、〈憑《つ》かれた者〉たちは、わたしの家族がどうなったかも知ってるのね」

シフリンはばつが悪そうな顔になった。「あのときは、すぐに真実を告げるべきだった。だが、たのむからわかってくれ。わたしに与《あた》えられた使命は、ピリーを探《さが》しだすことだった。おまえが真実を知れば、わたしを遠ざけるかもしれないと不安だったのだ。いま、わたしたちキツネの時代は、平和をとりもどせるかどうかの分かれ道にきている——あのときのわたしは、〈長老〉たちの任務《にんむ》を優先《ゆうせん》させるしかなかった。おまえのこともよく知らなかった。おまえがどんなキツネなのか知ったときには、もう、真実を告げるべき時期はとうに過《す》ぎていた」

わたしは毛を逆立《さかだ》てた。「ううん、わかってる。ちゃんとわかってる。あんたはわたしを利用したのよ」わたしは、シフリンの前足をにらんだ。月明かりの下ではよくみえない。

「ジャナとか〈長老〉たちとかの話をしてるけど、わたし、あんたの秘密《ひみつ》を知ってるんだから——あんたの秘密《ひみつ》は、前足に刻《きざ》まれてる」

シフリンのしっぽがけいれんした。「まさか、わたしが〈憑《つ》かれた者〉だというつもりか？　そんなはずはない——」

「じゃあ、どうしてあのしるしがあるわけ？」

「それほどわたしが憎《にく》いなら、なぜマアシャームをした？」

わたしたちはにらみあった。沈黙《ちんもく》がはじまると、小石の上を流れる小川のコポコポという音が、やけに大きくきこえる。シフリンは月をみあげた。「いまのおまえよりもずっと小さかったころのことだ。わたしは〈沼地《ぬまち》〉に住んでいた——この話はしたはずだが。豊《ゆた》かに茂《しげ》った野原も、水をたたえた池も、あちこちに咲《さ》いていた大きな黄色い花も、日暮《ひぐ》れに現《あらわ》れる蚊柱《かばしら》も、よく覚えている。覚えていないのは、自分の家族のことだ。ただ、きょうだいがおおぜいいたような記憶《きおく》はある。きょうだいたちに囲まれている感覚が、なんとなく残っているんだ——あの安心感や、ほっとするようなにおいを。だが、母親のことは、顔さえ思いだせない。やせていたのか太っていたのか、背《せ》は高かったのか低かったのか、狩《か》りはうまかったのか下手だったのか。毛は何色だったのか」

わたしは顔をしかめてシフリンをみた。「〈憑《つ》かれた者〉につかまったの？　あんたの前《まえ》脚《あし》にあのしるしをつけたのはあいつらなの？」

「連中はフォックスクラフトを使えない──キツネの意志《いし》をうばうようなこともできない。あれができるのは〝ナラル〟たちだけだ」

「〝ナラル〟って、メイジの刺客《しかく》たちのこと？」

シフリンがうなずいた。「ああ、カルカのような連中だ……ナラルどもはフォックスクラフトを巧《たく》みにあやつる。ナラルの率《ひき》いる〈憑《つ》かれた者〉の群《む》れに会ってしまったら、命がけで逃《に》げろ」

わたしは、片目《かため》の雌《めす》ギツネを思いだして身震《みぶる》いした。

シフリンが話を続ける。「わたしを襲《おそ》ったのはメイジ自身だ。あのころはまだ、ナラルなどいなかったのだろう。あいつはまだ、力の源《みなもと》をみつけていなかった。悪知恵《わるぢえ》をはたらかせ、必死でみつけようとしていたはずだが。しっぽがあったかどうかはわからない──失くしたときいたことはあるが、正直にいって覚えていない」

「〈尾《お》なしの予言者〉」わたしはつぶやいた。

シフリンが耳を寝《ね》かせる。「〈荒野《こうや》〉のキツネたちは、メイジをそう呼《よ》んでいるな。あいつは、どんなに豊《ゆた》かな土地も荒廃《こうはい》させてしまう」

「あんたの家族になにがあったの？」答えはわかっていたけど、わたしはたずねた。

「メイジに殺された。母親も父親も、ほかの家族も、皆殺《みなごろ》しだ。きょうだいたちも一匹《ぴき》残らず殺された。なぜわたしだけ助かったのかはわからない」シフリンは冷めた声でいった。「ジャナは、一種のテストだったのだろうと考えている。メイジは、キツネから意志《いし》をうばえるかどうか、わたしを使って試したのだ」

「大変だったのね……家族をなくして」

シフリンは、表情《ひょうじょう》のない顔でわたしをみた。「もう、むかしの話だ」

わたしは、どんな顔をすればいいのかわからなかった。「ここにいるキツネたちは、メイジの群《む》れを〝囚《とら》われ〟って呼《よ》んでるの」フリントの言葉を思いだす。わたしたちは、連中のことを〝囚《とら》われ〟と呼《よ》んでいる。あいつらは、文字《もじ》どおり囚《とら》われているキツネたちだからな。

「囚《とら》われたキツネは……もとにもどれるの？」

「ああ、だが簡単《かんたん》にはいかない。解放《かいほう》してやらなくてはいけない」シフリンの口調は、どこか歯切れが悪かった。

「解放《かいほう》するって、意志《いし》を？」

「いや…」シフリンは言葉をにごした。わたしの質問《しつもん》には答えないで、ひとり言みたいにつぶやく。「軽やかに駆《か》け、身を守り、自由に生きよ」

「囚《とら》われたキツネたちは、ものすごくたくさんいるみたい――〈憑《つ》かれた者〉たちって、どこからくるの？　ハイキも〈憑《つ》かれた者〉って呼《よ》び方をしてたけど」

「ハイキはこのあたりの出身じゃないだろう？」

「低地の出身だっていってた」

「わたしの生まれた沼地《ぬまち》からはそう遠くない」シフリンは少しだけ首をかしげた。

「とにかく、これでわかった。あんたの前脚《まえあし》に傷《きず》をつけたのはメイジだったんでしょ？」

シフリンは傷《きず》のある前脚《まえあし》をのばした。「わたしは子どもだった――たいした抵抗《ていこう》もできなかった」目を閉《と》じて話しつづける。「逃《に》げようとはした。だが、牙《きば》を立てられ、力《ちから》まかせに引きずられた。あのときの痛《いた》みはいまも覚えている」

「嚙《か》まれたのって前脚《まえあし》でしょ？」

シフリンは目を開けた。「なぜわかる？」

「しるしがついてるから。〈憑《つ》かれた者〉も、みんな同じところに同じ傷《きず》があるもの」

シフリンは、いま傷跡《きずあと》のことを思いだしたみたいな顔で、自分の前脚《まえあし》を見下ろした。

「なるほど。ほんとうに、ずっとむかしのことだ……」ぶるっと首をふる。「ジャナが〈荒《こう》野《や》〉をひとりでさまよっていたわたしをみつけてくれた。そして、メイジの呪《のろ》いを解《と》いてくれたんだ。ジャナは、死よりもつらい運命からわたしを解放《かいほう》し、実の子どものように世話してくれた」

その言葉でわたしは、シフリンがマアシャームをしてくれたときにみた光景を思いだした。夜空をみあげて、明るい月と、かすかな〈カニスタの星〉をみる。あのときみた幼いシフリンは、暗い森の木陰《こかげ》にいて、年を取った灰色《はいいろ》の雌《めす》ギツネに守られていた。

シフリンの目が、暗闇《くらやみ》の中で琥珀《こはく》色に輝《かがや》いた。「これでわかったか？　なぜわたしがジャナに深い忠誠《ちゅうせい》を誓《ちか》っているか――なぜわたしが、ジャナと〈長老〉をこれほど大事に思っているか。わたしにとってはジャナたちこそが家族なのだ。実の家族のことは忘《わす》れてしまった。そして、わたしたちをメイジから守ってくれるのも、〈長老〉しかいない」

胸《むね》の奥《おく》の怒《いか》りが消えていく。おびえた子ギツネだったころのシフリンを思いうかべる。シフリンの悲しみが、わたしには理解《りかい》できた。「どうして〈長老〉たちはメイジを殺してしまわないの？」

シフリンは細い草を前足で払《はら》った。「そう単純《たんじゅん》な話ではない。おまえも知っているとおり、フォックスクラフトはマアを消耗《しょうもう》する。あれほどおおぜいのキツネを〝囚《とら》われ〟にするには、ふつうでは考えられないくらいのマアを使う――メイジがほんとうに意志《いし》をうばうことでキツネたちを支配《しはい》しているのだとしたら、とんでもないマアの持ち主だ。だが、おそらく、なんらかの手段《しゅだん》でマアを盗《ぬす》んでいるにちがいない。あの強さはふつうではないのだ。〈長老〉たちでさえ、どうすればいいのか途方《とほう》に暮《く》れている」

「意志《いし》をうばうのも、フォックスクラフトなの？」フリントにもおなじ質問《しつもん》をしたことがあったけれど、ちゃんとした答えはもらえなかった。フリントにもわからないのかもしれない。

シフリンは肩《かた》ごしにうしろをみた。あたりのにおいをたしかめて、ひげを逆立《さかだ》てる。わたしに向きなおると、声を小さくして話しはじめた。耳をすまさないと、川の音にまぎれてきこえない。「きわめてめずらしく、むずかしいフォックスクラフトだ。あれをあやつる方法は、最大の秘密《ひみつ》だ。〈長老〉たちは、その秘密《ひみつ》を命がけで守ってきた。過去《かこ》の〈長老〉たちがそうしてきたように」シフリンは、もういちど暗闇《くらやみ》をみまわした。「〝囚《とら》われ〟の魔法《まほう》をかけられるのは〈長老〉たちにかぎられる。わたしもやり方は知らないし、ジャナは決して教えようとしなかった――〈長老の岩〉の外でキツネを〝囚《とら》われ〟にするのは、キツネの伝統《でんとう》への重大な裏切《うらぎ》りなのだ。ほんとうにメイジが〝囚《とら》われ〟の方法を知っているのだとしたら、キツネたちは、わたしたちが考えていたよりはるかに重大な危険《きけん》にさらされていることになる」

わたしは暗闇《くらやみ》の中にひびきわたる音に耳をすました。夜鳥やコオロギの鳴き声や、木の葉が風に揺《ゆ》れる音。ヒースの丘《おか》は灰色《はいいろ》のぼんやりした影《かげ》にしかみえない。あそこでピリーに呼《よ》びかけても、返事はかえってこなかった。これからわたしはどこへいけばいいんだろう？

特別な力を持つ〈長老〉たちのことを考える。そのなかのひとりが――ミカとかいう名前のキツネが――わたしが生きていることを感じとったという。ミカはピリーを探《さが》す手伝《てつだ》いをしてくれるだろうか。わたしはひたいにしわを寄《よ》せた。「〈長老〉たちが〝囚《とら》われ〟の方法を秘密《ひみつ》にしてるのに、どうしてメイジはやり方を知ってるの？」

シフリンはごくっとのどを鳴らして、そわそわとしっぽで草をたたいた。「いつだったか、〈長老〉たちのふたりが消えた、と話しただろう」

その言葉の意味を、わたしはゆっくりと理解《りかい》した。「〈漆黒《しっこく》のキツネ〉がいなくなったんでしょ？　それって――」

わたしは口を閉《と》じた。遠くのほうから、キツネたちの吠《ほ》え声がきこえてくる。

「〈憑《つ》かれた者〉だ」シフリンは鋭《するど》い声でいうと、巣穴《すあな》へ向かって川沿《かわぞ》いに走りはじめた。

わたしは、少しのあいだ動けなかった。シフリンの話で、頭の中がぐちゃぐちゃだ。メイジは、未知の力を利用して、意志《いし》をうばったキツネたちをあやつっている。〈長老の岩〉の外へ持ちだすことを禁《きん》じられたフォックスクラフトを知っている。

それなら、考えられる答えはひとつだけ。

メイジは〈長老〉たちのひとりだ。

12.

夜の闇《やみ》と夢《ゆめ》がゆっくりと混《ま》ざりあい、夢《ゆめ》と記憶《きおく》の境目《さかいめ》があいまいになっていった。夢《ゆめ》の中でわたしは、なつかしいなわばりにいた。だけど、記憶《きおく》の中のなわばりとは少しちがう。草地には陽《ひ》だまりができている。板塀《いたべい》をおおうつるには、白い花が咲《さ》きほこっている。青い花が、長い茎《くき》の上でそよ風に吹《ふ》かれて揺《ゆ》れている。チョウが円を描《えが》きながら飛んでいる。チョウをつかまえようと飛びかかっても、前足のあいだから空気みたいにふわりと逃《に》げてしまう。わたしは花のあいだをはねまわりながら、家族はどこにいったんだろう、とふしぎに思っていた。巣穴《すあな》はからっぽだ。入り口には、まだら模様《もよう》の毛がひと房《ふさ》落ちているーーピリーかおばあちゃんの毛だ。鼻を寄《よ》せてみたけれど、なんのにおいもしない。

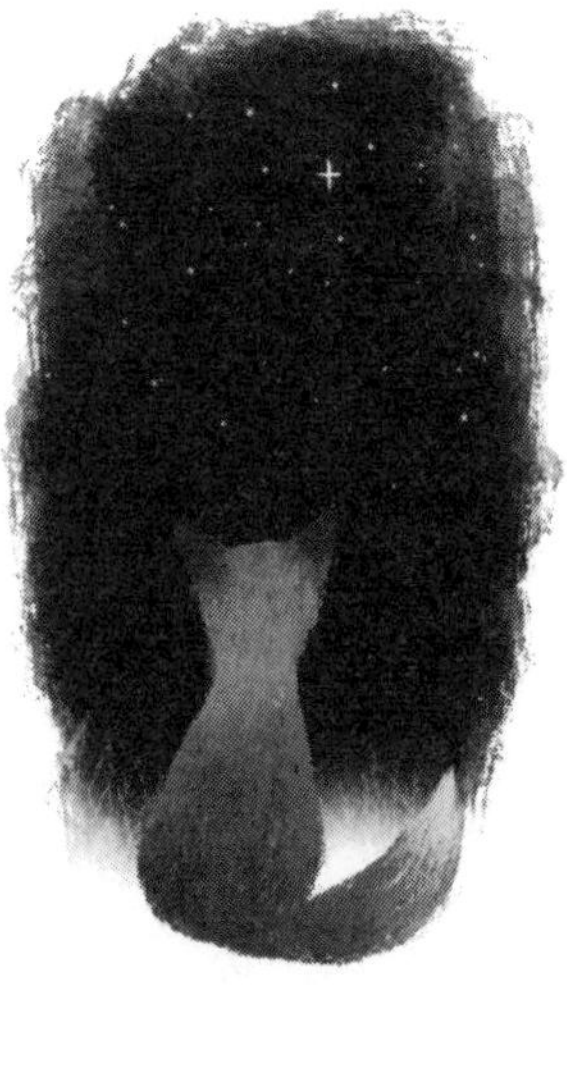

わたしは、板塀《いたべい》のむこうの林にいくことにした。板塀《いたべい》をこえて林へと続く弓のようにしなった大枝《おおえだ》を伝っていると、みるみるうちに、毛皮みたいに厚《あつ》い雲が空に垂《た》れこめてきた。次の瞬間《しゅんかん》、あたりの景色《けしき》ががらっと変わった。大枝《おおえだ》の下をみると、地面は霜《しも》におおわれている。林へ目を向けると、白い雪が輝《かがや》いているのがみえた。わたしの知っている林じゃない――緑の木立《こだち》はどこへいったんだろう。あたりは真っ白だ。どっちを向いても霜《しも》と雪に厚《あつ》くおおわれているし、白い景色《けしき》のはるかむこうは真《ま》っ暗闇《くらやみ》になっている。霜《しも》をさくさく踏《ふ》みながら、わたしは木々の下を歩いていった。

「おばあちゃん？　ピリー？」

自分の声がこだまする。わたしは耳をまわし、前足を宙《ちゅう》に浮《う》かせたまま立ちどまった。カラスが二羽《わ》、円を描《えが》きながら飛んでいる。

残酷《ざんこく》な鳥。父さんはカラスたちのことをそう呼《よ》んでいた。「あいつらはなんだって食べる。腐《くさ》りかけた肉だって、連中にはごちそうなんだ」

父さんは、〈荒野《こうや》〉で暮《く》らしていた子どものころ、よく家族と一緒《いっしょ》にカラスのあとを追っていったと話していた――食べ物に困《こま》ったときは、それが、獲物《えもの》を探《さが》す一番確実《かくじつ》な方法だった。

「こわがらなくてもいい。カラスは助けになる」父さんは、わたしとピリーにうけあった。

「カラスたちのあとを追えば、かならず獲物《えもの》が転がっている」わたしは、空に浮《う》かぶねじれた雲をみあげた。カラスたちの黒い体は、暗い空とほとんど見分けがつかない。わたしは、木々のあいだをぬうようにして、霜《しも》におおわれた道を歩きつづけた。少しすると霜《しも》は消えて、枯《か》れ葉《は》におおわれた地面が現《あらわ》れた。森がうっそうと茂《しげ》っている。曲がった枝《えだ》がかぎ爪《づめ》みたいにのびている。

わたしはひげをぴんと張《は》ったまま、慎重《しんちょう》に森の奥《おく》へと向かった。気味の悪いカラスの鳴き声がひびくと、ぞっとする。

残酷《ざんこく》な鳥。

首の毛がざわっと逆立《さかだ》った。

カラスたちのあとを追えば、かならず獲物《えもの》が転がっている。

進めば進むほど、木々は厚《あつ》く生い茂《しげ》り、森はさらに暗くなっていった。わたしは急にこわくなって、板塀《いたべい》に引きかえすことにした。ところが、うしろを向いたとたん、木々が生きているみたいにおおいかぶさってきて、わたしの行く手をふさいだ。長い枝《えだ》がからみあって、すり抜《ぬ》けることもできない。正しい方向に進んでいるのかもわからない。そのとき、かいだこともない奇妙《きみょう》なにおいがした――すっぱいにおいだ。下をみると、黄色いキノコが枯《か》れ葉《は》のあいだから顔を出している。強烈《きょうれつ》なすえたにおいで、目が痛《いた》くなる。

わたしは途方《とほう》に暮《く》れて、うしろを向いた。だけど、そこにも木々が迫《せま》っている。キノコが生き物みたいににじりよってくる。なにかが腐《くさ》ったようなにおいから逃《に》げだしたいのに、森に閉《と》じこめられて逃《に》げられない。カア！　という鳴き声がひびきわたって、わたしははっと上を向いた。カラスたちが円を描《えが》いて飛びながら、少しずつ近づいてくる。黒い目が、薄暗《うすぐら》い森の中で異様《いよう》に光っている。

カラスたちがねらっている獲物《えもの》が、いまわかった。

わたしだ。

「アイラ、起きろ」目を覚ますと、ハイキがわたしの顔をのぞきこんでいた。おだやかな茶色い目と、やわらかそうな毛におおわれた顔をみているうちに、わたしは少しずつ現実《げんじつ》にもどっていった。「もう夜が明けた。ルパスから話があるらしい」

わたしはぶるっと体をふった。ほかのキツネたちも目を覚ましはじめていて、伸《の》びをしたりあくびをしたりしている。耳をすましても、〈亡霊《ぼうれい》の谷〉をうろつく〈憑《つ》かれた者〉の声はきこえない。夜明けの光とともにすみかにもどっていったみたいだ。

ルパスは、トンネルの入り口の手前にすわって、前足をきちんとそろえていた。シフリンは、むこうがわの壁《かべ》ぎわで毛づくろいをしている。

わたしは前足で目をこすりながらたずねた。「話？」

ひとりごとのつもりだったのに、ルパスにはきこえていた。「ゆうべ、おまえの友だちが小川へ水を飲みにいって帰ってくるところに出くわした。そのときに、まだ〈長老〉たちを探《さが》しにいくつもりなのかとたずねてみた」

わたしは目のはしでシフリンの表情《ひょうじょう》をうかがった。シフリンは、毛づくろいをやめて、探《さぐ》るような目つきでルパスをみている。フリントとカロが顔をみあわせ、シミはタオをついた。

「おれはべつに……」ハイキはごくっとのどを鳴らして口を開いた。みんなの注目を浴びて居心地《いごこち》が悪そうだ。「それしか方法を思いつかないんだ。〈長老〉たちに頼《たよ》るしか、家族をみつけだす方法はない気がする」

「とはいえ、大事なのは自分の家族だけじゃないだろう？」ルパスは、目をしょぼしょぼさせながら、ハイキをじっとみた。「大事なのはアイラの兄だけでもない。これは、個人《こじん》的《てき》な問題ではない。わたしたち全員の問題だ」

わたしはすばやくシフリンをみた。〈うなりの地〉で、シフリンも同じようなことをいっていた。

ルパスは厳《きび》しい口調で続けた。「わたしは、ひとりよがりな〈長老〉たちのことはずっときらいだった。だがいま、キツネは危険《きけん》にさらされている。うわさによれば、〈暗闇《くらやみ》の地〉は、たったひと晩《ばん》で倍《ばい》もの広さになったという。〈黒い森〉も〈沼地《ぬまち》〉へ広がりつづけている。〈暗闇《くらやみ》の地〉のまわりでは、草木が次々に枯《か》れていっているようだ」

わたしは、さっきみた悪夢《あくむ》を思いだしてぞっとした。

ルパスは首をふって続けた。「わたしの両親がはるかむかしにここをすみかと定めたとき、目的はニンゲンどもから逃《のが》れることだった。連中が〈灰色《はいいろ》の地〉の外にまでなわばりを押《お》しひろげていたからな。ニンゲンがいくところには〈死の道〉ができ、〈死の道〉ができた先にはあらたにニンゲンが住みはじめる。むかしは、キツネの最大の脅威《きょうい》はニンゲンだった。ところがこのごろでは、あらたな脅威《きょうい》が現《あらわ》れた。ニンゲンよりも危険《きけん》だ。今度の敵《てき》は、われわれの弱みを知っていて、どこを探《さが》せばいいのかも心得ている。いずれこのなわばりも朽《く》ちていくだろう」

「そんな、まさか！」フリントが声をあげた。「わたしたちで食い止めなくては」

シミとタオが父親に賛成《さんせい》してきゃんきゃん吠《ほ》え、前足で地面を引っかいた。

カロがはじかれたみたいに立ちあがって、長いしっぽをいきおいよくふった。「なわばりが〈予言者〉の手に落ちるくらいなら、死んだほうがましだわ」

「手を打たなければ、わたしたちも死ぬ」ルパスは冷ややかな目でキツネたちをみまわした。シフリンの上で視線《しせん》を少し止めて、最後にわたしとハイキをみる。「さもなければ、われわれも連中の仲間入りだ。〈憑《つ》かれた者〉どものな。最近は、やつらのことをそう呼《よ》ぶらしいが。すべては時間の問題だ」

カロがほっそりした顔にしわを寄《よ》せた。「そのうち、一年で一番昼が長くなる日がきて、〈カニスタの星〉がまぶしく輝《かがや》くわ。地上は豊《ゆた》かなマアに満ちるでしょう。グローミングの力を得れば、きっとなわばりを守りとおせるはずよ」

「グローミングか」ルパスは鼻を鳴らして、腹立《はらだ》たしげに声を荒《あら》らげた。「まさかグローミングまで生きられると思っているわけではあるまいな。このままいけば、マリンタをぶじにこせるかどうかもあやしい」

カロはうつむいた。父親のいうとおりだと思ったのかもしれない。

カロのおばの片方《かたほう》が口を開いた。「東の〈自由の地〉はどう?」

モックスが、老いた雌《めす》ギツネのおなかに頭をうずめて、心細そうにいった。「あそこは遠すぎるよ。丘《おか》をいくつもこえて、湖をこえて、ニンゲンたちのすみかをこえていなかきゃいけない。それに、〈怒《いか》れる川〉の南には野蛮《やばん》な獣《けもの》たちがいて、いつもおなかを空かせてるってきいた……」モックスは、自分がそんな旅にたえられないことをわかっているみたいだった。

「〈自由の地〉になどいくものか」ルパスは、老いて細くなったしっぽをふった。「いま逃《に》げれば、永遠《えいえん》に逃《に》げつづけるしかない。勇気を出すとか、巣穴《すあな》を深くするとか、そんな小手先の策《さく》でどうにかなるものではない」ルパスは挑《いど》むような目つきでシフリンに向きなおった。「わたしたちを〈長老〉たちのもとへ連れていってくれ。フォックスクラフトの奥義《おうぎ》を知らねばならんのだ」

シフリンは厳《きび》しい顔になって、琥珀《こはく》色の目に考えこむような表情《ひょうじょう》を浮《う》かべた。「あなたたち全員を連れていくことはできません。アイラは連れていきます。わたしたちがあなたたちに代わって、〈長老〉たちに助言をあおいできましょう」

わたしは、勝手に話を進められてむっとした。〈長老〉たちのところにいく決心はできていたけれど、シフリンにそう告げたわけじゃない。

「それだけでは足りんのだ」わたしが口を開くより早く、ルパスがぴしゃりといった。「気を悪くしないでほしいが——アイラはわれわれの家族ではない。使者、おまえも、よそものだ」

シフリンはしっぽをふるわせた。「〈荒野《こうや》〉をおおぜいで移動《いどう》すれば……かならずだれかにみつかるでしょう」

「全員連れていけとはいっていない。若《わか》く機《き》敏《びん》なキツネを二匹《ひき》だけ連れていってほしい」

ルパスはキツネたちをふりかえった。「シミとタオの二匹《ひき》を」

二匹《ひき》はうれしそうにきゃんきゃん吠《ほ》えた。モックスは小さく鳴いて壁《かべ》ぎわでうずくまり、しっぽで体を包みこんだ。

シフリンはしばらく黙《だま》っていた。ようやく口を開くと、きっぱりとした声でいった。

「力になりたいのはやまやまですが、シャナを通《とお》り抜《ぬ》けられるとは思えません」

わたしは自分の鼻をなめた。「〝ジャナ〟ってなに?」前にもおなじ言葉をきいたことがある。

シフリンが琥《こ》珀《はく》色の目でわたしをみた。「〈長老〉たちが岩のまわりに張《は》りめぐらせたマアの結界だ。〝ジャナシャーム〟と呼《よ》ばれる魔《ま》法《ほう》だが、わたしもやり方は知らない。この結界がなければ、いつメイジたちに攻《せ》めこまれるかわからない。〈長老〉たちといえども、おおぜいの〈憑《つ》かれた者〉を相手にすることはむずかしい」シフリンはルパスをふりかえった。「こんなときですから、〈長老〉たちは警《けい》戒《かい》を強めているはずです。よそものをシャナの内に入れるとは思えません。ジャナはアイラのことを知っていますが、あなたがたのことは知らない。先にわたしがジャナに会って事《じ》情《じょう》を話してきましょう。ジャナが同意したら、アイラとシミとタオを連れにもどります。それが一番確《かく》実《じつ》な方法です」

シミはがっかりした顔で肩《かた》を落とした。「ひとりでいっちゃうのね。もどってくるわけないわ」

「いいや、かならずもどってくる。約束する」シフリンにまっすぐな視線《しせん》を向けられて、シミはめんくらったように目をしばたたかせた。わたしは腹《はら》が立って、肩《かた》を怒《いか》らせていた。わたしになんの相談もしないで全部決めてしまうなんて、シフリンはやっぱりいばり屋だ。わたしはまだ、〈長老〉たちに会いにいくなんて、ひとこともいっていないのに。だけど、ハイキの茶色い目をみると、いやだとはいえなかった。

「いつもどってくるの？」わたしはたずねた。

「行きも走り、帰りも走り、休憩《きゅうけい》も短くすませる。月が三度のぼるまでにはもどってこられるだろう。それから、おまえとシミとタオを〈長老〉たちのもとへ連れていこう」

ハイキが心細そうに小さく鳴いた。わたしがいなくなったら、ハイキは、知らないキツネの一家のもとに残されることになる。家族がどうなったのかわからない不安を抱《かか》えたまま。〈長老〉たちのもとへいくというアイデアだって、もともとハイキが思いついたのに——はじめて会ったときから、何度もその話をしていた。

「ハイキも連れていって」わたしはいった。

シフリンは、しっぽの先を軽くふった。「ああ、いいだろう」

朝日が草原を照らしはじめるころ、シフリンは巣穴《すあな》を出て、イラクサの茂《しげ》みのほうへ歩きはじめた。ハイキとほかのキツネたちは、入り口までくると足を止めてシフリンをみおくった。

わたしはシフリンのあとを追った。「待って、まだいかないで」

シフリンは驚《おどろ》いた顔でふりかえった。「どうした？　気が変わったのか？　もどってきたら、一緒《いっしょ》に〈長老〉たちのもとへいくだろう？」

「だいじょうぶ、〈長老〉たちのところにはいくから」

シフリンはこわばった顔をゆるめて、ほっとしたようにため息をついた。

だけど、わたしの話は終わっていなかった。「いく前に……」巣穴《すあな》の入り口をふりかえって、みんなに声をきかれないようにシフリンのほうへ少し近づいた。「ワアキーアを教えて」

シフリンが顔をこわばらせる。「アイラ、それはむりだ……」

わたしはシフリンを押《お》しのけて、イラクサの茂《しげ》みのあいだを歩いていった。「うそばっかり」

シフリンがあとを追ってくる。「あのフォックスクラフトは複雑《ふくざつ》なんだ。伝統《でんとう》的にも、ワアキーアは高度な訓練を受けたキツネだけが学ぶことになっている。姿《すがた》を借りる相手を研究して、しぐさや動きを写しとらなくてはいけない。守るべき重要な決まりもいくつかある」

わたしはもどかしくて顔をしかめた。「決まりって？」

「姿《すがた》を借りる相手は選ばなくてはいけない――ワアキーアで変身できるのは〈カニスタの子〉にかぎられる。犬やコヨーテの姿《すがた》を借りることはできるが、たとえば、そうだな……リスになることはできない。わたしたちとはあまりにも違《ちが》うから、危険《きけん》が大きいんだ」

「そんなことしない！」

「みだりに使えば――」

「わかってるってば。姿《すがた》を借りた相手と会ったりしなきゃいいんでしょ？」わたしは皮肉をこめていった。

「それだけではないんだ」

「だれかを傷《きず》つけるわけじゃないのに――〝囚《とら》われ〟の魔法《まほう》とはちがうでしょ」

シフリンはため息をついた。「ワアキーアを下手につかえば、自分自身を傷《きず》つけてしまう」

草をかきわけながら歩いていくと、やがて川辺にたどり着いた。「くたびれるんでしょ、知ってるわよ。どうしても必要なときしか使わないから」

シフリンは川辺で足をとめた。「ワアキーアはむずかしい魔法《まほう》だ。マアをものすごく消《しょう》耗《もう》する。あまり長いあいだ姿《すがた》を変えていると、一気に年を取ってしまう。体のあちこちが落ち葉のようにしおれていく」

わたしは、思わず首をすくめた。「ちゃんと気をつけるから。軽い気持ちで変身したりしない」

シフリンは険《けわ》しい顔のまま続けた。「ほんとうに姿《すがた》が変わるわけではない。スリマリングと同様、ワアキーアもいってみれば目くらましだ。においも変わらない。見破《みやぶ》られる危《き》険《けん》は大いにある。とくに、フォックスクラフトを使える者の目は鋭《するど》い。ほんとうの姿《すがた》がばれる危《き》険《けん》は常《つね》につきまとう」

はじめてシフリンに会ったときのことを思いだした。あのときシフリンは、やせた犬に姿《すがた》を変えていた。犬には影《かげ》がなくて、ガラス窓《まど》の前を通ると、そこには赤い毛のキツネが映《うつ》っていた。だけど、ニンゲンのすみかから遠く離《はな》れた〈荒野《こうや》〉に窓《まど》はないし、こんなに草木が茂《しげ》っているところでは、影《かげ》がなくたって気づかれない。

シフリンは前足の裏《うら》をなめた。「アイラ、そろそろわたしはいく。一緒《いっしょ》にくるか？〈長老〉たちがワアキーアを教えてくれるかもしれないぞ。教え方もわたしよりうまいはずだ」

わたしはイラクサのほうをちらっとふりかえった。「ハイキたちを置いて？」

「そのほうが安全だ」

思わずくちびるが引きつった。そんなことをいうなんて信じられない。「わたしは、自分を助けてくれたキツネを見捨《みす》てたりしない。いいから、ワアキーアのやり方を教えて。呪文《じゅもん》だけでも教えてくれない？　あとは自分で練習するから」

シフリンは前足で地面をたたいた。「アイラ、呪文《じゅもん》さえ覚えればいいわけじゃないんだ。おまえはまだ子どもだ。正直にいうが、高度な魔法《まほう》をあやつれる分別があるかどうか……」

わたしはかっとなった。「わたしをバカにするくせは前とおんなじね」わたしはシフリンをにらみつけて、のどの奥《おく》でうなった。「どうせ、自分は天才だって思ってるんでしょ。だからワアキーアをひとり占《じ》めするのよ！」

「もういちどいうが……」シフリンは、はっと口を閉《と》じて目を丸くした。

「なによ！」わたしは鋭《するど》い声を出した。

「伏《ふ》せろ！」

その瞬間《しゅんかん》、小川のむこうから、見覚えのある濃《こ》い茶色のやせた犬が姿《すがた》を現《あらわ》した。わたしはとっさに腹《はら》ばいになった。長い草のあいだに視線《しせん》を走らせる。「気をつけて」小声でシフリンに呼《よ》びかける。「仲間が一匹《ぴき》いるはず」

シフリンは、鼻をぴくぴくさせながら顔をしかめた。「一匹《ぴき》だけか？」

地面がふるえて、荒々《あらあら》しい足音と、草を踏《ふ》みつける音がした。がっしりした犬が二匹《ひき》、木陰《こかげ》から飛びだしてくる。片方《かたほう》は黒と明るい茶色のまだらの犬で、耳が垂《た》れている。もう片方《かたほう》は、みすぼらしい毛並《けな》みのくすんだ白い犬だった。二匹《ひき》のうしろを、褐色《かっしょく》のぶち模様《もよう》がある黒犬が追ってくる。

先頭にいる濃《こ》い茶色の大きな犬は、ハイキのうそにまんまとだまされたあの犬だった。今度は仲間を引きつれてきたらしい。イバラの茂《しげ》みの陰《かげ》から犬が一匹現《ぴきあらわ》れるたびに、わたしは、口から心臓《しんぞう》が飛びだしそうになった。

犬たちは鋭《するど》い牙《きば》をむき出し、敵意《てきい》をみなぎらせて肩《かた》を怒《いか》らせている。

13.

わたしはせいいっぱい体をちぢめて草むらに隠《かく》れていた。だけど、シフリンはどうしても目立ってしまう。わたしよりずっと体が大きいし、赤いりっぱなしっぽが草の陰《かげ》からのぞいてしまう。

「それじゃみつかるわよ」わたしは声を出さずに口だけ動かした。殺気《さっき》立った犬たちの様子をみると、こっちのにおいに気づいているみたいだ。大きな茶色い犬が、首をめぐらせて周囲をみまわしている。しきりににおいをかぎながら、のどの奥《おく》で低くうなっている。あの犬をだましたのはハイキだけど、わたしのことも恨《うら》んでいるにちがいない。みつかったら、絶対《ぜったい》に仕返しをされる。

そのとき、シフリンのくちびるがかすかに動いた。きこえるかきこえないくらいの声で、なにかつぶやいている。

「わたしはおまえの毛皮となろう。ふるえて揺《ゆ》れるおまえの尾《お》になろう。雄々《おお》しき姿《すがた》をどうかこの身へ。みるものはおびえ、ひれ伏《ふ》すだろう。わたしに道を開けるだろう！」

目のはしに、地面のにおいをかいでいる犬たちの姿《すがた》が映《うつ》る。シフリンはなにをするつもりだろう？

シフリンの輪郭《りんかく》がぼやけ、一瞬《いっしゅん》、赤い雲みたいになった。ぶち模様《もよう》のある黒犬がはっと顔をあげて、わたしたちのほうをみる。黒犬は耳を立ててうなり声をあげた。

頭が真っ白になって、胸《むね》がバクバクしてきた。

みつかる！

シフリンに警告《けいこく》したほうがいいんだろうか。わたしは口を開けた。覚悟《かくご》を決めて吠《ほ》えようとした瞬間《しゅんかん》、シフリンの姿《すがた》が消えた。わたしは、ぽかんと口を開けたまま、あたりのにおいをかいだ。ほおひげがぴんと張《は》りつめる。シフリンの甘《あま》くて豊《ゆた》かなにおいはいまもはっきりわかる。そのとき、草むらに隠《かく》れている犬の姿《すがた》が目に入った。シフリンだ。どう猛《もう》な犬じゃなくて、砂色《すないろ》の毛の小さな子犬に変身している――みたこともないくらい小さい。

ぶちのある黒い雌犬《めす》は、とまどった顔で首をかしげた。ほかの犬たちに向かって吠《ほ》えると、仲間たちがぱっとふりかえる。

「どうした？」濃《こ》い茶色い毛の大きな犬が吠《ほ》えた。「ウサギか？」

「草むらでなにか動いたのよ！　はじめは……太いしっぽの赤いキツネにみえたのに、まばたきしたら小さい犬に変わって、あっというまにみえなくなった」

「なにをいっている？　ウサギがキツネになって……最後はどうなったって？」大きな犬は、あざけるような声でたずねた。

「消えたっていったわ」みすぼらしい白犬がかん高い声で吠《ほ》えた。「毒キノコでも食べて、幻覚《げんかく》をみたんじゃない？」

ほかの犬たちも鼻を鳴らしてきゃんきゃん吠《ほ》えた。さっきまで自分たちも警戒《けいかい》していたくせに、急に気が大きくなったみたいだ。

シフリンは、わたしと目を合わせると、険《けわ》しい顔で口だけ動かした。「スリマリングだ。早く！」

わたしは、声を出さずにあの呪文《じゅもん》を唱えた。

みたものは消え、感じたものも消えていく。骨《ほね》だったものはたわみ、毛だったものは空気になる。

シフリンは、おなかを地面につけたまま、草のあいだを慎重《しんちょう》に進みはじめた。進みながらスリマリングをはじめる。スリマリングとワアキーアを同時に使うなんて、わたしには絶対《ぜったい》できない。よく目をこらさないと、草のあいだをはっていく砂色《すないろ》の子犬の姿《すがた》はほとんどみえなかった。シフリンとくらべると、自分の体がやけに大きくみえる。

スリマリングは、〈うなりの地〉にいたころより簡単《かんたん》にできるようになっていた。呪文《じゅもん》を唱えると、すぐに視界《しかい》にかすみがかかって、心臓《しんぞう》の鼓動《こどう》が落ちついていく。わたしは体から力を抜《ぬ》いて、おだやかな胸《むね》の鼓動《こどう》に合わせて動いた。しっぽを垂《た》れたまま、草のあいだをはっていく。

「あそこよ！」ぶちのある黒犬が小さく吠《ほ》えた。「みえたでしょ？　草が動いた！」

「草が動いた！」群《む》れのリーダーがまねをすると、ほかの犬たちがわっとはやし立てた。

「ただの風だ！　化け物が出たみたいに騒《さわ》ぐんじゃない」

黒犬は顔をしかめた。「キツネのにおいがする。あんたたちだってわかってるくせに」

ぼさぼさの毛の白い犬が鼻をあげてにおいをかいだ。「このあたりはキツネだらけよ。キツネは夜にしか動かない。古いにおいが残ってるだけでしょ。あいつらには、ほかの仲間のためににおいをつけておく習性《しゅうせい》がある。そんなの常識《じょうしき》だと思うけど！」

「でも、このにおいには覚えがある……シダの原っぱにいたあのキツネよ。灰色《はいいろ》のキツネと子ギツネに、ウサギがいるってだまされたでしょ」

「だまされたのはおまえだ」リーダー格《かく》の茶色い雄犬《おすいぬ》が嚙《か》みつくようにいった。だけど、ハイキのうそに引っかかったのは、この大きいほうの犬だった。ぶちのある犬はもっと慎重《しんちょう》だったはずだ。雄犬《おすいぬ》は、ほかの犬たちに向きなおった。「キツネはうそつきだ。おれはちゃんと警告《けいこく》した。だが、こいつが耳をかさなかったんだ」

黒い雌犬《めすいぬ》は、むっとしたように毛を逆立《さかだ》てた。いまみつかったら、ただじゃすまない。できるだけ不吉《ふきつ》な想像《そうぞう》はしないようにしながら、わたしは静かにシフリンのあとを追った。シフリンは、枝《えだ》を大きく広げたハシバミの林をめざしている。あそこまでいけば、気が立った犬たちからじゅうぶんに遠ざかれるだろう。息が苦しくて、のどが痛《いた》い。そろそろ限界《げんかい》だった。

「おまえがみたのはキツネじゃない。そうだな？」リーダーはおどすようにうなった。明るい茶色のがっしりした犬が、短いしっぽをぴんと立てて、はねまわりながら吠《ほ》えはじめた。「ほらみろよ、キツネみたいだろ！　しっぽだってネコみたいにりっぱだろ？」犬たちは騒々《そうぞう》しく吠《ほ》えて、ぶち模様《もよう》のある犬を口々にからかった。わたしは体をこわばらせた。わたしとシフリンのあいだを犬たちが横切る。気を抜《ぬ》くとぶつかってしまう。息をしたくてたまらない。だけど、息を吸《す》えば、その瞬間《しゅんかん》にみつかってしまう。

みたものは消え、感じたものも消えていく。骨《ほね》だったものはたわみ、毛だったものは空気になる。

ぼんやりした視界《しかい》のむこうで、シフリンがハシバミの林に入ってスリマリングを解《と》いている。ワアキーアは解《と》いていない。子犬の姿《すがた》は、厚《あつ》く茂《しげ》ったハシバミの木々にうまく隠《かく》れていた。

リーダー格《かく》の茶色い雄《おす》犬が、大きな声をあげながらあくびをした。ぶちの犬をからかうのに飽《あ》きてきたみたいだ。「腹《はら》がへった。このあたりには獲物《えもの》がいないようだ」

手下の犬たちは騒《さわ》ぐのをやめて、緊張《きんちょう》した面持ちになった。

「原っぱのむこうでウサギを何匹《ひき》かみたわ」白い犬がいう。

犬たちはやっと移動《いどう》をはじめた。わたしは、息が苦しくて胸《むね》がふるえていた。あと少し。自分をしかりつける。あと少しでいなくなるから。

骨《ほね》はたわみ、毛は空気になる。

犬たちはリーダーについて、下流の谷間のほうへ遠ざかっていった。

だけど、ぶち模様《もよう》の雌《めす》犬だけは立ちさろうとしない。

けげんそうな顔で、原っぱをうろうろしている。鼻をふるわせながら、生《お》い茂《しげ》った草むらをまわりこむ。いま動いたら気づかれる。しっぽを踏《ふ》まれそうなくらい近くにいる。わたしは恐怖《きょうふ》で凍《こお》りついていた。止めた息が、胸《むね》を突《つ》きやぶってきそうだ。意識《いしき》が遠のきかけ、肩《かた》がぶるぶるふるえてくる。

つぎの瞬間《しゅんかん》、視界《しかい》にかかっていた霧《きり》がぱっと晴れた。草に埋《う》もれた自分の前足がはっきりとみえる。

スリマリングが解《と》けてしまった。

「そこの犬！　わたしのなわばりに入ってくるとは、どういうつもりだ？」

ふいに大きな声がきこえて、驚《おどろ》いたはずみに止めていた息がいきおいよく口からもれた。はあはあ息をしながら、あわてて地面に伏《ふ》せる。身をちぢめ、のど元に食らいつかれる瞬《しゅん》間《かん》を待ちかまえた。ぶち模様《もよう》の犬は、目の前にいる。だけど、ちらりともわたしをみない。こわばった顔で、ハシバミの茂《しげ》みをみつめている。

わたしは荒《あら》い息をつきながら顔をあげた。

小犬はどこにもいない。かわりに、どう猛《もう》な雌犬《めすいぬ》がハシバミの木のそばに立っている。わたしは、ぎょっとして飛びすさった。がっしりした雌犬《めすいぬ》は、ごつい肩《かた》を上下させている。なめらかな黒い毛の下で、たくましい筋肉《きんにく》が波打っている。全身に怒《いか》りをたたえて、ぎらりと光る牙《きば》をむき出している。

この犬には見覚えがあった――〈うなりの地〉で、ニンゲンの家を守っていた番犬だ。

もちろん、これはほんとうの犬じゃない。姿《すがた》を変えたシフリンだ。

ぶち模様《もよう》の犬は凍《こお》りついて毛を逆立《さかだ》てた。

「質問《しつもん》に答えろ」シフリンがうなった。

わたしは伏《ふ》せの姿勢《しせい》のまま草の中をあとずさった。安全なシダの茂《しげ》みにもぐりこむと、あたりをみまわした。いつのまにか、ほかの犬たちがしのび足でもどってきて、ついさっきまでわたしが隠《かく》れていたあたりに集まっている。あと一瞬遅《いっしゅんおそ》かったら、どうなっていただろう……。

群《む》れのリーダーは、ぶち模様《もよう》の犬のそばに近づいた。「あんた、何者なの？」せいいっぱい足を踏《ふ》んばっているけれど、うしろ足がぶるぶるふるえている。味方があんなにたくさんいるのに、シフリンと戦うのがこわくてたまらないみたいだ。

「何者なのか、もっと近くでたしかめたらどうだ？」シフリンがうなった。

だれも動かない。

次の瞬間《しゅんかん》、シフリンはくるっとうしろを向いて、草をかき分けながら走りはじめた。

「三度月がのぼるまでには帰ってくる！」吠《ほ》えながら小川へ向かう。雑木林《ぞうきばやし》にたどり着いたあたりで、ぱっと姿《すがた》が消えた。

めんくらった犬たちは、騒々《そうぞう》しく吠《ほ》えはじめた。川辺の草地をやみくもに駆《か》けまわっている。あの黒い犬がどこからきたのか——そしてどこへいくのか——わからなくて、パニックを起こしているみたいだ。

だけど、わたしにはわかっていた。

安全なシダの下で息をひそめたまま、わたしは何度も目をしばたたいた。目をこらすと、スリマリングをしたシフリンがどこを走っているのかかすかにわかる。湖を泳いでいって、むこう岸にあがっている。シダをかき分けてジグザグに進んでいく。そのあいだも、混乱《こんらん》した犬たちは、小川のそばをいったりきたりしていた。

犬たちは、うなったりきゃんきゃん吠《ほ》えたりしながら、近くのシダの茂《しげ》みのあたりをみまわしている。湖のむこうはちらりともみない。犬たちは、あざやかな赤いキツネが草のあいだからこっちをふりかえったのにも、前へ向きなおって森の中へ走りこんでいくのにも、気づかなかった。

わたしはシダの中にすわりつづけた。犬たちはずっと前にいなくなっていた。わたしはそこで、ワアキーアの呪文《じゅもん》をくりかえしていた。声に出してつぶやき、頭の中でくりかえす。

わたしはおまえの毛皮となろう。ふるえて揺《ゆ》れるおまえの尾《お》になろう。雄々《おお》しき姿《すがた》をどうかこの身へ。みるものはおびえ、ひれ伏《ふ》すだろう。わたしに道を開けるだろう!

何度くりかえしても、なにも起こらない。前足に視線《しせん》を落としても、つやつやした黒い毛におおわれた足は、やっぱり黒いままだった。明るい茶色のしっぽも、しっぽの先の白いところも、なにひとつ変わらない。

呪文《じゅもん》だけじゃだめなんだ。ワアキーアにはコツがいる。特別なやり方がある。きっとそうにちがいない。どうしてシフリンはそれを教えてくれなかったんだろう。腹《はら》が立ってひげがふるえる。シフリンは、ワアキーアをあんなに簡単《かんたん》そうにやっていたのに。

わたしは、豊《ゆた》かな赤い毛におおわれたシフリンの姿《すがた》を心に描《えが》いた――草原を駆《か》け抜《ぬ》けていったあの姿《すがた》を。

三度月がのぼるまでには帰ってくる!

「アイラ?　いるか?」おだやかな声がして、わたしは反射的《はんしゃてき》に耳を立てた。ハイキがとことこ歩いてくる。

わたしはシダの茂《しげ》みから外へ出た。「わたし……」どう説明すればいいのかわからない。ワアキーアを練習していたことは恥《は》ずかしくて話せない。あんなに長い時間をかけたのに、なんの収穫《しゅうかく》もなかった。「前に会ったあの犬たちがきたの。仲間も一緒《いっしょ》だった」

ハイキが息をのむ。「あいつら、こんなところまできたのか?」

「おなかがすいてたんだと思う」

「みつからなかったか？」

「シフリンがうまくだましてくれた。シフリン、いっちゃったわ。〈長老〉たちに会いに」

シフリンの名前をきくと、ハイキは落ち着かなそうに鼻をなめた。「ほんとにおれたちを連れていってくれるのかな。アイラはだいじょうぶだと思うけど……おれとシミとタオはどうなんだろう。ほんとにもどってくるかな？」

「シフリンは慎重《しんちょう》になってるだけだと思う」わたしは毛にからみついたトゲを噛《か》んだ。

「きっともどってくる」

「でもまあ、アイラに置いていかれなくてほっとしたよ。なかなかもどってこないから、もしかしたら、って不安になってたんだ」

わたしは目をあげた。「そんなことしない」ハイキは不安そうに両耳を外側にひねった。

「なにかいいたいことがありそうね」

ハイキはうつむいた。「おれ、シフリンがなんとなく苦手なんだ。アイラを〈長老〉たちのところへ連れていこうとして必死になってるだろ。なにか特別な理由でもあるみたいに。ほかのキツネのことはどうだっていいみたいだ。いや、ほんとのことはわからないよ。考えすぎかもしれない」ハイキは体をふった。「もどってきてくれるといいな」自信がなさそうな声でいう。

「だいじょうぶ、もどってくるから」そういってハイキをなぐさめたけれど、わたしも少し不安だった。

ハイキはわたしのほうへ一歩近づいた。「おれたちは、ほかのキツネたちとちょっとちがってるだろ」静かな声だった。「ほかのキツネたちは……親切だし、力になってくれようとしてる。だけど、おれたちの悲しみはわからない」輝《かがや》く茶色い目でわたしをまっすぐにみる。「家族が消えたあの日、おれ、心が燃《も》えつきて灰《はい》になったみたいな気分だった」悲しそうにきゅうきゅう鳴いて、ハイキはわたしから目をそらした。「家族を取りもどせるならなんだってする」

わたしはのどが詰《つ》まったみたいな感じがした。「わたし、家族の顔を思いだせないの。母さんも、父さんも、おばあちゃんも……」言葉が続かない。ずっと、悲しみを乗りこえようとしてきた。だけど、完全に乗りこえるのはむりみたいだ。悲しみは、いつもわたしのうしろをついてくる。影《かげ》みたいに。

ハイキがわたしの肩《かた》にあごをあずけた。「おれたちならだいじょうぶだ」小さな声だった。「進みつづけるんだ。一歩ずつ。朝日がのぼるたびに一歩、夕陽がしずむたびに一歩。あきらめちゃいけない」

巣穴《すあな》を〈憑《つ》かれた者〉たちに襲《おそ》われたあの日から、このときはじめて、わたしは仲間ができたと感じた。目をつぶると、ハイキが耳をなめてくれる。ハイキのぬくもりは、少しずつわたしの緊張《きんちょう》をほぐして、安心させてくれた。

しばらくすると、ハイキは体を離《はな》した。ひげをぴんと張《は》って、明るい声でいう。「カロがまたウサギをとってきたんだ。カロって、犬なんかよりずっと狩《か》りがうまいな！」

わたしは感心してうなずいた。

ハイキがしっぽをふりはじめる。「いこう！　食事の時間だ！」

わたしはハイキのあとについて巣穴《すあな》へもどった。イラクサの茂《しげ》みのあいだをぬいながら空をみあげる。太陽は真上にのぼっていた。月の姿《すがた》はどこにもみえない。まばゆい太陽の白い光に隠《かく》れているんだろうか。ハイキはいつも明るい。だけど、ほがらかな顔の陰《かげ》には、絶望《ぜつぼう》と悲しみが隠《かく》れている。いま、シダの茂《しげ》みのそばでかわした言葉は決して多くないし、時間も短かった。それでも、わたしにはわかっていた。

わたしたちは仲間だ。

シフリンが旅立って最初の夜は、激《はげ》しい雨が降《ふ》って、草地を水びたしにした。月がしずむとみんなで狩《か》りに出かけたけれど、収穫《しゅうかく》はほとんどなかった。少しすると、わたしたちはあきらめて巣穴《すあな》へもどった。

二日目の夜は、よく晴れていておだやかだった。カロが鳥を一羽《わ》つかまえてきて、ほかのキツネたちもミミズや虫を集めてきた。月がしずむころには、みんな巣穴《すあな》の中で丸くなっていた。〈憑《つ》かれた者〉たちが近づいているかもしれないからだ。

三日目の夜、夕陽がうねるむらさきの雲のむこうへしずむと、オレンジ色の月が地平線の上に顔をのぞかせた。キツネたちは巣穴《すあな》のなかで休んでいた。ハイキはみんなから離《はな》れ、壁《かべ》ぎわでひとり丸くなって、ふわふわしたしっぽを体に巻《ま》きつけていた。

シミとタオは、〈長老の岩〉をめざす旅のことを、ひっきりなしにしゃべっていた。ふたりはときどきわたしのほうをみて、シフリンはいつ着くのかたずねた。わたしは質問《しつもん》されることに疲《つか》れて、トンネルをのぼって外へ出ると、そこでシフリンを待った。黒っぽいイラクサの茂《しげ》みのまわりに視線《しせん》を走らせて、近づいてくる影《かげ》がないか目をこらす。草を踏《ふ》む足音も、空気をふるわせる息の音も、なにひとつきこえない。

月がしずむころになっても、きこえてくるのは、虫の鳴き声や、くもり空にひびきわたるかん高い鳥の声だけだった。

わたしは、東の空がかすかに明るくなるまで待ちつづけた。シフリンは、もどってこなかった。

14.

わたしたちは、シフリンの助けを借りずに〈長老の岩〉へいくことにした。

夜明けから日暮《ひぐ》れまで、みんなで熱心に話しあって、ああでもないこうでもないと計画を練りつづけた。一日が終わるころには、最初に決めたキツネたちで〈長老〉たちを探《さが》しにいくことで話はまとまった。わたしと、ハイキと、シミとタオだ。

「〈死の道〉を渡《わた》ることになる」ルパスは、イラクサの茂《しげ》みのそばに集まったわたしたちに言い聞かせた。「じゅうぶんに注意しろ。とくに、灰色《はいいろ》の毛のおまえは気をつけるがいい。〈死の道〉が通るところには、かならずニンゲンどもがいる。連中はおまえの毛並《けな》みをみて目の色を変えるはずだ」

ハイキは、ふわふわした灰色《はいいろ》のしっぽをみおろして、ごくっとのどを鳴らした。

「あの使者がもどってこなかったのは残念だったな」年を取ったキツネはため息をついた。

「だが、しかたがない。こうなった以上は、自分たちの力でどうにかするしかない」

わたしはうつむいた。シフリンに裏切《うらぎ》られたことはショックだった。それに、みんなをがっかりさせてしまった。わたしは自分をしかりつけた。やっぱり、あんなやつ信用しちゃいけなかったんだ！

タオがしっぽをふっている。「旅のあいだに、アイラがフォックスクラフトを教えてくれる！」

「カラークとスリマリングだけ」わたしは急いでいった。「むずかしい魔法《まほう》はわたしもわからないから」

「よかったわね」カロが子どもたちにうなずいた。

フリントがわたしに向きなおる。「川辺へいって、夜のうちに教えてやったらどうだね。なわばりを出たあとは、身を守ることでせいいっぱいになるだろう」シミとタオのほうをみる。「あたらしい力を身につけてから、夜明けとともに旅立てばいい」

タオがちぎれそうなくらいしっぽをふった。「じゃあ、早くいこう！　おれ、スリマリングができるようになりたいんだ！」

カロがほっそりした鼻で息子《むすこ》をなでた。「月の入《い》りまでにはもどってくるのよ。最近、〈荒野《こうや》〉は物騒《ぶっそう》だから」

「そうだ。旅のあいだも、夜になったら隠《かく》れなさい」フリントもいった。「森からじゅうぶんに離《はな》れるまでは、くれぐれも気をつけておくんだ」

シミがひげをまっすぐにのばした。「だけど、〈長老の岩〉ってどこにあるの？」

「森の中にあるときいたことがある。木に囲まれているらしい」ルパスがいった。

タオが立ちあがった。「松林の中ってこと？　じゃあ、簡単《かんたん》だろ。アイラ、いこう。川《かわ》沿《ぞ》いにいけばすぐだ！」

「あわてるんじゃない、タオ」ルパスがしかりつけた。「頭を使え。岩があるのは、松林のずっとむこうだ」

「シフリンが、いって帰ってくるのに三晩《ばん》かかるっていってた」モックスが小さな声でいった。「あのキツネは道をちゃんとわかってた」

ルパスが横目でモックスをみる。「残念だな。よりによって、一番賢《かしこ》い子が残らねばならんとは」

耳の痛《いた》いことをいわれて、タオは顔をしかめた。シミもとなりで首をちぢめている。

「シフリンが真実を話しているかどうかは定かじゃないが」フリントがいった。

ルパスは長くなってきた影《かげ》をみおろした。太陽が夕空のむこうへしずみかけている。話しはじめたルパスの声は低かった。「むかし、祖父《そふ》が〈長老〉たちのなわばりのことを話してくれた。なわばりの入り口は、たいそう美しいらしい。銀色に輝《かがや》く岩のあいだを、いくつもの滝《たき》が流れている。〈長老たちの森〉は、太陽がしずんでいくほうにある。だから、松林の中を歩いていくときは、自分の影《かげ》を踏《ふ》みながら歩いていけ。〈死の道〉を渡《わた》ってしばらくいくと、岩場と滝《たき》がみえてくるはずだ。その先に、〈長老たちの森〉はある」

「おじいさんは、岩がどんな形かいってた？」わたしはたずねた。岩はどれもおなじにみえる。

ルパスは鼻をなめた。「わたしにわかっているのは、岩を見守るように生える特別な木があるということだけだ。めずらしい木だという。その木がみつかれば、長老たちもみつかるだろう」

わたしは耳を立てた。「どんな木なの？」

「血のように赤い、紅《くれない》の木だという」

「血のように赤い？」わたしはぞっとした。

ルパスが、いかにも、とうなずく。「どんな山や谷よりも古く、どんな草木よりも深く根を張《は》っているという。オオカミたちは、紅《くれない》の木を神聖《しんせい》なものとしてあがめている。カニスタが地上を歩いていた大昔には、先祖《せんぞ》たちがその木からマアを得ていたと考えているのだ。そのころ、世界はあふれんばかりに豊《ゆた》かなマアに満ちていた。ニンゲンどもがやってきて、森を切りたおすまではな。強烈《きょうれつ》なマアは木を赤く染《そ》めるのだ」

モックスが目を丸くした。「カニスタって……あの星座《せいざ》のこと？」

「ああ」ルパスはうなずいた。「オオカミたちは、空で輝《かがや》くあの星は、偉大《いだい》な獣《けもの》の化身だと考えている。争いを愛した聖霊《せいれい》たちの女王だと。〈ビシャール〉――オオカミの群《む》れの別名だが――が語りつぐ話によれば、その昔、カニスタの女王は、われわれがいまいるこの地で生きていたらしい」

モックスは自分の祖父《そふ》をまじまじとみつめた。「カニスタがここに住んでたの？」

「オオカミたちはそう信じている。連中が〈荒野《こうや》〉に住んでいたころだから、はるか昔の話だ。カニスタはここで生まれ、やがて彼女《かのじょ》のマアは天高くのぼった」

モックスがしっぽを小さくふる。「おじいちゃん、その話、ほんとだと思う？」

ルパスは鼻を鳴らした。「キツネはこんなむかし話など信じない。祖父《そふ》がこの話をわたしたちに話していると、祖母《そぼ》は腹立《はらだ》たしそうにいったものだ。『木に神聖《しんせい》もへったくれもあったもんかね』祖母《そぼ》のいうとおりだ。オオカミは迷信《めいしん》深い生き物で、風や雨にもなにかと意味をつけたがる。わたしがこんな話をしているのは、おまえたちに木のイメージを伝えるためだ」

「どんな形なの？」わたしはたずねた。

「わたしもみたことはないからな。おそらく、〈長老の岩〉のそばに生えているのが、世界で最後の一本だろう。〈荒野《こうや》〉をすみずみまで探《さが》せば、もう一、二本は生えているかもしれんが……」ルパスは、毛羽だったしっぽをひゅっとあげた。「きくところによれば、非常《ひじょう》に大きな木で、樹皮《じゅひ》は濃《こ》い赤。かわいた血のような色だという」

シミは、前足の爪《つめ》を嚙《か》むのをやめて、祖父《そふ》をみあげた。「ほかの木とみわけがつかないんじゃない？　森の中でどうやって探《さが》せばいいの？」

ルパスはため息をついた。「いちかばちかだな」

フリントが耳を倒《たお》した。「もう遅《おそ》い。話の続きはまた巣穴《すあな》でしよう。アイラについていって、フォックスクラフトを教えてもらいなさい」

カロが子どもたちに近づいて、シミとタオの鼻をなめた。「旅をはじめたら、わたしたちは助けてあげられない。なわばりの外にはどんな危険《きけん》が待っているかわからないわ。なにがあっても進みつづけるのよ」

フリントが妻《つま》の肩《かた》に顔をすりよせた。「ほら、朝まではまだうちにいるんだから」フリントとカロは、しっぽをからませて巣穴《すあな》へもどっていった。

シミが、はしゃいだ吠《ほ》え声をあげて、小川へ走っていく。タオとハイキがあとを追った。

小さなモックスは、三匹《びき》のうしろ姿《すがた》をみつめている。

わたしは、思わずモックスに近づいた。「フォックスクラフト、習ってみたい？」

モックスはそわそわしながら鼻をなめた。「ぼく、旅にはいけないんだ……」曲がったしっぽを垂《た》れる。

「旅にいかなくたってフォックスクラフトは教えてあげられる」わたしは、モックスをはげまそうと、前足で軽く押《お》した。

するとモックスは、しっぽをかすかにふりはじめた。「うん、習いたい！」

「いけませんよ」年かさの雌《めす》ギツネがぴしゃりといって、モックスとわたしのあいだに割《わ》って入ってきた。押《お》しのけられたわたしは転びそうになった。「フォックスクラフトはマアを消耗《しょうもう》するんですから。モックスにむりをさせないでちょうだい！」

そのとおりだった。

わたしは、余計《よけい》なことをいわなければよかった、と後悔《こうかい》しながら、小川のほうへ歩きはじめた。ちらっとうしろをみると、モックスはまだ、しっぽをふりながらわたしをみていた——ふたりの大おばたちに巣穴《すあな》へ連れていかれるあいだも、名残惜《なごりお》しそうに、ずっとこっちをふりかえっていた。

ルパスは、あくびをして立ちあがると、少しのあいだ、小さな鋭《するど》い目でわたしをみていた。それから、ぶるっと体をふって巣穴《すあな》へ向かった。

わたしは、長い草をかきわけながら、ハイキとシミとタオのにおいをたどっていった。最初はカラークを教えるつもりだった。スリマリングよりもくたびれない。どうやって教えようかと頭をひねっていると、話し声がきこえてきた。

自然に耳が立つ。

「あの子、えらそうよね」

「シフリンのうそに引っかかったくせにな」

首の毛が小さく逆立《さかだ》った。シミとタオだ――わたしのうわさをしている。

「アイラのせいじゃない」ハイキの声がした。「あの子だって知らなかったんだ」

シミが鼻を鳴らす。「でも、ひと言くらいあやまったっていいでしょ?」

いつもはおだやかなハイキが、めずらしく声を荒《あら》らげた。「だけど、アイラはなにも悪くないじゃないか。それに、あの子はえらそうなんじゃなくて、勇敢《ゆうかん》なんだ。おれたちにフォックスクラフトを教えてくれて、一緒《いっしょ》に〈長老〉たちのところにいってくれるんだぞ。感謝《かんしゃ》しろよ」

わたしは胸《むね》があたたかくなった。シフリンなんか、もどってこなくたっていい。シミとタオには好きにいわせておけばいい。どうってことない。わたしにはハイキがいる。かばってくれる味方《みかた》がいる。

シミとタオはなにもいわなかった。少しすると、ふたりが川辺《かわべ》をはねまわる音がきこえてきた。

わたしは、しっぽで草をたたきながら考えこんだ。〈長老の岩〉にひとりで向かったらどうなるんだろう？　ううん、〈長老〉たちのことなんか忘《わす》れてしまったっていい。北の〈怒《いか》れる川〉へいって、川沿《かわぞ》いに太陽がのぼるほうへ旅をして、〈自由の地〉をめざしたっていい。もしかしたら、ピリーはそこにいるのかもしれない。

シミとタオを助けてあげなきゃだめなの？

わたしは耳をくるっとまわした。今朝《けさ》カロがつかまえてきてくれたウサギの味を思いだす。たっぷり肉のついた長い足に、夢中《むちゅう》でかぶりついた。そうだ、助けてあげなきゃいけないんだ――あの家族には恩返《おんがえ》しをしなくちゃ。それに、ハイキを置いていくわけにはいかない。

だけど、ちょっとだけ仕返しをしてやろう。

わたしはひげをぴくぴくさせながら、足音をしのばせて草のあいだを進んでいった。シミの姿《すがた》がみえると足を止め、息を大きく吸《す》う。

みたものは消え、感じたものも消えていく。骨《ほね》だったものはたわみ、毛だったものは空気になる。

心臓《しんぞう》の鼓動《こどう》がおだやかになっていくにつれて、前足の輪郭《りんかく》がぼやけていった。わたしはシミのそばにしのびよると、耳元でささやいた。

「わたし、そんなにえらそう？」

シミが悲鳴をあげてぱっとふりかえる。「アイラ？　あんたなの？」

わたしはスリマリングで姿《すがた》を消したまま草むらに飛びこんだ。

「どうした？」タオが叫《さけ》ぶ。川のほとりでハイキと並《なら》んで立っている。

シミは首をのばしてあたりの様子をうかがっている。わたしはすぐそばでうずくまっているのに、ちっとも気づいていない。「アイラよ！　このあたりにいる！　あたしたちの話がきこえてたみたい」

スリマリングの白いもやのむこうで、ハイキが首をかしげている。やがて、ふに落ちた顔でしっぽをふりはじめた。「フォックスクラフトだ！　アイラは姿《すがた》を消してる！」

タオは、あわててあたりをみまわした。「アイラ、悪く取るなって！」あさってのほうをみながら叫《さけ》んでいる。

わたしはそっとシミに近づくと、真後ろで足を止めた。

「陰口《かげぐち》たたくのはやめたら？　わたしにだって言い分があるんだし」

シミが飛びあがって、威嚇《いかく》するみたいに背中《せなか》を弓なりにした。「やめてったら！　なにがしたいの？」

わたしは、ふわふわしたシミの耳に口を寄《よ》せると、低い声でいった。「スリマリングを教えてあげてるの」シミがふりむいて、牙《きば》を鳴らしながら空気に噛《か》みつく。わたしはするりと身をかわした。「まずは深呼吸《しんこきゅう》。獲物《えもの》をつかまえるときみたいに、心を落ち着かせて」

草地の上を転がって、しのび足でもう一方の耳に近づく。「つぎは呪文《じゅもん》」シミがすばやくふりかえる。わたしは、そよ風みたいに、ふわっとうしろへはねた。

〈うなりの地〉にいたときとは大ちがいだった。いまは、スリマリングをしながらしゃべることだってできる。使いこなせている手ごたえがあった。「みたものは消え、感じたものも消えていく」目をこらすと、シミが毛を逆立《さかだ》てているのがわかった。「骨《ほね》だったものはたわみ、毛だったものは空気になる」

シミは急いであたりをみまわした。「ふつうにしゃべってよ！　どこにいるの？」

「すぐそばよ！」わたしは前足でシミのうしろ足をたたいた。

シミが牙《きば》をむく。「アイラ、覚悟《かくご》しなさいよ！」威勢《いせい》はいいけど、どこか不安そうな声だ。

「いつでも相手になるけど？」わたしは、ふくらんだシミのしっぽに近づいて、軽く嚙《か》みついた。シミがひと声吠《ほ》えて飛びあがり、声を荒《あら》らげて叫《さけ》ぶ。「いくらフォックスクラフトが上手《じょうず》でも、走るほうはどう？」そういうなり、下流へ向かっていきおいよく走りはじめ、シダの茂《しげ》みに飛びこんだ。タオが荒《あら》い息をつきながらあとを追う。

ふたりはあっというまに遠ざかった。だけどわたしは、どんなにすばやいキツネより声のほうが速く走れることを知っている。スリマリングを解《と》いて、思いきり息を吸《す》った。

今度はカラークだ。鳥のさえずりや、群《む》れになってさわぐカラスの声をまねして、ピリーと遊んでいたときみたいに、声を遠くへ投げる。声の竜巻《たつまき》でシミとタオを取りかこみ、鳥たちの鳴き声を雨みたいに降《ふ》らせる。二匹《ひき》は凍《こお》りついて、曇《くも》った空を不安そうにみあげた。

「なんだ？」タオが頼《たよ》りない声で鳴く。「鳥なんかいないぞ。この声、どこからきこえてるんだ？」

ハイキはうれしそうに叫《さけ》んだ。「アイラだ。カラークをしてるんだ！」

わたしはカラークを使って、自分の声を遠くへ放《ほう》った。シミとタオを取りまく鳴き声の竜巻《たつまき》の中から、ふたりに話しかける。「カラークに呪文《じゅもん》はないの。まねしたい生き物の声をしっかり研究しなきゃ。細かいところやふるえ方に気をつけて」

「アイラ、あんたなの？」シミが吠《ほ》える。

タオが首をぶるっとふった。「頭が変になりそうだよ」

わたしは息を止めた。みたものは消え、感じたものも消えていく……

姿《すがた》を消してふたりにしのびよりながら、ハイキのそばを通りすぎる。ハイキは、わたしの気配に気づいたみたいで、耳をぴんと立てた。

シミとタオはおろおろしている。おびえた顔であとずさってはぶつかりあっている。ふたりに近づくのは簡単《かんたん》だった。

「気をつけて」シミが吠《ほ》える。「アイラ、フォックスクラフトがほんとにうまいわ」

「まあね」わたしは姿《すがた》を消したまま答えた。

タオがかん高い声で叫《さけ》ぶ。「うしろにいる！」

わたしは、もういちどカラークをして声を投げると、ふたりのまわりで声の渦《うず》を作った。

「うしろ？　前？　逃《に》げられないかもよ！」

シミはうろたえて木の根にぶつかった。「ほんとにすごいわね」シミは、鳥の鳴き声に気を取られて、わたしの居場所《いばしょ》が全然わからないみたいだ。

じわじわと近づいて、耳元でささやく。「わたしはどこ？」

よろけたシミが、わたしにぶつかった。その衝撃《しょうげき》でスリマリングが解《と》けて、カラークをする声がとぎれた。

「いた！」シミがはあはあ息をする。「あんた、いいかげんにして！」

わたしは、仲直りのしるしにシミの鼻をなめた。

タオがしっぽをいきおいよくふっている。「アイラってすごいな！」

「だろう？」ハイキが得意げに吠《ほ》えた。

三匹《びき》がわたしにじゃれついてきて、ふざけながら軽く前足で押《お》したりなめたりする。

「おれたちにも教えてくれ！」タオが叫《さけ》んだ。

シミもわたしの前足をつつく。「そうよアイラ、おしえて！」

わたしは、巣穴《すあな》のほうをふりかえった。いつのまにか夜になっていて、あたりを暗い闇《やみ》が包んでいる。夜空には、骨《ほね》みたいに白い月が浮《う》かんでいた。「いいけど」わたしは腰《こし》を低くして逃《に》げる準備《じゅんび》をしながら、そっとあとずさった。「わたしをつかまえられたらね！」

わたしたちは、小川のそばで追いかけっこをした。シミとタオは、かわりばんこにフォックスクラフトの練習をしている。息を吸《す》って、カラスの鳴きまねをする。スリマリングのほうがむずかしいみたいだった。タオは心臓《しんぞう》の鼓動《こどう》を遅《おそ》くするのに苦労していたし、シミは、体を消すのに成功しても、何秒かするとすぐに黒っぽい体がみえてしまう。

「練習すればできるようになるから」わたしはふたりをなぐさめた。

心配なのはハイキのほうだった。ハイキはカラークもできない。だけど、魔法《まほう》をみやぶるのは得意で、いちどやり方を教えただけですぐにできるようになった。すばやくまばたきをすると、スリマリングの透明《とうめい》な幕《まく》をみつけて、相手の居場所《いばしょ》をやすやすとみつけだす。

シミとタオにカラークをかけられても、まっすぐに前をみて、まどわされたりしない。

みんなが小川の水を飲みはじめると、わたしはカニスタの星をみあげた。空には厚《あつ》い雲がかかっている。星はあのうしろに隠《かく》れているんだろうか。それとも、もうしずんでしまったんだろうか。

「そろそろもどらなきゃ」わたしはため息をついた。

タオがひげについた水を払《はら》った。「おじいちゃんにフォックスクラフトをみせよう。きっと驚《おどろ》くぞ！」

シミがタオにじゃれついて体当たりをする。「モックスにカラークをしてみたい！」

「おなかがすいたな」タオがいう。

シミはタオの耳を軽く嚙《か》んだ。「さっき食べたばっかりでしょ！」

タオは鼻をなめた。「フォックスクラフトのせいでぺこぺこだよ。母さんが、貯蔵庫《ちょぞうこ》にウサギを入れてくれてるっていってた。あれを食べさせてくれるかも……つばがわいてきた」

ハイキも舌《した》なめずりをしながら、ふたりのそばではねまわる。

「競走ね！　ビリになったら、ウサギのしっぽだけ！」シミはそう吠《ほ》えると、だっと駆《か》けだした。しっぽが空を切っている。

「わき腹《ばら》はゆずらないからな！」タオはシミを追いかけながらうなった。

わたしたちは、シダの茂《しげ》みをよけながら、草のなかを走りつづけた。シミが先頭をいく。

「あたしが一番！　ウサギはもらったわ！」

わたしがイラクサの茂《しげ》みをかきわけていると、突然《とつぜん》シミの悲鳴がきこえた。急いで茂《しげ》みから飛びだしたわたしは、いやな予感に打たれて足を止めた。シミが凍《こお》りついて、両耳をぺたりと寝《ね》かせている。そのとなりで、タオはすくみあがっていた。

あたりには煙《けむり》のにおいが立ちこめていた。

「どうしたの？」わたしは、ふるえる声でたずねた。思いきって巣穴《すあな》のほうへ近づく。そのとき、わたしにもみえた——ルパスと、デクサと、ミプスの姿《すがた》が。二匹《ひき》の雌《めす》ギツネは、巣穴《すあな》の入り口のそばで倒《たお》れている。わき腹《ばら》には、えぐられたような傷《きず》がある。二匹《ひき》は身を寄《よ》せあっていた。きょうだいのきずなが、息を引き取ったあともふたりを結びつけていた。

わたしは、こみあげてきた吐《は》き気《け》をこらえながらルパスに近づいた。年老いたキツネは、シダの茂《しげ》みの陰《かげ》で、力つきたように倒《たお》れている。鼻面に残ったしわは、最後まで敵《てき》に抵抗《ていこう》したしるしだ。見開かれたふたつの丸い目は、氷みたいに白くくもっている。わたしは鼻先でルパスをそっとつついてみた。冷たくなった体は、ぐったりと力がない。

わたしは、ぞっとして飛びすさった。

シミが巣穴《すあな》に近づいていく。「父さんたちは？」

巣穴《すあな》の入り口のあたりには、煙《けむり》が渦《うず》を描《えが》いて立ちのぼっていた。鼻をつくにおいがする。

「気をつけて！」わたしは鋭《するど》い声で吠《ほ》えた。この悪臭《あくしゅう》は、わたしの家族が消えたあの夜、巣穴《すあな》に立ちこめていたあのにおいとおなじだ。

シミは、わたしの声に驚《おどろ》いて足を止めた。「なにがあったの？」

「〈憑《つ》かれた者〉よ」わたしは小声でいった。「あいつらが襲《おそ》ってきたの」

タオがおびえた声で鳴きながらシミのそばへ駆《か》けよる。

「まさか、父さんたちは……」シミの声は、そこでとぎれた。

わたしはうつむいた。

シミが、しっぽをわき腹《ばら》にきつく巻《ま》きつける。「だけど、どうしておじいちゃんだけ置いていったの？　どうしてデクサとミプスを連れていかなかったの？」

わたしは息を大きく吸《す》った。「メイジは、年を取ったキツネには興味がないのかもしれない。利用できるキツネだけ連れていくのよ」

タオがぼう然とした顔で首をふる。「利用って？　なにに？」

シミが牙《きば》をむいた。「わからない？　母さんと父さんとモックスは、〈尾《お》なしの予言者〉につかまえられたのよ。みんなは〝囚《とら》われ〟にされたの――意志《いし》をうばわれたの」

タオはふるえながらあとずさった。「うそだろ！」

「うそじゃない」わたしはおさえた声でいった。「みんな、もうメイジの一味になってる。あいつらは、戦えるキツネだけ選んでいったの」

タオは目をむいた。「そんなわけない！　母さんと父さんがしたがうわけない！」

ハイキが顔をそむけた。「抵抗《ていこう》したってむだなんだ」

タオは混乱《こんらん》して吠《ほ》えつづけた。「父さんと母さんがモックスを守ってくれる。絶対《ぜったい》そうだ。あいつは戦えない。〈尾《お》なしの予言者〉に命令されたって――だれに命令されたって。ネズミ一匹《ぴき》殺せないやつなんだぞ！」

〈亡霊《ぼうれい》の谷〉から、〈憑《つ》かれた者〉たちのケケッという鳴き声がきこえてきた。わたしは身震《みぶる》いしながら暗闇《くらやみ》に目をこらした。そのとき、ハシバミの木の根元に、なにか黒いものが転がっているのがみえた。はじめは、ただの岩か土の小山だと思った。だけど、その黒い影《かげ》には、やわらかそうな毛が生えていた。

戦えるキツネだけ選んでいったの……。

わたしはまばたきをした。恐怖《きょうふ》がじわじわと胸《むね》の中に広がっていく。

モックスだ。前足のあいだに顔をうずめてうずくまっている。生きていたころより、もっと小さくみえる。

まるで子ギツネみたいに。

15.

モックスのなきがらには、鼻をつくような灰《はい》のにおいが染《し》みついていた。わたしは、モックスのやせた背中《せなか》に視線《しせん》を走らせた。骨《ほね》が浮《う》きでている。灰色《はいいろ》のぶちのあるほおから生えたひげは力なく垂《た》れ、目は閉《と》じている。眠《ねむ》っているみたいにやすらかな顔だった。

シミは、悲しみでかすれた声で、きょうだいの名前を呼《よ》んだ。「モックス。大好きなモックス」

体が弱くてやさしいモックスを、メイジは殺してしまった。利用できないからだ。だけど、どうして命までうばうんだろう——見逃《みのが》してあげたって、モックスは仕返しなんかしないのに。

シミとタオが空をあおいで、夜の闇《やみ》を切りさくような遠吠《とおぼ》えをあげた。ハイキがきゅうきゅう鳴きながら腹《はら》ばいになる。

わたしは立ちつくしていた。足がふるえる。ふるえは、全身に広がっていった。不吉《ふきつ》な考えにのみこまれそうだった。メイジは、抵抗《ていこう》するキツネをためらいなく殺す。だけど、弱いキツネにも容赦《ようしゃ》がない。目をつぶると、家族の姿《すがた》が――忘《わす》れかけていた母さんと父さんとおばあちゃんの姿《すがた》が――ぼんやりとまぶたの裏《うら》に浮《う》かんだ。

そのとき、なわばりの外から、キツネたちのけたたましい吠《ほ》え声がきこえてきた。わたしはいそいで三匹《びき》をふりかえった。「〈憑《つ》かれた者〉たちよ。こっちにきてる」

ハイキは、おびえた目で暗闇《くらやみ》をすばやくみまわした。「もどってきたんだ！　早く逃《に》げよう」

タオは憎《にく》しみをこめてうなった。「あいつら、殺してやる！　一匹《ぴき》残らず殺してやる！」

いまにも〈憑《つ》かれた者〉たちがいるほうへ走っていきそうだ。

わたしはタオの行く手に立ちふさがった。「敵《てき》が多すぎる。それに、相手は〈憑《つ》かれた者〉だけじゃない。キツネの意志《いし》をうばうには、〈憑《つ》かれた者〉じゃない自由なキツネが――〝ナラル〟って呼《よ》ばれるメイジの刺客《しかく》たちが――一匹《ぴき》必要なの。ナラルたちは、フォックスクラフトを知りつくしてる。戦いを挑《いど》んだって、あっというまにやられるわ」

わたしは、シフリンの警告《けいこく》を思いだして背《せ》すじが寒くなった。

ナラルの率《ひき》いる〈憑《つ》かれた者〉の群《む》れに会ってしまったら、命がけで逃《に》げろ。

タオは体を投げ出すように腹《はら》ばいになると、前足のあいだに顔をうずめて悲しげな声でいった。「なにもできないのかよ……このままあきらめろって？」

シミは煙《けむり》の立ちこめた巣穴《すあな》をうつろな目でみていた。

また、耳ざわりなキツネの吠《ほ》え声がきこえた。ハシバミの林のそばで長い草が揺《ゆ》れる。〈憑《つ》かれた者〉たちが、シミたちの遠吠《とおぼ》えをききつけたにちがいない。時間がない。

ハイキは、鼻先でタオをそっとなでながら、やさしい声でいった。「おれたちと一緒《いっしょ》にいこう。〈長老〉たちを探《さが》そう。大事なことだろ？　あきらめちゃだめだ……」タオはふるえる足で立ちあがった。ハイキのあとについてイラクサの茂《しげ》みへ向かう。シミも、ぼう然とした顔のまま二匹《ひき》に続いた。毛が逆立《さかだ》っている。

三匹《びき》のあとを追って、イラクサの茂《しげ》みのあいだを小走りにすり抜《ぬ》けたとき、巣穴《すあな》にいくつもの影《かげ》が近づくのがみえた。わたしは、茂《しげ》みの中で息をひそめ、様子をうかがった——ナラルがどんなキツネなのかたしかめたかった。

だれがナラルなのかはすぐにわかった。赤い目の〈憑《つ》かれた者〉たちにまじって、犬に似《に》たキツネが一匹《ぴき》、ゆったりと歩いている。カルカとは似《に》ても似《に》つかない——ずんぐりした見た目は、ちっともこわくない。こっけいなくらいだ。赤っぽい毛は油じみているし、耳はおかしな角度に突《つ》きでている。胸《むね》を突《つ》きだした歩き方はぶかっこうだし、鼻が太いせいで間《ま》が抜《ぬ》けてみえる。だけど、目だけは狡猾《こうかつ》そうに光っていた。

わたしたちは川沿《かわぞ》いに草地を走っていった。夢中《むちゅう》で先を急ぎ、ゆるやかな坂をのぼって松林に入ると、はじめて歩みをゆるめた。東の地平線が、かすかに明るくなっている。長い夜がようやく明けようとしていた。

わたしたちは、短い休憩《きゅうけい》をとった。シミとタオは一緒《いっしょ》に丸くなって、ハイキはわたしのとなりで腹《はら》ばいになる。考えごとが次々に浮《う》かんできて、眠《ねむ》りたくても眠《ねむ》れない。頭の中でハチの大群《たいぐん》が飛びまわっているみたいだ。

〈うなりの地〉は、どこへいっても同じような景色《けしき》が広がっていた。塀《へい》と、どこまでも続く灰色《はいいろ》の地面、それだけだ。〈荒野《こうや》〉はいつも変化している。新芽をつけた木の枝《えだ》は、風に吹《ふ》かれて揺《ゆ》れている。草はふるえ、鳥は空を飛びかっている。森のなかは虫の鳴き声や羽の音や吠《ほ》え声でにぎやかだし、木陰《こかげ》からこっちをうかがう生き物たちの視線《しせん》も感じる。

日が高くなってくるとわたしたちは出発して、松におおわれた丘《おか》をまわりこんだ。シフリンがコヨーテのリーダーと戦った丘《おか》だ。

シフリンは、どうしてもどってこなかったんだろう。なにかあったんだろうか。シミとタオは、しっぽを引きずりながら先を歩いていた。ハイキが近づいてきて、わたしの鼻を軽くなめる。「大変な夜だったな。だいじょうぶか？」

「わたしはだいじょうぶ」シミとタオをちらっとみる。「なにもできなかったのがくやしい。シフリンがもどってきてくれてたらよかったのに」

ハイキが不安そうな顔でわたしをみた。「ずっとそのことを考えてたんだ」

わたしはひげをふるわせた。「どうして？」

ハイキは声をおさえて話した。「シフリンがいなくなった時期が不自然じゃないか？あの直後に巣穴《すあな》が襲《おそ》われただろう？」

「なにがいいたいの……？」背中《せなか》を冷たいものが伝っていく。たしかにシフリンは、いばっているし、自分が一番えらいと思っているし、ひとりよがりだ。だけど、メイジの仲間だとは思えない。

「どうしても考えてしまうんだ」ハイキは続けた。「シフリンは、なんであんな約束をしたのかな。そもそも、おれたちを〈長老〉たちのところに連れていく気なんかあったのか？　おれたちの気をそらすために、うその約束をしたんじゃないか？」

わたしは顔をこわばらせた。「なんのために？」

ハイキの耳が小さくふるえる。「おれにもわからない。ただ胸騒《むなさわ》ぎがするんだ……あの夜、シフリンがコヨーテを引きつれて巣穴《すあな》にきたときも、いやな予感がした。シフリンって、何者なんだ？　あいつの正体は？」

頭の中をいくつもの光景がよぎっていく。赤茶色のキツネ。〈沼地《ぬまち》〉。慎重《しんちょう》に歩く灰色《はいいろ》の雌《めす》ギツネ。森のはしにいる小さな子ギツネ。せまってくる黄色い霧《きり》。なにかが腐《くさ》ったようなにおい。

まばたきをすると、キツネや霧《きり》はぱっと消えた。枝《えだ》のあいだから、明るい太陽の光が射《さ》しこんでいる。そのとき、聞き覚えのある音がした——怪物《かいぶつ》たちが走るぶうんという音だ。ルパスのいうとおりだった——〈死の道〉は、〈荒野《こうや》〉のこんな奥《おく》深くにまでのびてきている。ニンゲンたちはどこにでもいるんだ。

「気をつけて」わたしはシミとタオに声をかけた。ところが、いつのまにかふたりの姿《すがた》が消えている。わたしははっとした。「ふたりとも、どこにいったの？」

わたしはシダの茂《しげ》みの中を急いでくぐり抜《ぬ》けた。ハイキがとなりに並《なら》ぶ。松の木がまばらになって、太陽に照りつけられた頭が熱くなってくる。地面は岩でごつごつしている。

「シミ？　タオ？」

そのとき、タオが木のうしろから顔をのぞかせた。さっきとは打って変わって明るい表《ひょう》情だ。しっぽまでふっている。「アイラ、ハイキ、きてみろよ！ シミがすごいごちそうみつけたんだ！」

シミは、松の木の根元に立っていて、わたしたちが近づいていくと、得意げに顔をあげた。「すごいわよ。食事はしばらくおあずけかと思ってたんだけど、これみてよ！　すごくいいにおいよ」

わたしはシミの肩《かた》ごしにのぞきこんだ。タオのいうとおりだった——草の上に、ピンク色の大きな肉のかたまりが転がっている。骨《ほね》も毛もついていなくて、食べやすそうだ。ピリッとしたいいにおいをかぐと、口のなかにつばがわいてきた。わたしは、あたりをみまわした。だれがこんなものを置いていったんだろう。肉はまだ新鮮《しんせん》そうにみえる。舌《した》なめずりをしながらもっとよくみようとのびあがったとき、なにか金属《きんぞく》のようなものがきらっと光った。

「それ、なに？」よくみると、肉のまわりには金属《きんぞく》の輪っかがある。輪っかには、ぎざぎざの歯がびっしりついていた。

「だいじょうぶよ。見張《みは》ってたけど、全然動かなかったから」シミはそういうと、前足を肉のほうへのばした。ハイキとタオは、待ちかねたように見守っている。

だれが森の中に肉のかたまりを置いていったりするんだろう？　あの鉄の輪っかはなん

だろう？

〈死の道〉から、怪物《かいぶつ》たちが走る音がきこえてくる。ニンゲンたちの灰色《はいいろ》の世界を思いだした。とがった柵《さく》や、かたい塀《へい》でしっかりと区切られた世界。ケージを持って追ってくるキツネさらいや、ずらりと並んだ獣《けもの》たちの檻《おり》。

「だめ！」わたしは吠《ほ》えた。シミがぎょっとして肉からあとずさる。ハイキとタオがめんくらったようにわたしをみた。

ほんとうは、三匹《びき》をがっかりさせたくなかった。おいしそうな肉をみつけたおかげで、せっかく元気を取りもどしたのに。だけどわたしは、近くに落ちていた木の枝《えだ》をくわえて拾《ひろ》いあげた。枝《えだ》を使って肉をつつく。その瞬間《しゅんかん》、鉄の輪っかがはねあがって、がちんと合わさった。はさまれた木の枝《えだ》はまっぷたつに折れている。

シミが息をのんだ。「うそでしょ！」

タオはおびえた顔をしている。「なんで仕掛《しか》けがわかったんだ？」

「ニンゲンの街《まち》で暮《く》らしてたから」わたしは答えた。

ハイキは、がっちり合わさった鉄の輪っかからあとずさると、悲しげな声をあげた。

「だけど、なんでだ？　なんで罠《わな》なんか仕掛《しか》けるんだ？」

わたしにもわからなかった。ニンゲンたちは、理由なんてなくても、ひどいことをするから。

鉄の輪っかをあとにすると、わたしたちは慎重《しんちょう》に歩くようになった。シミとタオは暗い顔になっているし、ハイキはしょっちゅう足を止めてはにおいをかぐ。棒《ぼう》を持って追いかけてきたニンゲンのことを思いだしたのかもしれない。森の地面には、小さな生き物たちがたくさんいた。ネズミが木の根元を走っていくし、リスが大きな枝《えだ》を伝っていく。だけど、だれも狩《か》りをしようとしなかった。わたしたちは、黙《だま》って進みつづけた。

〈死の道〉の音はますます近づいていた。シミとタオは、しっぽを引きずって歩きながら、ちらちら目を合わせている。ハイキはわたしのそばにぴったりついて離《はな》れない。みんな黙《だま》りこんでいる。

とうとう、〈死の道〉が視界《しかい》に入ってきた——広い灰色《はいいろ》の道が、土地をふたつにわけている。

〈死の道〉を渡《わた》るのは思っていたよりむずかしそうだった。幅《はば》がすごく広くて、怪物《かいぶつ》たちがうなりをあげながら行きかっている。〈うなりの地〉の怪物《かいぶつ》より速いけれど、数はそこまで多くない。渡《わた》るタイミングをまちがえなければだいじょうぶだ。

まずは、ほかの三匹《びき》を説得しなくちゃいけない。

ハイキは道のそばまでくると、毛を逆立《さかだ》ててあとずさった。「別の道を探《さが》そう」

「まわりこめばいいわ」シミも警戒《けいかい》した表情《ひょうじょう》でうなずいた。

だけど、どっちを向いても、灰色《はいいろ》の道ははてしなく続いている。別の道をみつけるには、何日もかかってしまう。

「〈怒《いか》れる川〉まで続いてたらどうするの？」わたしはいった。

三匹《びき》はそれをきくと、しぶしぶわたしのとなりに並んだ。怪物《かいぶつ》たちのあげるうなり声は、耳が痛《いた》くなるくらいやかましい。吠《ほ》え声をあげないと、みんなに声が届《とど》かない。「全速力で走って。準備《じゅんび》はいい？」

三匹《びき》はいっせいに返事をした。

「わたしが合図するまで待って」わたしは三匹《びき》にねんを押《お》すと、耳を立てて〈死の道〉の様子をうかがった。つやつやした体の怪物《かいぶつ》が三匹《びき》、左へ走っていき、別の一匹《ぴき》が右へ走っていく。どの怪物《かいぶつ》も、わたしたちには目もくれない。たとえキツネが目の前に飛びだしてきたって、怪物《かいぶつ》たちはよけたりしない。だから、こっちが気をつけてなくちゃいけない。

しばらく待っていると、〈死の道〉は静かになった。きこえるのは、松の木立を吹き抜《ふ》《ぬ》けていく風の音だけ。怪物《かいぶつ》のうなり声がかすかにきこえたけれど、目をこらしても姿《すがた》はみえなかった。

「いまよ！」わたしは吠《ほ》えて駆《か》けだした。タオとシミも一緒《いっしょ》に飛びだして、死《し》に物狂《ものぐる》いで地面をける。真ん中までくると、わたしは肩《かた》ごしにうしろにいる。「急いで！」

怪物《かいぶつ》のうなり声は、あっというまに近づいてくる。大きな怪物《かいぶつ》の重みで、灰色《はいいろ》の地面がふるえている。あと少しで姿《すがた》がみえるはずだ。わたしはがむしゃらに走って、道のむこうがわに飛びこんだ。シミとタオもとなりに体を投げだして、肩《かた》で息をしながらきゃんきゃん吠《ほ》えている。

「やった！　わたれた！」

「めちゃくちゃ広いんだな！　父さんと母さんにもみせたかった……」

わたしは、〈死の道〉を渡《わた》りおえたことにほっとして、前足をのばして腹《はら》ばいになった。〈荒野《こうや》〉からふりかえってみると、〈死の道〉はいっそうおそろしくみえた。怪物《かいぶつ》たちの走る速さはすさまじいし、道の幅《はば》も〈うなり〉とは段違《だんちが》いだ。木々に守られていると、さっきまであんなところにいたことが信じられない。

そのとき、わたしははっとした。「ハイキはどこ？」

みると、灰色《はいいろ》ギツネは、道のまんなかで凍《こお》りついていた。体をちぢめてしっぽを体に巻《ま》きつけ、恐怖《きょうふ》にかんじがらめになっている。「ハイキ、なにしてるの？」わたしは大声で呼《よ》んだ。「早く渡《わた》って!」

「むりだ!」ハイキはがたがたふるえながら叫《さけ》び返した。「あいつらが襲《おそ》ってくる!」〈死の道〉の左右に視線《しせん》を走らせた瞬間《しゅんかん》、わたしは恐怖《きょうふ》で吐《は》きそうになった。怪物《かいぶつ》が一匹《ぴき》、ぐんぐんこっちへ近づいている。赤くかたそうな体は、カナブンみたいに太陽の光を照りかえしている。怪物《かいぶつ》は、ハイキに気づくと、パーン! という耳をつんざくような悲鳴をあげた。

タオとシミも、声をからして叫《さけ》んでいた。「ハイキ、早く! こっちだ!」

ハイキは、恐怖《きょうふ》に見開いた目でわたしたちをみつめたまま、灰色《はいいろ》の石の上で立ちつくしていた。

16.

怪物《かいぶつ》が悲鳴をあげながらハイキに近づいていく。わたしはそれ以上みていられなかった。ぎゅっと目をつぶってうずくまり、前足で頭を抱《かか》えこむ。
「あいつ、なにやってるんだ？」タオがあえぎながら叫《さけ》ぶ。
わたしは思いきって目を開けた。ハイキがこっちへ向かって走ってくる。危《あぶ》ないところで怪物《かいぶつ》をよけたけれど、もう、別の怪物《かいぶつ》が迫《せま》っていた。ハイキはおろおろして、こっちへ近づいたかと思うと、また道の真ん中へあとずさる。
「こっちだってば！」わたしは吠《ほ》えた。怪物《かいぶつ》の悲鳴がひびきわたって、わたしの声はかき消された。シミとタオも必死で吠《ほ》えた。「こっち！　こっちだ！」

ハイキは、わたしたちのほうへ走りはじめた。迫《せま》ってくる怪物《かいぶつ》は、ハイキとよく似《に》た灰《はい》色《いろ》だ。怪物《かいぶつ》のおなかの中には、青ざめた顔のニンゲンがふたり乗っていた。ひとりは両手で口元をおおっている。走るハイキをよけて、怪物《かいぶつ》が急カーブを切った。道のむこう側のふちから落ちそうになったけれど、どうにか体勢《たいせい》を立てなおした。ニンゲンの片方《かたほう》はまっすぐ前をにらんでいるけれど、もう片方《かたほう》は、青い顔のまま急いでこっちをふりかえった。

ハイキは全速力で走りはじめ、やっとのことでわたしたちのそばにたどりついた。シミとタオが大喜びでハイキに飛びつく。

「心配させないでよ」わたしはハイキの耳をなめながら、怒《おこ》っていった。

「ひかれるかと思ったぞ」タオがこわそうにいう。

ハイキは鼻の先からしっぽの先まで小刻《こきざ》みにふるえていた。「ここの怪物《かいぶつ》は……あんなに速いのか……」

わたしは、〈死の道〉のすすで汚《よご》れた毛をなめながらたずねた。「ここの怪物《かいぶつ》って？　低地にも怪物《かいぶつ》はいるの？」

ハイキは、うしろ足をほぐしながら答えた。「いや、予想してたより速かったって意味だよ。コヨーテも顔負けの速さだな！」ハイキは逃《に》げるように〈死の道〉から遠ざかった。わたしも毛づくろいをやめて立ちあがり、あとを追った。道のわきには茂《しげ》みがあって、そのむこうは広々とした草地になっている。わたしたちはひとつに固まって、地面のにおいをたしかめながら歩いていった。怪物《かいぶつ》がうしろの道を走るたびに、足元の地面がふるえる。怪物《かいぶつ》たちのくさい息のにおいが、草にしみついている。早く森に入りたい。

シミがとなりを歩きながら、草地のむこうを鼻でさした。「太陽が〈死の道〉をこえてきてるから、進む方向は合ってるわね」

茂《しげ》みをくぐり抜《ぬ》けると、草地のはしの豊《ゆた》かな植込《うえこ》みにそって歩きはじめた。植込《うえこ》みは、細長い花壇《かだん》の中に行儀《ぎょうぎ》よくおさまっている。手入れが行きとどいて、きゅうくつそうで……ニンゲンの世界そのものだ。わたしは、早く自然にもどりたくて足を速めた。昼間でよかった。夜の〈荒野《こうや》〉をうろつくのはまっぴらだ。メイジの群《む》れはここまでやってくるんだろうか。わたしにはわからない。だけど、〈死の道〉をみて引きかえすような群《む》れじゃない――メイジに渡《わた》れと命令されたら、渡《わた》るしかないんだから。

〈長老〉たちでも、〈憑《つ》かれた者〉の標的になるんだろうか。

そのとき、シフリンにきいた〝シャナ〟の話を思いだした。

〈長老〉たちが岩のまわりに張《は》りめぐらせたマアの結界だ。〝シャナシャーム〟と呼《よ》ばれる魔法《まほう》だが、わたしもやり方は知らない。この結界がなければ、いつメイジたちに攻《せ》めこまれるかわからない。

それなら、〈長老の岩〉にたどり着けば、メイジたちには襲《おそ》われない。

ただ――。

ただ、〝シャナ〟の中に入れてもらえなかったら？　シフリンが一緒《いっしょ》じゃないから、中に通してもらえないかもしれない。わたしは仲間たちをちらっとみた。ハイキは落ちつきを取りもどしていて、シミとタオのあいだを歩きながら、灰色《はいいろ》のしっぽをふっている。シミとタオは、巣穴《すあな》を離《はな》れたときの暗い顔にもどっていた。

シャナの話をしたほうがいいんだろうか。シャナは、メイジの群《む》れを――〝囚《とら》われ〟たちを――締《し》め出《だ》すためのものなんだろうか。それとも、よそものを全員締《し》め出《だ》すためのものなんだろうか。

ふと音がして、耳が立った。ずっと先のほうで、草地をはねてきたウサギが、植込《うえこ》みの陰《かげ》に入った。ひと息つきながら鼻をぴくぴくさせている。すぐに別の一羽《わ》が仲間に近づいて、長い耳の毛づくろいをはじめた。

タオがわたしのとなりで足を止める。

シミが自分の鼻をなめた。「獲物《えもの》ね」

ハイキは、よだれを垂《た》らしそうな顔でウサギたちをみている。「遠すぎるよ。むちゃだ」

フォックスクラフトの訓練に出かける直前に食事はすませたのに、わたしのおなかはぐうぐう鳴っている。だけど、ウサギはつかまえたことがない。「スリマリングをすれば近づけるかも」

三匹《びき》がいっせいにわたしをふりかえった。

「スリマリングはむずかしいもの」シミがいう。「アイラがお手本をみせてくれない？」

「そうだ、やり方を教えてくれよ」タオもうなずいた。

わたしは植込《うえこ》みに目をやった。ウサギたちは、耳の毛づくろいに夢中《むちゅう》だ。だけど、ハイキのいったとおり、遠すぎる――あそこまでスリマリングをできる自信はない。「ニンゲンにみつかるかもしれないし」

タオが首をかしげた。「このへんにはいないみたいだぞ。おれたちで見張《みは》っといてやるよ」

わたしはなぜか恥《は》ずかしくて、ウサギをつかまえたことがないといえなかった。「ちょっと遠いし……」

「ほかのやつにできるなら、アイラにだって絶対《ぜったい》できるさ」ハイキがしっぽで地面をたたいた。

顔がこわばった。もう、あとには引けない。きれいに刈《か》りこまれた植込《うえこ》みにそって、しのび足で歩きはじめる。ウサギがこっちを向いて、目をぱちぱちさせた。わたしは足をゆ

「骨《ほね》だったものはたわみ、毛だったものは空気になる。」

呼吸《こきゅう》と心臓《しんぞう》の鼓動《こどう》がおだやかになっていく。ぼやけていく視界《しかい》の先に、毛づくろいをはじめたウサギがみえた。植込《うえこ》みのそばを進んでいるうちに、わたしはあせってきた。ウサギをつかまえるまで持ちこたえられそうにない。シミとタオとハイキがうしろで見守っている。みんなをがっかりさせてしまう。どうしよう……？

集中力が切れて、胸《むね》の鼓動《こどう》が速くなってきた。気持ちを落ちつけようと、小声で呪文《じゅもん》をくりかえす。

みたものは消え、感じたものも消えていく。骨《ほね》だったものはたわみ、毛だったものは空気になる……。

すると、体がふわりと進みはじめた。足が土の上で軽々と動く。ウサギはもう、やわらかい光にしかみえない。まだまだ遠いけど、不安はうそみたいに消えていた。なにもこわくない。スリマリングのもやに守られて、わたしはリラックスしていた。

植込《うえこ》みの真ん中あたりに近づいたとき、生き物の気配を感じた。小さな光の玉がふらふらと近づいてきて、すぐそばで止まる。土のかすかなふるえで、生き物が胸《むね》をどきどきさせているのがわかる。なにも知らずに、うっかりそばにきてしまったんだ。わたしの気配は感じているけれど、どこにいるかはわかっていない。生き物は不安そうにキーッと鳴いて飛びすさった。ウサギじゃない。

甘《あま》くておいしそうなにおいがただよってくる。つぎの瞬間《しゅんかん》、わたしはスリマリングを解《と》いて生き物に飛びかかり、地面の上に押《お》さえつけた。目の焦点《しょうてん》が合ってくると、獲物《えもの》の正体がわかった。大きなリスみたいな生き物で、小さな目とふわふわのしっぽがある。もがきながらキイキイ鳴いている。シミとタオとハイキが大急ぎで駆《か》けよってきた。ウサギはびっくりして逃《に》げてしまったけれど、わたしは気にならなかった。つかまえた獲《え》物《もの》は、ウサギとおなじくらい大きい……金色の毛皮から立ちのぼるにおいも、すごくおいしそうだ。

「ジリスだ！」タオが歓声《かんせい》をあげた。

シミがすばやく首の骨《ほね》を折ってとどめを刺《さ》すそばで、ハイキも歓声《かんせい》をあげた。「びっくりだよ！　このリス、自分からアイラに近づいていった。アイラ、すごかったぞ！　いまの術《じゅつ》をみやぶれるやつはいない」

「今度はあたしたちの番ね！」シミがいう。

「アイラ、頼《たの》むよ」タオもとなりでいった。「またスリマリングを教えてくれ」

「あとでね。まずは腹《はら》ごしらえをしなきゃ」

みんなが、はしゃいでわたしにじゃれついてくる。わたしは、シミたちの獲《え》物《もの》を盗《ぬす》んだことがずっと気になっていた。だから、自分でつかまえたリスをみんなに分けられて、ほっとした。シミとタオが明るい顔になってくれたのもうれしい。

わたしは、ウサギたちのいたほうをすばやくみた。いまのはただの偶然《ぐうぜん》だ。運の悪いリスが知らずにわたしのそばへ寄《よ》ってきただけ。あのウサギたちにしのびよるまで息を止めておくことはできなかった。それでも、このリスだって、わたしがみえていたら近よってこなかったに決まっている。だから胸《むね》を張《は》っていい。わたしは、自分で自分をはげました。運がよかっただけだということはわかっていたけれど。

〈荒野《こうや》〉は〈うなりの地〉とちがって、すぐに暗くなる。わたしたちは、夕陽がしずむまでスリマリングの練習を続けた。シミもタオもまだ狩《か》りができるほどじゃないけれど、少しずつ上達している。シミは五秒間くらい姿《すがた》を消せるようになったし、そのまま静かに移《い》動《どう》することもできる。タオも、息を止めるのがうまくなってからは、スリマリングのコツをつかんだみたいだった。

ハイキは、自分にはフォックスクラフトの才能《さいのう》はないといってあきらめてしまった。だけど、わたしたちがスリマリングをすると、かならず居場所《いばしょ》を正確《せいかく》にあててみせた。

「それだって才能《さいのう》よ」わたしはハイキをはげました。

「使い道のない才能《さいのう》だろ」ハイキはしゅんとしていった。

わたしは少し考えていった。「スリマリングをしてるナラルに出くわしても、ハイキなら居場所《いばしょ》に気づくでしょ。ほら、役に立つ」

「ナラルって、〈尾《お》なしの予言者〉の刺客《しかく》たちだろ?」ハイキは身震《みぶる》いした。「そんなやつと出くわすなんて、ねがいさげだよ」

「あたしもいや」シミが牙《きば》をむいた。「〈長老〉たちに頼《たの》んで、もっとすごい魔法《まほう》を教えてもらおう。練習をたくさんして、フォックスクラフトの名人になるの。それからナラルと、〈尾《お》なしの予言者〉をみつけだして、息の根を止めてやる。この先、だれも囚《とら》われたりしないように」

「そうだ」タオも鋭《するど》い声を出した。「ナラルは〈憑《つ》かれた者〉よりたちが悪い——そいつらは、自分の意志《いし》で、〈予言者〉の命令にしたがってるんだろ。一匹《ぴき》残らずしとめてやる」

わたしはうつむいた。ふたりを責《せ》める気にはなれない。

気持ちは痛《いた》いほどわかった。

わたしたちは、植込《うえこ》みをたどって草地を進みつづけた。ふたたび松林のこずえがみえてくると、わたしはほっとした。松の木陰《こかげ》に入るころには、枝《えだ》のあいだから射《さ》しこんでくる光が濃《こ》いオレンジ色になっていた。

夕方が近づいてくると、とたんに音とにおいが変化する。小さな虫が群《む》れになって飛び、透明《とうめい》の羽がちらちらと光る。雨も降《ふ》っていないのに、土はひんやりと湿《しめ》って、甘《あま》いにおいになる。

かすかにふるえる夕闇《ゆうやみ》が、ゆっくりと迫《せま》ってくる。

「感じる？」シミがたずねた。虫の羽音と同じくらい小さなささやき声だ。

わたしは耳をくるっとまわした。「なにを？」

「足の裏《うら》がうずくでしょ？」

わたしは立ちどまって、足元の地面をみおろした。そういわれてみると、ほんのかすかな振動《しんどう》が、地中のずっと深いところから伝わってくるような気がする。シミたちの巣穴《すあな》のそばでも、似《に》たような振動《しんどう》を感じたことがあった。だけど、あのときは、ほんの一瞬《いっしゅん》だった。

シミが首をかしげる。「あんたは〈灰色《はいいろ》の地〉の出身だけど、わかるはず。マアが強いから」

「マリンタが近いんだ」タオが説明した。「このうずきは少ししたら弱くなるけど、月がのぼるたびに強くなっていく。だけど、あんまり気にしなくていい――ほんとうに重要なのはグローミングだから」

「おれはなにも感じないぞ」ハイキが悲しそうにいった。「グローミングは覚えてるけど、マリンタはすっかり忘《わす》れた。ときどき、頭の中がごちゃごちゃになっちまうんだ……」

シミはハイキにひたいをすりつけてなぐさめた。「そのうち感じるはずよ」

わたしは、マアと、大地のふしぎな力のことを考えていた。ここへくる前にいちど、大地がいきおいよくふるえて、わたしとピリーの心をつないでくれたことがあった。まばたきをしながら、オレンジ色に染《そ》まりはじめた夕空をみあげる。そのとき、ピリーの気配を感じた。「先にいってて」わたしは三匹《びき》に声をかけた。

ハイキたちが、なにかききたそうな顔でわたしをみる。

「少しだけひとりになりたいの。心配しないで、追いつくから」

ハイキが、薄暗《うすぐら》い林の奥《おく》に目をこらした。「夜になる前に？」

「夜になる前に」わたしがうなずくと、ハイキは、シミとタオと一緒《いっしょ》に林の奥《おく》へ向かいはじめた。いちどだけふりかえったハイキに、わたしは、だいじょうぶだから、とうなずいた。しばらくすると、三匹《びき》の姿《すがた》は松の木立《こだち》の中へ消えた。わたしは、ゆったりと大きな円を描《えが》いて歩きながら、居心地《いごこち》のいい場所を探《さが》した。そして、夕陽にやわらかく照らされた一画を選んですわった。松の枝《えだ》のあいだからのぞく空は、オレンジから赤に変わっている。

「ピリー？」わたしはささやき声でたずねた。「ピリー、いるの？」

耳元で虫の羽音がする。しっぽでそわそわと地面をたたきながら、首をふって虫を追《お》い払《はら》う。目を閉《と》じて、神経《しんけい》を集中させる。

「ピリー、きこえる？」

足の裏《うら》のうずくような感じが、ふいに強くなった。わたしの呼《よ》びかけに答えているみたいに、爪《つめ》のあいだをくすぐってくる。虫の羽音が遠のいていって、森がふっと静かになった。そのとき、そよ風みたいに静かな声が、ふわりと耳元に下りてきた。

アイラ？　そこにいるのか？

わたしは思わずしっぽをふった。「ピリー、いなくなっちゃったかと思った！　最近ちっとも答えてくれないから！」

いろいろ、むずかしいんだ。

「どうして？　なにが？　なにかあったの？」

わからない……頭が混乱《こんらん》してる。こうやってアイラと話すのも体力がいる。だけど、おれ、自分が自分じゃないみたいなんだ。

わたしはしっぽをこわばらせた。「ケガをしてるの？」

返事がきこえるまで、少し間《ま》があった。

どこも痛《いた》くないよ。

それをきいても胸騒《むなさわ》ぎはおさまらない。「どこにいるの？」

暗いところだ……深い闇《やみ》の中……逃《に》げられない。

背筋《せすじ》が寒くなる。「わたしが助ける。居場所《いばしょ》を教えて。どこにいるか説明できる？　どうやってそこにいったの？」

わからないんだ、アイラ。これ以上は話せない。おまえが心配だ。

「わたしが心配？　わたしはだいじょうぶよ」

アイラ、ぶじでいてくれ。それが一番大事なんだ。自由でいてくれ。

ピリーの声が風の音にまぎれていき、足の裏《うら》のうずきも消えはじめた。気配を必死で探《さが》したけれど、ピリーはもう、わたしの心が届《とど》かないところへ遠ざかっていた。

いきなり、思ってもいなかったほど激《はげ》しい怒《いか》りがわいてきた。「なんでわたしを避《さ》けるの？」わたしはうなった。「かくれんぼでもしてるつもり？　ピリーを探《さが》しにこんなに遠くまできたのに。わたし、絶対《ぜったい》あきらめない！」

ピリーは、みつけだしてほしくないみたいな口調だった。頭の中で、さっきの言葉がこだまする。

おまえが心配だ。

「ピリー、おせっかいしないでよ！　心配なんかいらない！　わたしはひとりでだいじょうぶ！」

わたしは、ぱっと目を開けた。夕暮《ゆうぐ》れの赤い光は消えて、あたりはすっかり夜になっていた。木立《こだち》の闇《やみ》が、一段《いちだん》と濃《こ》くなっている。わたしは、途方《とほう》に暮《く》れて首をふった。みんなはどっちにいったの？　夜になる前には追いつくって約束したのに、こんなにいきなり暗くなるなんて。

太い松の木に近づいて、根元のにおいをかぐ。みんなはここを通ったんだろうか。「ハイキ？　シミ？」上を向いて、大声で呼《よ》ぶ。

返事のかわりにきこえてきたのは、カー！　カー！　というカラスの鳴き声だった。残酷《ざんこく》な鳥たち。

体じゅうの毛が逆立《さかだ》つ。

そのとき、ぱっと耳が立った。〈死の道〉を走る怪物《かいぶつ》たちの音が、かすかにきこえたような気がする。わたしは、そっちに背《せ》を向けて駆《か》けだし、深い森の中へ分け入っていった。砂《すな》まじりの土をけりながら、あたりにすばやく視線《しせん》を走らせる。木々のあいだの空には灰《はい》色《いろ》の雲が垂《た》れこめて、星はみえなかった。

「タオ？」

若《わか》いキツネのにおいがして、わたしは思わず声をあげた。ほっとして深呼吸《しんこきゅう》をする。みんなは、少し前にここを通っていったらしい。鼻を地面に寄《よ》せてにおいのあとをたどる。松の木のそばを通りすぎてふりかえった瞬間《しゅんかん》、ほおひげが逆立《さかだ》った。鼻をつくにおいがして、反射的《はんしゃてき》にあとずさる。いやなにおいで、吐《は》き気《け》がこみあげてくる。

なにかが腐《くさ》ったようなにおいだ。

恐怖《きょうふ》で体が冷たくなる。不気味なうめき声みたいな音が土の中でこだましている。マリンタの訪《おとず》れを知らせる心地《ここち》のいいうずきじゃなくて、邪悪《じゃあく》な感じがするさざめきだ。

あわい月明かりのなかに、黄色いキノコがみえる。むらさきの水玉模様《もよう》のあるキノコが、土の中から顔を出している。すぐそばにも、もう一本生えている。前足のすぐそばだ。

その瞬間《しゅんかん》、森の中を駆《か》けてくる足音がひびきわたった。キツネの足音だけど、ハイキでもシミでもタオでもない。六匹《ぴき》か七匹《ひき》のおとなのキツネたちだ。キツネの一家かもしれない。そう思ってふりかえると、まっすぐな松の木々を背《せ》に、キツネたちの黒い姿《すがた》がみえた。

〈憑《つ》かれた者〉。

赤い目が、闇《やみ》の中で光っている。

17.

スリマリングをするには遅《おそ》すぎた――もう、みつかってしまった。〈亡霊《ぼうれい》の谷〉で襲《おそ》ってこようとした、やせた雌《めす》ギツネがいる。雌《めす》ギツネは群《む》れの先頭に立ち、宙《ちゅう》を切りさくようなケケッという鳴き声をあげた。ほかのキツネたちも、次々に声をあげる。鳥たちが木々からあわてて飛びたっていく。虫や小さな動物たちが逃《に》げていくカサカサという音がする。

だけど、〈憑《つ》かれた者〉たちは、表情《ひょうじょう》ひとつ変えない。

わたしは松の木々のあいだをぬいながら、闇《やみ》の中を夢中《むちゅう》で走った。自分の心臓《しんぞう》の音がきこえる。敵《てき》が土をけるにぶい音がする。わたしは、〈憑《つ》かれた者〉たちをまこうと、木と木のあいだをジグザグに走った。だけど、無駄《むだ》だった——肩《かた》ごしにふりかえると、黒っぽい群《む》れがみえた。距離《きょり》がちぢまっている。

「こっちだ!」タオの鋭《するど》い声がした。木陰《こかげ》で身をひそめている。わたしたちは、暗闇《くらやみ》の中を一緒《いっしょ》に走りはじめた。

ハイキとシミは、少し先の低木の陰《かげ》に隠《かく》れていた。わたしたちをみて、ふたりも走りはじめる。地面がゆるやかな上り坂になるにつれ、木と木の間隔《かんかく》がせまくなっていく。わたしは三匹《びき》に遅《おく》れを取らないように必死だった。子ギツネのわたしの足は、みんなより短い。風が起こって、正面から顔に吹《ふ》きつけてくる。いやな予感がして、心臓《しんぞう》の鼓動《こどう》が一気に速くなった。〈憑《つ》かれた者〉たちは風下にいる。わたしたちの行方《ゆくえ》は、においで簡単《かんたん》にわかるだろう。シフリンだったら、こんなときどうしただろう。そう、もちろん、ワアキーアを——わたしには教えてくれなかったフォックスクラフトを——使うに決まっている。

わたしはおまえの毛皮となろう。ふるえて揺《ゆ》れるおまえの尾《お》になろう……

呪文《じゅもん》を唱えながら、前足がたくましい犬の足に変わりますように、と念じてみる。鋭《するど》いかぎ爪《づめ》がみえますようにと願いながら、自分の足をちらっとみた。

なにも変わらない。

ふつふつとわいてきた怒《いか》りに駆《か》りたてられて、わたしは、自分でもびっくりするくらいのスピードで走った。うしろ足で地面をけって、タオとならぶ。足の裏《うら》がうずうずした。マリンタがわたしに呼《よ》びかけているんだろうか。そのとき、ぱっと森が開《ひら》けた。クモの巣みたいなうすい雲のあいだに、なめらかな黒い夜空がみえる。冷たそうな白い月が輝《かがや》いている。星がきらめいている。月と星をみたとたん、体の奥《おく》から力がみなぎってきた。

ところが、松の木を一本まわりこんでみると、道が急にとぎれて谷になっていた。

「気をつけて！」シミが叫《さけ》んで、あわてて止まる。急に止まったわたしたちは、ぶつかりあいながら荒《あら》い息をついた。足元の斜面《しゃめん》はすごく急だ――ずっと下まで続いていて、暗くて、底はみえない。やわらかそうな斜面《しゃめん》の土にも、松がかたまって生えている。松の木や、土の上に飛びだした根っこを足《あし》がかりにしながら、少しずつ下りていくしかなさそうだ。

最初にシミが、谷のふちから慎重《しんちょう》に斜面《しゃめん》へ下りた。四本の足を大きく開いて斜面《しゃめん》をすべっていき、危《あぶ》なっかしい体勢《たいせい》のまま最初の松の根にしがみつく。息を整えると、根っこから離《はな》れてまた斜面《しゃめん》をすべりはじめる。そのとき、片方《かたほう》の前足が木の根に引っかかった。

「シミ！」タオが急いで斜面《しゃめん》を駆《か》けおりた。しっぽが闇《やみ》の中で揺《ゆ》れている。

「だいじょうぶよ！」シミは前足で二本目の幹《みき》にしがみついている。タオがバランスを崩《くず》して、シミの背中《せなか》にぶつかった。

ハイキは、月の光を浴《あ》びながら、松の木々のあいだで立ちつくしている。茶色の目を見開いてわたしのほうを向いた。「こんなのむちゃだ。アイラ――谷を下りるなんてむりだよ」

〈憑《つ》かれた者〉たちが迫《せま》ってくる音がする。もう、引き返せない。「ゆっくりいけばだいじょうぶだから」ハイキを安心させたけれど、わたしも自信はなかった。耳をぺたりと寝《ね》かせて、谷のふちから斜面《しゃめん》へ飛びおりる。おなかから斜面《しゃめん》に着地すると、思っていたよりもいきおいよく体がすべりはじめた。おなかに力をこめながら四本の足で斜面《しゃめん》の土をつかみ、すべり落ちる体をなんとか食い止めて、体勢《たいせい》を立てなおす。と、思った瞬間《しゅんかん》、松の根元にぶつかった。前足がざらざらした木の皮にぶつかって、かん高い悲鳴がもれる。上をみると、谷の上でハイキが凍《こお》りついていた。

灰色《はいいろ》の毛が月の光を浴《あ》びて輝《かがや》いている。不安そうな目で一心にわたしの姿《すがた》を追っている。そのうしろから、敵《てき》の影《かげ》が迫《せま》っていた。

「ハイキ！　うしろ！」

赤い目を光らせてしのびよってきたのは、やせた雌《めす》ギツネと、毛の短い雄《おす》ギツネだった。ハイキはぎょっとして、迫《せま》ってきた二匹《ひき》の行く手から飛びのいた。いきおいよく地面をけった〈憑《つ》かれた者〉たちは、急には止まれず、崖《がけ》のふちから転げおちた。雌《めす》ギツネは、爪《つめ》を立てた攻撃《こうげき》の姿勢《しせい》のままハイキのそばを飛びすぎ、短い毛の雄《おす》ギツネは斜面《しゃめん》を転げおちていく。二匹《ひき》の体は、そのまま、谷底の真っ暗な松の木立《こだち》へ落ちていった。骨《ほね》が折れる音が何度かきこえたような気がした。

こみあげてくる吐《は》き気《け》をこらえながら、わたしは必死で目をこらしていた。シミとタオは、下のほうの松の木にしがみついている。ほかの〈憑《つ》かれた者〉たちのことを思いだして、わたしは崖《がけ》の上をみあげた。とがった耳が横一列にずらりと並んで、赤い目が闇《やみ》の中で光っている。うつろな顔のキツネたちは、いっせいに前足をあげると、崖《がけ》のふちへ向かって歩きはじめた。

メイジがあやつってるんだ！

ハイキはどこだろう？

次の瞬間《しゅんかん》、ハイキの声が耳に飛びこんできた。森のずっとむこうで叫《さけ》んでいる。

「こっちだ！　ほら、つかまえてみろよ！」

〈憑《つ》かれた者〉たちは、同時にうしろを向いた。

わたしは驚《おどろ》いて声も出なかった。これがシフリンなら意外じゃないけれど、こわがりなハイキにこんなことをできる勇気があったなんて。呼《よ》びとめたくても、ハイキはもう、わたしの声の届《とど》かないところへいっていた。森のむこうから、挑発《ちょうはつ》するようなハイキの吠《ほ》え声がかすかにきこえてくる。〈憑《つ》かれた者〉は、その声を追いかけていった。

「こっちだ」タオが小声で呼《よ》んだ。「岩場があるんだ。細い道が続いてる」

タオの視線《しせん》を追うと、谷底に大きな岩がいくつも転がっているのがみえた。岩にはこまかい銀色の砂《すな》が混《ま》じっていて、月明かりにきらきら輝《かがや》いている。「でも、まだハイキが上にいるの」わたしは息を切らしながらいった。

顔をあげたシミは、わたしと目を合わせようとしない。「もどるなんてむちゃよ」

こんなにあっさりハイキを見捨《みす》てるなんて、信じられない。わたしは、松の幹《みき》を足《あし》がかりにして体を押《お》しあげると、斜面《しゃめん》をはいあがろうとした。だけど、しっぽ半分くらいはいあがっただけで、崩《くず》れる土と一緒《いっしょ》に斜面《しゃめん》をずり落ちた。さっき打った前足が、またしても松の根にぶつかる。腹《はら》が立って、わたしは根っこに噛《か》みついた。シミは正しかった。ここから崖《がけ》のうえにもどるなんて、むりなんだ。

「ほら、こっちだ」タオは、足を大きく広げて踏《ふ》んばりながら、慎重《しんちょう》に斜面《しゃめん》を下っていった。しっぽを大きくふってバランスを取っている。暗闇《くらやみ》のなかを器用にすべり、次の木の根元で息を整えた。しばらくするとタオは、木の幹《みき》から体を起こして、もういちど斜面《しゃめん》を下りはじめた。シミもきょうだいのあとを追う。タオがあとにした松の木にシミがたどりつくころ、タオはまた、次の木ににじり寄《よ》っていた。そんなふうにして二匹《ひき》は、ゆっくりと斜面《しゃめん》をはいながら、輝《かがや》く岩場へと着実に近づいていった。

わたしは、じっと耳をすましていた。だけど、ハイキの吠《ほ》え声も、〈憑《つ》かれた者〉の足音もきこえない。森の入り口まで引きかえしていったにちがいない。ハイキがこんなに足が速かったなんて。〈死の道〉ではあんなにおびえていたのに。〈憑《つ》かれた者〉につかまったりしていないだろうか。

わたしは、ハイキはきっと逃《に》げきれたはずよ、と自分にいいきかせると、松の木の根元からゆっくり離《はな》れた。あせらずに一歩ずつ、崩《くず》れる土の上で慎重《しんちょう》に足を動かす。耳をぴたりとうしろに伏《ふ》せる。森のほうから、かすかな悲鳴がきこえたような気がする。それとも、いまのはただの鳥の声？

「アイラ？」

シミとタオは岩場に到着《とうちゃく》して、わたしを待っていた。

ふたたび斜面《しゃめん》を下りようとした瞬間《しゅんかん》、わたしはバランスをうしなった。足のあいだを、崩《くず》れた土がザーッと流れていく。木の根に嚙《か》みついて体を支《ささ》え、口に力をこめながら息を整えた。気持ちが落ちつくと、前足を土の上にしっかり置いて、慎重《しんちょう》に体重をかける。一歩、また一歩。しっぽを大きくふってバランスを取る。やがてわたしも、どうにか岩場にたどり着いた。

シミとタオが、うれしそうに鳴きながらわたしを取りかこんで、ひげや耳をなめてくれる。わたしもふたりに鼻をすり寄《よ》せた。

あれは悲鳴なんかじゃない。わたしは、むりやり自分に思いこませた。ただの鳥の鳴き声よ。

岩場は谷底のはしにあって、むこう側は崖《がけ》になっているみたいだ。岩のあいだのすきまは、キツネが一匹《ぴき》やっと通れるくらいの広さしかない。気をつけて進まなくちゃいけなかった。すきまは真っ暗で、どこまで続いているのかは予想するしかない。うっかりいきすぎてしまったら、真っ暗な崖《がけ》を真《ま》っ逆《さか》さまに落ちていくことになる。

タオが先に立ち、体を低くして進みはじめた。

シミは足を止めて、岩場のあいだでぐずぐずしているわたしをふりかえった。「こないの？」闇《やみ》の中で、ふたつの目が輝《かがや》いている。

わたしは、崖《がけ》の上をみようとのびあがったけれど、みえるのは岩ばかりだった。「ハイキは？」

そのとき、森のむこうのほうで、けたたましいケケッという吠《ほ》え声がいくつもあがった。シミは厳《きび》しい表情《ひょうじょう》を崩《くず》さない。「待つのは危険《きけん》よ」

わたしたちは、崖《がけ》に近づきすぎないように岩のあいだをたどっていった。少しすると、水が流れる音がきこえはじめた。だけど、わたしにみえるのは、目の前でせわしなく揺《ゆ》れるシミのしっぽと、濃《こ》い夜の闇《やみ》だけだった。ごつごつした岩場を登っては下る。松林の下の迷路《めいろ》みたいな岩場を歩くうちに、わたしたちはいつしか、切り立った崖《がけ》の中腹《ちゅうふく》に迷《まよ》いこんでいった。

タオがわたしとシミをふりかえった。「この先で小川が流れてるみたいなんだ。何本かあるみたいだけど、よくわからない。どこからきこえてくるのかもわからないし」

わたしは耳をそばだてた。タオのいうとおりだ。水源《すいげん》はたぶんひとつじゃない。サーッと流れる水の音に耳をすますと、とたんに、どこからきこえてくるのかわからなくなる。前だろうか、それとも、うしろだろうか。コポコポいう水の音は、上からも下からもきこえてくる。わたしはぶるっと首をふった。前にもこんなふうにとまどったことがあった。シフリンが、スリマリングとカラークを同時にやったときだ。あのときシフリンは、姿《すがた》を消して、たくさんの音を雨みたいにわたしの上に降《ふ》らせた。いまも、めまいがして、体がふわふわする。

「なんだか落ちつかない」シミがひとり言みたいにつぶやいた。

岩を踏《ふ》んでいる足の裏《うら》がじんじんする。片方《かたほう》の前足を上げてふりながら、わたしは両耳をうしろに倒《たお》した。水の音から意識《いしき》をそらそうとする。だけど、川が流れているような音は、耳の奥《おく》でしつこくひびきつづけた。

「明るくなるまで待ったほうが安全かも」わたしはいいながら、空をみあげた。月はみえない。夜が明ける気配もない。「一歩でもまちがえたら……」

シミがうなずいた。「ここがどこなのかわかるまでは、あたしもこれ以上進みたくない」

「待ってたらハイキが追いついてくるかもしれないし」わたしはいった。

シミとタオは、返事をしなかった。沈黙《ちんもく》が生まれて、しばらく、みえない川の音だけがきこえていた。

シミが耳を立てる。「アイラ、さっきはなにをしてたの？　あたしたちを先にいかせたでしょ？」

「あれは……なんでもない」ゲラシャームのことは話したくなかった。ピリーと過《す》ごす時間は、ふたりの大事な秘密《ひみつ》だ。

「いいづらいんだけど……」シミがちらっとタオと目を合わせる。「〝囚《とら》われ〟たちは、アイラがいなくなってすぐに現《あらわ》れたのよね」

わたしは顔をこわばらせた。なにがいいたいんだろう？「わたしが呼《よ》んだんじゃない！わたしもあいつらの仲間だっていうつもり？」

タオが落ちついた声でいった。「だけど、ほんとうのことだ。アイラを追いかけてきたようにしかみえなかった。責《せ》めてるんじゃなくて、ただふしぎなんだ」

わたしは身がまえて、うなり声でいいかえした。「たまたま松林をうろついてたんでしょ」そういいながら、ぴくっとひげがふるえた。そよ風みたいに弱々しかったピリーの声を思いだす。

これ以上は話せない。おまえが心配だ。

あの直後、ゲラシャームはとぎれて、わたしはひとり森の中に残された。そして、すぐに〈憑《つ》かれた者〉たちが現《あらわ》れた。

わたしは、湖のほとりでピリーと交わした会話のことを考えた。岩山のふもとをまわりこむ途中《とちゅう》、わたしはハイキから離《はな》れてピリーに呼《よ》びかけた。ピリーの警告《けいこく》が耳の中でこだまする。

引きかえせ。おれを探《さが》すな。危《あぶ》ないんだ。

あのときも、直後に〈憑《つ》かれた者〉たちがわたしたちを追ってきた。

シミとタオがわたしをみつめている。「どうかした?」

わたしは、こわばった声でいった。「〈憑《つ》かれた者〉たちが追ってくるのは、わたしが考えごとに……フォックスクラフトに夢中《むちゅう》になったあとだった」

タオが首をかしげる。「どんなフォックスクラフトなんだ?」

「ゲラシャーム。だれにも内緒《ないしょ》で、心と心で会話をする魔法《まほう》」もし、その会話をだれかにきかれていたのだとしたら？　わたしは急におそろしくなった。メイジの手下たちが、わたしたちの会話をききつけていたとしたら？

危《あぶ》ないんだ。

ピリーの警告《けいこく》が耳の奥《おく》で鳴りひびいて、ふしぎな水の音をかき消した。

暗闇《くらやみ》にのみこまれそうな心細さに襲《おそ》われて、わたしはしっぽでぎゅっと体をくるんだ。

「ふたりが正しいのかも」とうとう、わたしは認《みと》めた。「さっき、森の中で、ゲラシャームを使ったの」土ぼこりを吸《す》いこんだみたいに、のどがからからだ。「〈憑《つ》かれた者〉を呼《よ》よせるつもりなんてなかった。ほんとに、考えもしなかった。〈長老〉たちのこともなにも知らないし、フォックスクラフトだって初心者なのに。わたしを追う意味がわからない」だけど、たしかにカルカはわたしを追っていた。不気味な群《む》れを引きつれて、〈灰色《はいいろ》の地〉を探《さが》しまわっていた。きっと、わたしを利用して、ピリーをみつけようとしてたんだ。じゃあ、わたしがピリーを危険《きけん》にさらしてたってこと？

シミの表情《ひょうじょう》がけわしくなった。「もしかして、その……ゲラシャームとかいうやつを、あたしたちのなわばりでもやったの？　ゆうべ、その魔法《まほう》を使った？」

シミの質問《しつもん》の意味に気づいて、わたしはぞっとした。「使ってない！」かん高い声で吠《ほ》える。「みんなのなわばりにいるあいだは、いちども使ってない」恥《は》ずかしくて声がふるえはじめた。「一回か二回は試してみたけど……」

シミとタオが不安そうに顔をみあわせた。

わたしは、耳をうしろに倒《たお》した。「おねがい、信じて。きのうの夜、〈憑《つ》かれた者〉を引きよせたのは、わたしじゃない！」

タオは深いため息をついた。「もう暗いから、進むのはここまでにしよう。夜明けまで待って、つぎにどうするか決めよう」

わたしはうなだれた。吐《は》きそうだった。「わたし、ばかだった」

シミが顔をそむけていった。「あんたは〈灰色の地《はいいろのち》〉出身で、しかも、まだほんの子どもよ。どんなに強いマアを持ってたって、正しい使い方を知らなきゃ意味がない。もっと賢《かしこ》くなって」

タオはシミほど手厳《てきび》しくなかった。「アイラだって知らなかったんだ」

「そんなの言《い》い訳《わけ》にならない」わたしは声をしぼり出した。「わたしのせいで、〈憑《つ》かれた者〉が巣穴《すあな》のそばにきたのよ。いま森を追いかけられたのだってわたしのせい。シフリンに、フォックスクラフトの扱《あつか》いには注意しろっていわれてたのに、どんな危険《きけん》があるかなんて考えもしなかった……ハイキはわたしたちを守ろうとしてくれたのに、離《はな》れ離《ばな》れになっちゃった」

恥《は》ずかしくて体が熱かった。シフリンは正しかった。わたしはまだ、むずかしいフォックスクラフトをあやつれるほどおとなじゃない。ちゃんとあやつれもしない魔《ま》法《ほう》を、ろくに考えもしないで好きなように使っていた。自分がなにをしでかしたのか、わたしは少しずつ理《り》解《かい》していった。ほかのキツネたちをおそろしい災難《さいなん》に巻《ま》きこんだ。メイジの群《む》れに頭の中を読まれて、居場所《いばしょ》を突《つ》きとめられた。そして、ピリーを危険《きけん》にさらした。

全部、わたしのせいだった。

わたしは前足に顔をうずめた。タオとシミは、こだまする水の音をききながら身を寄《よ》せあって丸くなり、ゆっくりと眠《ねむ》りに落ちていった。わたしは、暗闇《くらやみ》をじっとみつめていた。眠《ねむ》れる気がしないと思ったけれど、いつの間にか睡魔《すいま》に負けていたみたいだった。そして、いくつもの滝《たき》に囲まれている夢《ゆめ》をみた。泡立《あわだ》つ水のなかで虹《にじ》が躍《おど》っている。一匹《ぴき》のキツネが滝《たき》をくぐって遊んでいる。金と銀のまだらもようの毛は、ぬれるといっそう美しく輝《かがや》いた。

目を開けると、キツネの姿《すがた》は消えた。もう、その名を呼《よ》ぶ勇気はない。お兄ちゃんはいまも心の中にいるけれど、これまで以上に遠く感じる。

太陽はもう、青みがかった灰色《はいいろ》の地平線の上にのぼっていた。わたしたちは三匹《びき》とも疲《つか》れていたみたいだ。だれも夜明けの光に気づかなかった。ふらつく足で立ちあがる。シミとタオはまだ、しっぽを重ねあわせて、ぐっすり眠《ねむ》っている。岩にまじった銀色の砂粒《すなつぶ》が、朝日を浴《あ》びてきらきら輝《かがや》いていた。崖《がけ》へそっと近寄《ちかよ》って、下をのぞきこんでみる。やっぱりここは崖《がけ》の中腹《ちゅうふく》だ。切り立った崖《がけ》はすごく高くて、はるか下の松林のこずえが、緑色の染《し》みにしかみえない。崖《がけ》のあちこちから、小さな滝《たき》がいくつも流れおちている。滝《たき》は岩棚《いわだな》にあたって水しぶきをあげている。

わたしは目をみはった。知らないうちに、〈長老〉たちのすみかの入り口にたどり着いていた。ルパスが話していたとおり、輝《かがや》く岩のあいだを滝《たき》が流れている。

うしろを向いて、これまでたどってきた道をふりかえる。視線《しせん》を少し上に向けると、細い滝《たき》がごつごつした岩のあいだを流れおちてくるのが目に入った。日の光に輝《かがや》く水しぶきのむこうで、なにかが動いた。岩のあいだをしのびよっている。黒っぽい毛におおわれた大きな生き物だけど、器用に足音をたてずに歩いている。わたしは口を開けてシミとタオを起こそうとした。だけど、声が出てこない。岩肌《いわはだ》をかすめる水の音がわたしを取りまいて、頭がくらくらする。舌《した》が動かない。めまいがする。

18.

わたしは足を踏《ふ》んばって、声をふりしぼった。攻撃《こうげき》の体勢《たいせい》になって毛を逆立《さかだ》てると、上に張《は》りだしていた岩に背中《せなか》がぶつかった。相手が滝《たき》をくぐってくる。わたしは一歩あとずさった。次の瞬間《しゅんかん》、はっと息をのんだ。水にぬれた毛が黒っぽくつややかにみえるせいか、すごく年上のキツネにみえた。体の引きしまった、たくましいキツネだ。ちっとも臆病《おくびょう》そうにはみえない。

「ハイキ……？　ほんとにハイキ？」

ハイキは、しっぽをいきおいよくふりながら駆《か》けよってきた。

「気をつけて！」わたしはあわてて注意した。ハイキが走っている細い道は、滝《たき》の流れる切り立った崖《がけ》に続いている。

シミとタオが目を覚まして、驚《おどろ》いたように声をあげた。わたしたちは、鼻をすりよせ、甘噛《あまが》みをしたり軽くうなったりしながら、また会えたことをよろこんだ。

わたしは、ハイキのぬれた体を注意深くみまわした。ケガはしていないみたいだ。「ぶじだったなんて信じられない！」

「なにがあったんだ？」タオがたずねる。「よくあの連中をふりきれたな」

ハイキは体をふって水を払《はら》った。「最初はおれがおとりになって、みんなから引きはなすつもりだったんだ」わたしのほうをちょっとみる。「だけど、あんなに足が速いなんて思わなかった。数もすごく多かった！　必死で森の中を走って、入り口のあたりまでいったんだ。それから木陰《こかげ》に飛びこんで、においを消すために土を体にこすりつけた。あとは、ひたすら待ったよ。空が少し明るくなってきたら、あいつら、あきらめて帰っていった……どこに帰ったのかも、なんでいきなり襲《おそ》ってきたのかも、さっぱりわからないけど。そのあと、大急ぎでここまで走ってきたんだ」

わたしはうなだれた。「わたしがあのキツネたちを呼《よ》びよせたの。わたしが悪いの」

「そんなはずない」ハイキはきっぱりといった。「アイラが〈憑《つ》かれた者〉を呼《よ》ぶはずないだろ」

「わざとじゃなかった……でも、ゲラシャームをすると居場所《いばしょ》がわかるって知らなくて……」

「なんだって？」

「フォックスクラフトのひとつよ」わたしは弱々しい声でいった。「心の中で別のキツネと話をする魔法《まほう》。ピリーと話をしようとしたの。メイジがそれをきいてたみたい。まさかきかれてたなんて……」

ハイキは、長いため息をついた。「〈亡霊《ぼうれい》の谷〉にいく前も、そのゲラシャームってやつをしてたのか？　ひとりごとをいってるな、と思ったんだ」

「ピリーと話してたの。あのときも、〈憑《つ》かれた者〉たちが襲《おそ》ってきた」

「あいつらは、日が暮《く》れるとあそこへくるのよ」シミが思いやりのこもった声でいった。

「どっちみち出くわしたと思うわ」

わたしはシミをみていった。「でも、いきなりおおぜいに取りかこまれたの。居場所《いばしょ》を知ってて追ってきたのよ」

ハイキが近づいてきて、肩《かた》に鼻をすりよせた。「そんなこと、知らなくたって当然だ。アイラのせいじゃない。アイラはなにも悪くないよ」

わたしたちは、岩のあいだの細い道をたどって進みつづけた。道は崖《がけ》のふちのそばを通っていた。灰白色《かいはくしょく》の崖《がけ》を、いくつもの滝《たき》が流れおちている。白っぽい崖《がけ》のあちこちに、虹《にじ》ができていた。空気はさわやかで、おだやかな水の音が絶《た》えずきこえていた。チョウたちが虹《にじ》とたわむれながら飛びかって、あざやかな色の羽根が、澄《す》んだ日の光を受けてきらめいている。

太陽の光に照らされた岩は、夜とは雰囲気《ふんいき》がちがっていた。ぬれた岩がきらきらと輝《かがや》いて、光の上を歩いているみたいな気分になる。やがてわたしたちは、アーチ状《じょう》の岩の下をくぐり抜《ぬ》けた。アーチにはクモの巣がかかっている。繊細《せんさい》なクモの糸にはこまかい水滴《すいてき》がついていて、赤や黄色やオレンジや緑、むらさきや青に輝《かがや》いている。わたしは、虹《にじ》をみつけるたびに、思わず足をとめて見入った。

滝《たき》の流れる音や、虹《にじ》のあざやかな色のせいか、少しずつまぶたが重くなってきた。立ちどまると、足の裏《うら》がうずくような感じがする。

「マリンタっていつくるの？」わたしはたずねた。

「もうすぐ」タオが上《うわ》の空で答える。

わたしは、だるくなった足を引きずりながら歩きつづけた。

「なんだか疲《つか》れたな」ハイキがあくびまじりにいう。「昼寝《ひるね》でもしないか？」

わたしは、少し先で流れおちる滝《たき》をみた。あざやかな虹《にじ》の色がまぶしくて、ぎゅっと目をつぶる。なんだか、ぼうっとする。「マリンタがきたら、きっと、マアが世界にあふれるのね」

「そうよ」シミが疲《つか》れた声で答えた。「花が一気に咲《さ》くくらいだもの。グローミングはもっとすごいけど」

その瞬間《しゅんかん》、なにかを思いだしそうになった。マリンタにまつわる記憶《きおく》を。だけど、滝《たき》の音に気を取られて、うまく思いだせない。「〈長老〉たちって」わたしは、眠気《ねむけ》をこらえながら話を続けた。「どうやって暮《く》らしてるの？」

シミがとまどったような顔になる。「どういう意味？」

「〈長老〉たちだって、食べたり眠《ねむ》ったりするんでしょ……獲物《えもの》を分けあうの？」

「家族じゃないんだから、どうかな」ハイキがうしろからいった。

「そんなこと、どうでもいいだろ？」タオがくたびれた声でいう。

わたしたちは、長いあいだ歩きつづけていた。登って、下って、ニンゲンの町の階段《かいだん》を歩いてるみたいだ。地面ははるか下だけど、滝《たき》に隠《かく》れているから、はっきりとはみえない。滝《たき》の切れ目に差しかかるたびに、底に広がる松林の緑がちらっとのぞいた。

足の裏《うら》のうずきはだんだん強くなっていた。岩が脈を打っているみたいだ。

どうでもよくない。わたしは声に出さずにつぶやいた。でも、どうして気になるんだろう？

タオが前足をのばして、チョウをつかまえようとしている。ひやっとするほど崖《がけ》のふちに近い。

「気をつけて！」わたしはとがった声で吠《ほ》えた。

タオはあわてて飛びすさり、ぶるっと首をふった。「悪い。ぼうっとしてた」

それからしばらく、だれもしゃべらなかった。わたしたちはひたすら細い道を歩きつづけ、太陽は空のてっぺんへのぼっていった。きこえるのは水の音だけだった。わたしは、ぼんやりと〈灰色の地《はいいろのち》〉のなわばりのことを思いだしていた。なぜか、現実《げんじつ》ではみたこともない景色《けしき》が目に浮《う》かぶ。その景色《けしき》の中では、マリンタの時季をむかえた木々が新芽をつけて、花が咲《さ》きほこっている。記憶《きおく》と憧《あこが》れがまじりあった白日夢《はくじつむ》の中で、わたしはうっとりとため息をついた。

夕暮《ゆうぐ》れが近づいていた。長くのびた影《かげ》は、崖《がけ》のふちからはみ出し、滝《たき》にのみこまれてみえなくなる。

足の裏《うら》だけじゃなくて、背中《せなか》もうずきはじめていた。「ここ、なんなの？」味わったこともないような疲《つか》れで、全身が重かった。立ったまま眠《ねむ》りこんでしまいそうだった。深い眠《ねむ》りに落ちて、二度と目を覚まさないかもしれない。まばたきをして眠気《ねむけ》を払《はら》うと、また虹《にじ》がみえた。

「きれいなところだよな」ハイキがつぶやくようにいう。前にいるシミは、なだらかな坂になった道をのぼり、アーチ型の岩をくぐろうとしていた。アーチにはクモの巣がかかっている。透明《とうめい》なクモの糸には、小さな水滴《すいてき》がついていた。

ハイキがはっと耳をうしろに倒《たお》す。「ここ、さっきも通ったぞ」

タオがふりかえった。

「あのクモの巣……」

わたしはほおひげをふるわせた。「でも、そんなわけない。ずっとまっすぐ歩いてきたもの。崖《がけ》のふちにそって、まっすぐ」

シミが、きらめく岩のにおいをかいだ。「混乱《こんらん》してきたわ……」

ハイキがしっぽを体に巻《ま》きつけた。「なんか、変だな」

わたしは、崖《がけ》のあちこちから流れおちる滝《たき》をみまわした。「ここ、ほんとに静かね。水の音が音楽みたい」

ハイキが首をかしげる。「あの音、気が散らないか？」

わたしは耳をまわして、音に神経《しんけい》を集中させた。たしかに、水の音楽は、むりやり頭の中に入りこんでくる。心を落ちつけようとしても、どうしても滝《たき》の音にきき入ってしまうし、虹色《にじいろ》の光に目をうばわれてしまう。日が高くなるにつれて、あたりの景色《けしき》はますます妖《あや》しげな魅力《みりょく》をましていく。

ハイキが鼻をなめた。「これもフォックスクラフトじゃないかな」

わたしは、はっとして耳をふるわせた。「なにが？」

「この滝《たき》と虹《にじ》だよ……」

岩のまわりには、敵《てき》を寄《よ》せつけないように古い魔法《まほう》がかけられている。

シフリンがいっていたのは、このことなの？

スリマリングは、すばやくまばたきをすれば、みやぶることができる……ほかのフォックスクラフトにだって、まやかしの力を見破《みやぶ》る方法があるのかもしれない。わたしは軽くうなりながらしっぽをふった。神経《しんけい》を集中させて、滝《たき》の音を頭の中から追いはらう。しばらくがまんしていると、混乱《こんらん》していた頭の中が、少しずつ落ちついていった。音楽は静まり、かすかな水の音だけがきこえる。虹《にじ》も消えていった。

わたしは鼻にしわを寄《よ》せて、ハイキと目を合わせた。「ほんとだ。ハイキのいうとおり……」首をふりながら続けた。「なんだか、頭が混乱《こんらん》してたみたい。あの滝《たき》の音と虹《にじ》のせいだわ」

「ああ、この水の音はおかしい」ハイキがうなずく。

シミは耳を両側に倒《たお》してひげをぴくぴくさせた。「きこえなくなった。心を落ちつかせればきこえなくなる。ハイキ、あんたのいうとおりよ。これ、フォックスクラフトだわ！　でも、だれが仕掛《しか》けてるの？」

「〈長老〉たちだと思う」わたしは、崖《がけ》のふちに視線《しせん》をはわせ、あちこちから流れおちる滝《たき》をみまわした。「なんだか、罠《わな》にはまった気分」

「おれたち、同じところをぐるぐるまわってるんだ」ハイキがいった。「このままじゃ〈長老の岩〉には近づけない」

いやな予感がした。やわらかい耳の毛みたいな、軽くてとらえどころのない不吉《ふきつ》な予感。なんだろう？

なにか重要なことを忘《わす》れている。

ふいに、シフリンの言葉が頭の中でこだました。ジャナはアイラのことを知っていますが、あなたがたのことは知らない。先にわたしがジャナに会って事情《じじょう》を話してきましょう。ジャナが同意したら、アイラとシミとタオを連れにもどります。

そう、ジャナだ。わたしははっとした。あのときシフリンは、〈長老〉たちとはいわなかった。どうしてだろう？

あとほんの一歩で答えにたどり着きそうなのに。スリマリングをするときみたいに、深く息を吸《す》って、心臓《しんぞう》を落ちつかせる。視界《しかい》がぼやけてくると、わたしは目をつぶった。

次の瞬間《しゅんかん》、わたしは、シフリンが〈うなりの地〉で口にした言葉を思いだした。〈長老〉たちの話をしていたとき、シフリンはこんなことをいっていた。

〈長老〉たちは〈自由の地〉のあちこちにいて、それぞれの群《む》れを代表している。ごくまれに〈長老の岩〉に集まる。巨大《きょだい》な柱のような岩山で、森の中にある。〈暗闇《くらやみ》の地〉と〈自由の地〉のあいだにあるが、探《さが》しにいってみつけたものはほとんどいない。

「思いだした！」わたしは叫《さけ》んだ。「〈長老〉たちは、めったに岩に集まらないの――ふつうは、〈自由の地〉で別々に暮《く》らしてる。だからシフリンは、ジャナを探《さが》しにいくっていったの。〈長老〉たちじゃなくて。だって、〈長老〉たちは、あのときはまだ岩にいなかったんだもの」

シミがわたしをじっとみた。「どういうこと？　じゃあ、〈長老〉たちはいつ岩に集まるの？」

大地のふるえに、足の裏《うら》がうずいている。そのとき、答えがひらめいた。「マリンタ」ささやくような声が出た。「マリンタの夜とグローミング――〈長老〉たちが集《つど》うのは、そのときだけ」

シミがぽかんと口を開けた。すぐには信じられないみたいだ。「でも、マリンタは……今夜よ！」

「今夜？」わたしたちの影《かげ》は、しっぽと同じくらい長くなっている。太陽はみるみるうちに地平線へ近づいていた。「崖《がけ》を下りなくちゃ！」わたしは崖《がけ》のふちから下をのぞきこもうとした。滝《たき》がじゃまをして、よくみえない。ここから抜《ぬ》けだすなんて、ほんとうにできるんだろうか。「タオはどこ？」

シミがはっと耳を倒《たお》す。「さっきまでうしろにいたのに……」毛が逆立《さかだ》っている。「いつからいないの？」シミはいそいで岩のあいだを探《さが》しはじめた。あちこちの水たまりで足をすべらせている。

「気をつけて！」わたしもあとを追いながら声をかけた。

シミは、きょうだいの名前を呼《よ》びながら、平らな岩棚《いわだな》を次々と飛びおりていった。「タオ？　タオ、どこにいるの？」岩の道は、崖《がけ》に沿《そ》ってゆるやかに曲がり、次の滝《たき》のあたりで急カーブを描《えが》いていた。カーブをまわりこんだ瞬間《しゅんかん》、タオのしっぽがみえた。滝《たき》のすぐそばに近づき、前足をのばしている。

「滝《たき》から離《はな》れて！」シミが吠《ほ》えた。けわしい顔で、背中《せなか》を弓なりに曲げている。

タオは上《うわ》の空で答えた。「ほらみろよ、色にさわってるんだ」滝《たき》の水しぶきを浴《あ》びても平気な顔をしている。片方《かたほう》の前足は崖《がけ》のふちからはみ出して、宙《ちゅう》でぶらぶらしている。タオは、夢《ゆめ》をみているようなうっとりした顔で、滝《たき》にさわろうと前足をのばした。

わたしは、音をたてないようにシミに近づいた。「タオ、魔法《まほう》にかかってるみたい」

シミがふりむいた。「助けなきゃ！」

気持ちを落ちつかせれば、このフォックスクラフトはみやぶれる――だけど、どうすればそのことをタオに説明できるんだろう？「タオの気を引くの。思いっきり騒《さわ》いで！」

タオは、じわじわと崖《がけ》のふちに近づいている。鼻先で滝《たき》に触《ふ》れると、あたりに水しぶきが飛びちった。タオは、迷《まよ》うそぶりもみせずに、頭を滝《たき》のむこうへくぐらせた。首からむこうがみえなくなる。

シミが目をみはった。「騒《さわ》ぐってどうやって？」

わたしは返事のかわりに空をあおぐと、助けを呼《よ》ぶときみたいに、かん高い声で吠《ほ》えはじめた。シミがまねをしてきゃんきゃん吠《ほ》え、ハイキも太い声でわたしたちに加わる。だけど、タオにはわたしたちの声がきこえていないみたいだ。白く泡立《あわだ》つ滝《たき》のむこうには、どんな音も届《とど》かないのかもしれない。

シミはひと声吠《ほ》えて、タオの腰《こし》のあたりに飛びかかった。しっぽに噛《か》みつき、牙《きば》を立てたまま吠《ほ》えつづける。タオはぎょっとして滝《たき》から飛びすさり、しっぽを引《ひ》き抜《ぬ》こうとした。

だけど、シミはいっそう口に力をこめている。

タオは、ふりかえってシミをにらんだ。「なにするんだよ！」わたしたちの吠《ほ》え声に負けないように大声で叫《さけ》んでいる。だけど、わたしたちは吠《ほ》えつづけた。滝《たき》の音をかき消そうと、必死で吠《ほ》えた。

シミは、獲物《えもの》にとどめを刺《さ》すときみたいに、くわえたしっぽを揺《ゆ》すった。

「やめろって！」タオがかん高い声をあげながら、シミを押《お》しのけようとする。

「あんたはだれ？」わたしはどなった。「名前をいって！」

タオは、とまどったように首をふった。「おれは……」言葉はそこでとぎれた。タオは、自分の名前を思いだせないことに気づいて、口を開けたまま凍《こお》りついた。

シミが、もういちどしっぽに嚙《か》みつく。

「やめろってば！」タオはきょうだいを押《お》しのけようとしたけれど、シミはがんとして離《はな》さない。

「あんたはだれ？」

「おれはタオ！　南の〈荒野《こうや》〉のタオだ！」

「ほんとう？」

「ああ、ほんとうだ！」

わたしは、ほっとして大きく息を吐《は》いた。ハイキが吠《ほ》えるのをやめ、シミがきょうだいのしっぽから口を離《はな》す。タオはしっぽを引きよせると、シミにつけられた傷跡《きずあと》をなめはじめた。「ちぎれるかと思ったぞ」情《なさ》けない声で文句《もんく》をいう。

「ちぎっちゃえばよかったわ」シミは腹立《はらだ》たしそうに顔をしかめた。「ひとりでふらふら離《はな》れたりしないでよ！　アイラの話をきいてなかったの？　マリンタがくるまでに、岩にたどりつかなくちゃいけないのよ！」

タオは崖《がけ》のふちをふりかえった。「おれにもよくわからないんだ」

「この崖《がけ》には魔法《まほう》がかけられてる」わたしはいった。「タオは魔法《まほう》にあやつられてたんだと思う」

タオは身震《みぶる》いした。「滝《たき》の音と虹《にじ》に呼《よ》ばれてるみたいだった……」

マリンタのうなりが足の裏《うら》に伝わってくる。このきれいな迷路《めいろ》から脱出《だっしゅつ》する方法をさがさなきゃ。シフリンならどうするだろう？

シフリンは、どうして約束をやぶったりしたんだろう。

わたしは、崖《がけ》のふちにそって、すばやく視線《しせん》を走らせた。すると、大きなふたつの岩のあいだに続く、細い上り坂がみえた。「こっち」三匹《びき》に声をかけ、先に立って歩きはじめる。階段《かいだん》みたいな岩を伝って、崖《がけ》を上へ上へとのぼっていく。だけど、てっぺんにたどり着いてみると、道は行き止まりになっていた。行く手にはきらめく滝《たき》が流れおちている。虹色《にじいろ》の滝《たき》に目をこらすと、むこう側の夕空がちらちらみえた。この先には道がない。あたりが暗くなってきたいまも、あざやかな虹《にじ》はいっこうに色あせなかった。

わたしは途方《とほう》に暮《く》れた。

ハイキがあいまいな口調でいった。「引きかえすしかないんじゃないか？　まわりこんでみよう」

「どこをまわりこむっていうの？」シミが噛《か》みつくようにいった。気が立っているみたいだ。「アイラの話をきいてなかった？　これは罠《わな》なのよ。あたしたちを〈長老の岩〉に寄《よ》せつけないようにしているだれかが――たぶん〈長老〉たちが――仕掛《しか》けた罠《わな》なのよ。引きかえしたって、おなじ道をぐるぐる歩くだけ。マリンタには絶対《ぜったい》に間にあわない。あとどれくらいタオが滝《たき》の誘惑《ゆうわく》に耐《た》えられると思う？」

「がんばるよ」タオは恥《は》ずかしそうにいった。「だけど、すごい誘惑《ゆうわく》なんだ」うっとりした顔で鼻をなめる。「あの色に触《ふ》れたくてたまらない。ほんのちょっとでいいんだ……」

「また噛《か》まれたい？」シミがぴしゃりといった。

ハイキがあせった声でいった。「どうすればいいんだ？　マリンタに間にあわなかったら〈長老〉たちにも会えない。そんなことになったら、ここまで旅をしてきた意味がない……なにがなんでも間にあわせるんだ！」

　わたしは、みんなの言い合いをほとんどきいていなかった。滝《たき》をにらんでいると、目のはしに、しずんでいく夕陽がちらっとみえた。空をすべる太陽は、オレンジ色の尾《お》を引くキツネみたいだ。その瞬間《しゅんかん》、わたしはまた、シフリンの言葉を思いだした。

〈長老の岩〉へいく旅は厳《きび》しい旅になる。死の道を渡《わた》り、森を抜《ぬ》け、日暮《ひぐ》れのときだけ現《あらわ》れる小道をいかなくてはならない……容易《ようい》にみつかる場所ではないのだ。

　太陽が少しずつしずんでいくにつれて、しっぽみたいな夕陽のオレンジ色はますます濃《こ》くなった。太陽が地平線のむこうへしずみかけたとき、光のしっぽの先が、目の前の滝《たき》をかすめた。夕陽が、ほんの一瞬《いっしゅん》、滝《たき》のむこうを照らしだす——道だ。次の瞬間《しゅんかん》、太陽のしっぽは地平線のむこうに消え、暗闇《くらやみ》がしのびおりてきた。

19.

「こっち！　早く！」わたしは滝《たき》に突進《とっしん》した。いま、たしかに道がみえた。

「あんたまで！」シミがきゃんと吠《ほ》えて、わたしの前に立ちはだかった。「あんたはタオよりしっかりしてると思ったのに」

ハイキも急いでそばへ駆《か》けよってくる。「アイラ、ばかなまねをするな！　落ちたら命はないぞ！」

わたしは両耳をうしろに倒《たお》した。「滝《たき》のむこうに道があるの。見うしなう前に早くいかなきゃ——じゃましないで！」

滝《たき》の音楽が少しずつ大きくなってわたしを取りかこみ、頭がぼんやりしてくる。一瞬《いっしゅん》みえた道の記憶《きおく》が、だんだん消えていこうとしている。しっかりしないと、ほんとうにみたのか自信がなくなってしまいそうだ。わたしはシミを押《お》しのけると、みんなが止めるより早く滝《たき》に飛びこんだ。

つめたい水が降《ふ》りかかってくる。心地《ここち》いい音楽みたいだった水音が、すさまじいザーッという音に変わって、耳が痛《いた》いくらいだ。吹《ふ》きつける風が冷たい。激《はげ》しく落ちてくる滝《たき》の中では目も開けられない。道なんてないのかもしれない、と急にこわくなる。

わたし、崖《がけ》から落ちるの？

次の瞬間《しゅんかん》、ふるえる前足が、しっかりとした岩を踏《ふ》んだ。どしゃ降《ぶ》りみたいだった滝《たき》の音は、サーッという静かな音に落ちついている。目に入った水をまばたきで払《はら》いながら、あたりのようすをたしかめた。わたしがいるのは、せまい岩棚《いわだな》だ。岩棚《いわだな》からは、急な下り坂がらせんを描《えが》きながら続いている。坂は暗くて、目をこらしても滝《たき》はみえない。らせんはどこまでも続いていて、みていると目がまわってきた。

わたしは滝《たき》に向きなおった。「だいじょうぶよ！」声がこだまする。

耳をつんざくようなごう音を警戒《けいかい》しながら、わたしはおそるおそる滝《たき》に近づいた。鼻を突《つ》っこむのはこわくて、かわりに片方《かたほう》の前足を滝《たき》のむこう側へ突《つ》きだす。「きこえる？」

わたしは吠《ほ》えた。「こっち側に道があるの」

シミの鼻が滝《たき》のこっちがわに差しこまれて、わたしはうしろに下がった。「ほんとに安全？」

「急な坂道だけど、だいじょうぶ」わたしは答えた。

シミの鼻がうしろに引っこみ、滝《たき》のサーッという音のむこうから、シミがタオになにか話している声がきこえた。次の瞬間《しゅんかん》、タオがいきおいよく滝《たき》をくぐってきて、わたしのとなりに立った。シミもあとに続く。こわばった顔のハイキは、すがりつくようにしてシミを追いかけてきた。薄暗《うすぐら》い岩棚《いわだな》の上でふるえているハイキをみていると、こんなに臆病《おくびょう》なキツネが、おとりになって〈憑《つ》かれた者〉たちをおびきよせたことが信じられなかった。

ハイキは、ほんとうはこわがりだ。なのに、わたしたちを守ってくれた。

シフリンなんかより、ずっと頼《たよ》りになる。わたしは急に腹《はら》が立ってきた。なんで、もどってくるだなんて思ったの？

でも……もし、シフリンの身になにか起こっていたとしたら、どうしよう？

とにかくいまは、シフリンのことを考えているよゆうはない。遠い山のむこうから、月がのぼろうとしている。らせんを描《えが》く下り坂は、日の光が消えていくと、ますます暗くなっていった。時間がない。

わたしはせいいっぱい先を急いだ。ほかの三匹《びき》も静かにあとをついてくる。こんなに頭がすっきりしているのは、松林をあとにしてからはじめてだった。ここには魔法《まほう》がかけられていない。感覚が冴《さ》えてくると、大地が脈打《みゃくう》っているようなうずきをはっきりと感じた。マリンタが呼《よ》んでいる。

空気は湿《しめ》っていて、よわい雨が降《ふ》っていた。〈カニスタの星〉が、雲のあいだに光っている。わたしは足を速めた——だけど、湿《しめ》った岩の上で走るのはむずかしい。一瞬《いっしゅん》バランスを崩《くず》して、岩のふちから足が落ちかけた。深呼吸《しんこきゅう》をひとつして、今度は少しゆっくり歩きはじめる。

すぐに、ほとんど前がみえないくらい暗くなった。かすかに残った夕陽が、急な坂道をかすかに照らしている。

しばらくすると、坂が終わって、地面が平らになった。岩の道が、ざくざく音をたてる砂利《じゃり》の地面に変わる。あたりには杉《すぎ》の濃《こ》い香《かお》りが立ちこめていた。消えていく最後の夕陽を横目にみながら、わたしは、古い森の中へ、おそるおそる足を踏《ふ》み入れた。頭の上には、りっぱな杉《すぎ》の大枝《おおえだ》が張《は》りだしている。杉《すぎ》の木の幹《みき》は、ニンゲンの家くらい大きい。木の息吹《いぶき》がきこえてきそうだ。

「ここが〈長老たちの森〉よ。紅《くれない》の木があるはず」わたしは、きっぱりといった。自分でもふしぎなくらい確信《かくしん》があった——〈長老の岩〉まではもうすぐだ。

タオは、土に鼻を押《お》しつけてにおいをかいでいる。

シミが警戒《けいかい》した声でいった。「すごく暗いわね。こんなに暗いところ、みたことない」

ハイキはわたしのとなりを歩いている。「このまま進むなんてむちゃだよ。真っ暗闇《まくらやみ》じゃないか。夜が明けるまで待たなきゃ」

苔《こけ》むした森の地面は、マリンタのうなりにふるえている。わたしは、目をしばたたかせて闇《やみ》のなかをじっとみた。足の裏《うら》に伝わってくる大地の震動《しんどう》は、まちがいなく強くなっている。大地のふるえは、足の裏《うら》からももへ、体へ、そしてしっぽへと広がっていく。

「待ってるひまなんかない。マリンタはもうはじまってるの」わたしは走りはじめた。苔《こけ》はやわらかくて、ふかふかしている。「急いで！　時間がないんだってば！」

「こんなに暗いと木にぶつかるぞ」タオは不満そうにこぼしたけれど、あとを追ってきた。

「なんでこっちだってわかるの？」シミがたずねる。

「ほら、あそこ！」〈長老の森〉のむこうに、琥珀《こはく》色の光が輝《かがや》いている。ずっとむこうだけど、はっきりとみえる。大地が脈《みゃく》を打つたび、足が光のほうへ引きよせられていく。あそこに決まってる！　〈長老〉たちはあそこにいるに決まってる！

みんなにそういおうとしていきおいよくうしろをふりかえったとたん、ぴたりと足が止まった。ハイキがずっとうしろにいる。森をみつめたまま一歩も動こうとしない。

「どうしたの？」

ハイキの姿《すがた》は黒っぽい影《かげ》にしかみえないけれど、おびえているのはわかった。「おれ、ここで待ってるよ」

「ハイキがここにきたいっていったんでしょ！」わたしは、思わずとがった声を出した。

ハイキはそわそわと足を踏《ふ》みかえた。「アイラもいってたけど、やっぱり〈長老〉たちはおれたちなんか助けてくれないよ。おれ、やっとそのことに気づいたんだ」しっぽがこわばっているし、声がふるえている。

どうして急に気が変わったんだろう？「なにかあったの？」そうたずねながら、古い森の暗闇《くらやみ》に目をこらす。

シミが首の毛を逆立《さかだ》てた。「ハイキ、あんた本気でいってるの？　やっとここまできたんだから、いくわよ！」シミは、くるっとうしろを向くと、さっさと森の奥《おく》へ走っていった。

「いくぞ！」タオも肩《かた》ごしにふりむいてうなった。

わたしは立ちどまり、首をかしげてハイキをみた。ハイキはほおひげを小さくふるわせて、うなだれている。

「なにか心配なことでもあるの？」わたしはそっとたずねた。

ハイキは顔をあげ、わたしと目をあわせた。「アイラ、おれ……」頭の上で、コウモリが一羽《わ》、宙《ちゅう》を切《き》り裂《さ》くような声で鳴いた。ハイキがぶるっと体をふる。「なんでもない」そういうと、わたしのそばをすり抜《ぬ》け、シミとタオを追って森の奥《おく》へ入っていった。

あたりには息苦しくなるほど濃《こ》い花のにおいが立ちこめ、足の裏《うら》には大地の鼓動《こどう》を感じた。暗い夜を背《せ》にして、岩を包《つつ》み込《こ》む琥珀色《こはくいろ》の光がはっきりとみえる。わたしは足を速め、低木やシダの茂《しげ》みをいきおいよくくぐり抜《ぬ》けていった。葉っぱや枝《えだ》が顔にぶつかる。一本の木をまわりこもうとしたとき、土の上に飛びだした根っこにつまずいた。思わず悲鳴をあげながら地面に転がり、あわてて立ちあがる。

「だいじょうぶか?」すぐうしろにいたタオがたずねた。

わたしは片方《かたほう》の前足をふった。根っこにぶつけたせいでずきずきするけれど、歩くことはできそうだった。「うん、平気」マリンタが大地をふるわせている。土の中からわきあがる力を感じる。空気が嵐《あらし》の前みたいにビリビリしている。〈カニスタの星〉が雲の合間で輝《かがや》いている。黒い夜空でまたたく白い光が、古い森を照らしている。

琥珀色《こはくいろ》の光は、思っていたより遠かった。ずっと走っているのに、それでもほとんど近づいていないみたいだった。

茂《しげ》みや葉っぱをよけながら走っていると、だんだん息が切れてくる。マリンタに間にあわなかったらどうしよう?〈長老〉たちに会えなかったら、この先どうすればいいんだろう？　いまはそんなことまで考えられない。いまはまだ。きっと〈長老の岩〉をみつけてみせる。きっと〈長老〉たちは力になってくれる。

わたしはピリーの姿《すがた》を頭に描《えが》いた。

きっと、助けてくれる。

思い切って空をみあげると、はっと息が止まった。月が、地平線のむこうへしずみはじめている。

月の入りだ。

危険《きけん》な時間だ。赤い目のキツネたちが、〈荒野《こうや》〉をうろつきはじめる時間。

でも、ここにくるわけない。〈長老〉たちには近づけない。

琥珀色《こはくいろ》の光が、少し先の空を背《せ》にして、ちらちら輝《かがや》いている。もうすぐだ。もうすぐたどり着ける。わたしは少し足をゆるめて、ほかのみんなをふりかえった。駆《か》けつけてきたシミとタオが、ぜえぜえいいながらとなりで足を止める。ハイキは少しうしろで立ちどまった。しっぽを低く垂《た》れている。

琥珀色《こはくいろ》の光は、あたりの巨大《きょだい》な木々を、ぼんやりとオレンジ色に染《そ》めていた。木のほとんどは淡《あわ》い灰色《はいいろ》で、大きく上にのびた枝《えだ》には、開きかけた木の芽がいくつもついている。木々は寄《よ》り集《あつ》まるように生えていて、なにかたくらんでいるみたいにみえた。

だけど、一本だけ、ほかとはちがう木があった。

ふしくれだった木の幹《みき》は、かわいた血みたいな深い赤色だ。枝《えだ》は大きく垂《た》れさがり、森の地面をはうようにのびている。どの枝《えだ》も波打ち、ねじれ、怒《おこ》った獣《けもの》みたいだ。木の芽は小さくて、木が赤い涙《なみだ》を流しているみたいだ。

ねじ曲がった幹《みき》の根元には、ごつごつした岩場があった。岩には銀の砂《すな》がまじっている。滝《たき》の流れる谷にあった岩とおなじだ。枝《えだ》のあいだから射《さ》しこむ琥珀色《こはくいろ》の光に照らされて、まぶしいくらいに輝《かがや》いている。岩場のむこうには、巨大《きょだい》な岩がひとつあった。太い柱のような形のなめらかな岩だ。

ひげがぴりぴりしてきた。〈長老の岩〉だ。琥珀色《こはくいろ》に染《そ》まった霧《きり》が、銀色の岩場の上で細くたなびき、渦《うず》を描《えが》いている。大きな岩の上に、ぼんやりしたキツネの影《かげ》がいくつかみえた。

ハイキは、おびえたように目を見開いて、前に出ようとしない。

シミとタオは心配そうに顔をみあわせていた。

「どうするの?」シミが小声でいう。

わたしは足がすくんでいた。こんなふうに〈長老〉たちに近づいたりしてだいじょうぶなんだろうか。

そのとき、どくん、というマリンタの鼓動《こどう》を足の裏《うら》に感じた。はっとわれに返る。

ここまできたのに、いまさらおじけづくの？

わたしは前に踏《ふ》みだした。琥珀色《こはくいろ》の光が一段《いちだん》と明るくなる。だけど、岩の上の影《かげ》は、うすいもやに隠《かく》れてぼやけている。わたしは影《かげ》の数をかぞえた。五匹《ひき》……ううん、六匹《ぴき》。いなくなっていた二匹《ひき》の〈長老〉のどちらかが帰ってきたんだろうか。

「ジャナ？」呼《よ》びかけたけれど、わたしの声は、マリンタの鼓動《こどう》にかき消されそうなくらい弱々しかった。おそるおそる前に踏《ふ》みだす。目の前には、琥珀色《こはくいろ》の霧《きり》が厚《あつ》く立ちこめている。わたしは、前足をあげて、霧《きり》に触《ふ》れようとした——

その瞬間《しゅんかん》、炎《ほのお》に焼かれたみたいに胸《むね》が熱くなって、わたしはよろめいた。視界《しかい》が真《ま》っ赤《か》になって、前がみえない。体じゅうが熱い。全身の毛という毛が逆立《さかだ》っている。熱に体をからめとられ、血のように赤い光のなかへ引きずりこまれた。

体ががくんと揺《ゆ》れ、わたしは森の中へはねかえされた。気づいたときには、苔《こけ》の上に転がっていた。少しのあいだ息ができなかった。思いきりおなかを踏《ふ》みつけられたみたいだ。

シミが上からわたしをのぞきこんでいる。タオとハイキの顔もみえた。

「どうしたの？」シミがこわばった声でたずねた。「だいじょうぶ？」

わたしはゆっくりと息を吸《す》った。痛《いた》みはあっというまに消えた。立ちあがって体をふる。

「〝シャナ〟――結界よ」

わたしたちは、途方《とほう》に暮《く》れて琥珀色《こはくいろ》の光をながめた。

わたしは心を決めると、咳払《せきばら》いをして大声で叫《さけ》んだ。「〈長老〉たちよ、おねがいです、わたしたちを中へ通してください。話がしたいんです」

足の下で、どくん！　とマリンタが脈《みゃく》を打つ。古い森の木々のあいだを、強い風が吹《ふ》き抜《ぬ》けていく。耳がぴくぴく動いた。

アイラ。

風に吹《ふ》かれて、声がただよってきた。霧《きり》に話しかけられてるみたいだ。

胸《むね》がどきどきしてくる。「はい」

おまえがくるのをずっと待っていた。少し間《ま》があった。だが、おまえのほかにもキツネがいるようだ。

となりでシミが緊張《きんちょう》したのがわかった。わたしは逃《に》げ出《だ》したくなるのをこらえながら、渦《うず》を描《えが》く霧《きり》のなかで答えた。「わたしの仲間です。シミとタオとハイキとわたしは、〈荒《こう》野《や》〉からここにきました。助けが必要なんです。メイジが――」

岩の外では、その名を口にしてはならない。

わたしはあわてて口を閉《と》じた。あたりは静まりかえっていて、マリンタの鼓動《こどう》のほかに、動くものはひとつもない。わたしたちは、押《お》しだまってしばらく立ちつくしていた。体じゅうの毛が逆立《さかだ》っている。とうとう、立ちこめていた白い霧《きり》が、夜の闇《やみ》の中へ溶《と》けはじめた。

うすくなっていく霧《きり》の中には、五匹《ひき》のキツネが立っていた。こっちをじっとみている。真ん中にいる雌《めす》ギツネが、きっとジャナだ。ほっそりした灰色《はいいろ》の体と短いしっぽは、シフリンにマアシャームをしたときにみた覚えがある。

ほかの四匹《ひき》もジャナと同じくらい年を取っていた。すらりと背《せ》の高い茶色の雄《おす》ギツネは、値踏《ねぶ》みするような目つきでわたしをみていた。ほおひげがちぢれている。となりには、赤と白のまだらの雌《めす》ギツネがいた。小柄《こがら》で、茶色のキツネの肩《かた》くらいの高さもない。耳がすごく大きくて、小さな顔には不釣《ふつ》りあいなくらいだった。両耳ともななめに突《つ》きだしている。雌《めす》ギツネは、鼻を地面に寄《よ》せてにおいをかぎ、けわしい顔で首をかしげた。敵《てき》のにおいをかぎつけたみたいな顔だ。そのとなりにいる赤茶色の雌《めす》ギツネは、鋭《するど》い目でわたしたちをにらんでいる。

最後の一匹《ぴき》は雄《おす》ギツネで、砂色《すないろ》の毛をしていた。鼻は灰色《はいいろ》で、黒い斑点《はんてん》が散っている。よくみると、牙《きば》が一本欠けていた。

〈長老〉たちに品定めされているみたいで、わたしは落ちつかなかった。五匹《ひき》とも、くたびれた姿《すがた》をしていた。別の森でみかけたら、えらいキツネだなんて絶対《ぜったい》に気づかない。
だけど、どのキツネも、目だけは美しく澄《す》んでいた。大きくて、月みたいにきれいな目だ。
わたしたち、ほんとうに〈長老の岩〉に着いたんだ――。
そのとき、〈長老〉たちが、五匹《ひき》同時に話しはじめた。わたしは、あっけに取られて五
匹《ひき》をみつめていた。老いたキツネたちのむこうでは、いまも琥珀色《こはくいろ》の霧《きり》が厚《あつ》く立ちこめ、
岩を隠《かく》している。

なぜここへきた?
わたしは咳払《せきばら》いをして答えた。「お兄ちゃんのピリーがいなくなったんです。たぶん、
さらったのは――」わたしははっと口をつぐんだ。岩の外では、その名を口にしてはならない。
「あのキツネだと思います。助けてほしいんです。ワアキーアの秘密《ひみつ》を教えてほしいんで
す。それから――」わたしはシミをふりかえった。
シミがわたしのとなりに進みでてきた。「あたしの家族も襲《おそ》われました。あたしたちに
は、もう、帰る家がありません。〝囚《とら》われ〟たちと戦う力もないんです」
「フォックスクラフトを学ばせてください」タオもいった。「おれたちもワアキーアを学
びたいんです」

赤茶色の雌《めす》ギツネが、岩の上からわたしたちを見下ろした。「すべてのキツネがワアキーアをできるわけではありませんよ」

わたしは、つい目をそらしたくなるのをこらえて、雌《めす》ギツネの鋭《するど》い視線《しせん》を受けとめた。

「でも、そんなのおかしいです。キツネたちがおおぜい襲《おそ》われてるのに、だれも反撃《はんげき》できないなんて」

ジャナが耳をまわした。「アイラ、おまえがくることはシフリンからきいていました。わたしたちの〈岩〉へ上がることを許《ゆる》しましょう。くわしい話はシャナを張《は》ってからに」

ジャナは、不審《ふしん》そうな顔で、わたしたちのうしろの森をにらんだ。「なんだか、いやな空気が立ちこめているようね」

わたしはひげをふるわせた。「シフリン、ここにいるんですか？」

そのとき、うすれていく霧《きり》のむこうに、シフリンの姿《すがた》がみえた。たいらな岩の上を小走りに走ってくる。赤い毛が星の明かりを浴《あ》びて輝《かがや》いていた。

わたしは思わず前足をあげ、下ろすことも忘《わす》れて小声でいった。「なんで、もどってこなかったの？」

シフリンの目は、すごく大きくみえた。金色の目の真ん中に、黒い瞳《ひとみ》がある。「しかたがなかった」シフリンは答えた。「谷の手前の松林へいったら、〈憑《つ》かれた者〉たちが潜《ひそ》んでいた――わたしがくるのを知っていたみたいだった。逃《に》げるしかなかった。そうするしかなかったんだ。連中の中に、ナラルの一匹《ぴき》がいた。コッホという名のキツネだ」

ひげがふるえた。頭の中が混乱《こんらん》している。

シフリンは、頼《たの》みこむような目でわたしをみていた。「あいつらを〈長老〉たちのもとへ連れていくような危険《きけん》はおかせない。そうだろう？　だから、東の荒《あ》れた谷へ逃《に》げ、北へ向かって〈怒《いか》れる川〉にそって走った。二晩《ばん》はそうして身を隠《かく》していた。連中をここから遠ざけるには、そうするしかなかった。コヨーテどもとの一件《いっけん》では痛《いた》い目にあったからな……」耳をうしろに倒《たお》して首をふる。「おまえには悪いと思ったが、もしもコッホと〈憑《つ》かれた者〉たちがこの岩へきてしまったら……」シフリンは、不安そうに顔をくもらせた。ふと、ほかのキツネの存在に気づいたみたいに、シミとタオに向きなおった。「だが、おまえたちは、わたしがいなくてもたどりつけた。ご両親がきけばさぞよろこぶ」

「いなくなったんだ」タオは弱々しい声でいった。「〝囚《とら》われ〟にされてしまった」

シミの声はふるえていた。「ほかの家族はみんな殺された。おじいちゃんも、モックスも」

シフリンは息をのんだ。しっぽがこわばって真っすぐにのびる。「そんなことがあったのか」

わたしはのどがからからにかわいていた。「コッホって……がっしりした、足の短い、油っぽい毛のキツネのこと？　巣穴《すあな》を襲《おそ》った〈憑《つ》かれた者〉と一緒《いっしょ》にいたわ」一瞬《いっしゅん》、モックスの姿《すがた》が頭をよぎった。子ギツネみたいに丸まって、まるで眠《ねむ》っているみたいだった。ほんとうに眠《ねむ》っていただけなら、どんなによかっただろう。

〈長老〉たちのあいだに緊張《きんちょう》が走った。

シフリンが顔色を変えてわたしをみる。「コッホがそっちへ向かったはずはない――てっきりわたしを追ってきたとばかり――」

ジャナが灰色《はいいろ》の耳をぴくぴくさせながら口を開いた。「いい知らせではありませんね。あの連中には、いつも先手を取られているような気がする」

赤と白のまだらの雌《めす》ギツネが、ふいに鼻先をあげてあたりのにおいをかぎはじめた。「姿《すがた》を偽《いつわ》っている者のにおいがする」けげんそうな声でいう。「フォックスクラフトは使っていないわ」

背筋《せすじ》がぞくっとした。どうすれば、ワアキーアも使わないで姿《すがた》を偽《いつわ》ったりできるんだろう？

ジャナは、わたしたちのうしろの暗がりをにらんでいる。「シャナを張《は》りましょう。ここにいると危険《きけん》です」

わたしはシフリンをみたまま、ためらっていた。

シフリンがまっすぐにわたしをみる。「信じてくれないのか？」

どうすればいいんだろう。頭の中がぐちゃぐちゃだった。

「はやく岩に上がりなさい」ジャナが厳《きび》しい声でいった。

わたしは、ごつごつした岩場を乗りこえると、とがった岩で足を切らないように注意しながら、平らな〈長老の岩〉に上がった。マリンタの鼓動《こどう》が体をゆさぶっている。鼓動《こどう》は耐《た》えがたいほど強くなっていた。シミとタオも岩の上にあがってわたしと並《なら》び、いぶかしそうな目つきでシフリンをみた。

ちぢれたひげの雄《おす》ギツネが、わたしの背後《はいご》をちらっとみた。「それで、おまえは？」

ハイキは、草の上にひとりで立っていた。くちびるをふるわせているけれど、なにもいわない。

「ほら、いこう」わたしは声をかけた。「岩を守らなきゃいけないんだって」

ハイキの口が動いた。声は出していないけれど、口の動きで、なにをいったのかはわかった。

「許《ゆる》してくれ」

わたしは首をかしげた。「許《ゆる》すって、なにを？」

ハイキはうなだれたまま、上目遣《うわめづか》いでわたしをみた。口を開き、大地の鼓動《こどう》にかき消されそうなくらい小さな声で話しはじめる。「あいつがおれの家族をうばったんだ。ほかにどうしようもなかった。あいつに命じられるがまま、〈灰色の地《はいいろ》〉でアイラのあとをつけて、あの川で待ちぶせしていた」

わたしは凍《こお》りついた。「どういうこと？」

「メイジに、アイラを〈長老〉たちのところに連れていけ、と命令された。だけど、シフリンがじゃまだった……どうにかして〈荒野《こうや》〉に置いていかなきゃいけなかった。だから、コヨーテたちをけしかけたんだ」

シフリンがおどろいて声をあげる。ハイキは、わたしのうしろにいるシフリンをちらっとみた。その視線《しせん》が、さらにうしろへ向けられたのがわかった。暗い森の奥《おく》をみている。

足の先の感覚がない。しっぽの感覚もない。ハイキはなにをいってるんだろう？　意味がわからない。こんなのうそ。わたしは胸《むね》の中で叫《さけ》んだ。うそ、うそ、うそ……めまいがして、足がふらつく。

ハイキの目は悲しそうだった。「メイジはしつこかった。何度も何度も、かならず自分たちを〈長老〉たちのところへ連れていけ、とねんを押《お》された。〈長老〉たちはアイラに会いたがっていた。アイラがいれば、この岩の結界を解《と》く。おれひとりじゃ、どうにもできなかったんだ」ハイキはうなだれ、苦しげな声できゅうきゅう鳴いた。「こんなにつらい気持ちになるなんて、あのときは思わなかった……アイラがこんなに大事な仲間になるなんて。罪悪感《ざいあくかん》でおかしくなりそうだった。たのむ、わかってくれ。おれは悪いやつじゃない。アイラとおなじなんだ——家族を取りもどすためなら、なんだってする。メイジが、あいつらをここへ導《みちび》けば家族を返してやる、っていったんだ」

姿《すがた》を偽《いつわ》っている者のにおいがする。フォックスクラフトは使っていないわ。

いきなり、息が苦しくなった。「導《みちび》く？　だれを？」

うしろで、ジャナの鋭《するど》い声がした。「シャナを張《は》って！」

その瞬間《しゅんかん》、黒いかたまりが、波みたいに押《お》しよせてきた。赤い目のキツネたちだ。ハイキを押《お》しのけ、草地を一気に走ってくる。わたしをかばおうと飛びだしてきたシフリンは、大柄《おおがら》な二匹《ひき》のキツネに突《つ》きとばされ、光る岩場の上に転がった。あっというまにわたしたちは、〈憑《つ》かれた者〉に取りかこまれた。

敵《てき》はみる間《ま》に増《ふ》えていった。木々のあいだをぬって、激流《げきりゅう》みたいに押《お》しよせてくる。背《せ》を弓なりに曲げ、毛を逆立《さかだ》て、とがった牙《きば》をむき出している。

シャナをやぶられた。

〈長老〉たちが囲まれた。

〈憑《つ》かれた者〉たちが攻《せ》めてきた。

20.

〈長老〉たちのひとりの赤毛の雌《めす》ギツネが、呪文《じゅもん》を唱えはじめた。

「光たちよ、ここへ集《つど》え。暗闇《くらやみ》にいるわたしに安らぎを――」

〈憑《つ》かれた者〉の一匹《ぴき》が雌《めす》ギツネに襲《おそ》いかかり、わき腹《ばら》に嚙《か》みついた。雌《めす》ギツネは苦しげに咳《せき》こみ、それ以上呪文《じゅもん》を唱えられなくなった。〈長老の岩〉は、あっというまに、嵐《あらし》みたいな混乱《こんらん》に包まれた。黄色っぽいキツネがタオに飛びついて、岩の上に押《お》したおす。背《せ》の高い茶色い〈長老〉はスリマリングをして消えたかと思うと、つぎの瞬間《しゅんかん》姿《すがた》を現《あらわ》して、タオを襲《おそ》っていたキツネののどに牙《きば》を立てた。

赤毛の雌《めす》ギツネは体勢《たいせい》を立てなおした。静かに呪文《じゅもん》を唱えはじめると、しっぽの先がぼうっと光った。

「そいつを黙《だま》らせろ！」赤い目のキツネがうなる。

しゃべってるのはあのキツネじゃない。メイジだ。

〝囚《とら》われ〟たちは、赤毛の雌《めす》ギツネを取りかこんだ。しっぽに嚙《か》みつき、地面に引きずりたおす。あっというまに赤毛の雌《めす》ギツネは、襲《おそ》いかかってくる敵《てき》の下に姿《すがた》を消した。

わたしは、荒々《あらあら》しく戦うキツネたちにまわりを取りかこまれていた。シューッとうなる音、つばを吐《は》く音、ぶつかりあう音。赤と白の小柄《こがら》な雌《めす》ギツネは、敵《てき》の一匹《ぴき》を岩の外へ投げとばし、次の一匹《ぴき》ののどに食らいついていった。わたしは目をみはった。ほっそりした小さなキツネなのに、どこにあんな力が隠《かく》れているんだろう。

タオがカラークをしてカラスの鳴きまねをすると、敵《てき》の一匹《ぴき》がおびえて逃《に》げていった。

それでも、〈憑《つ》かれた者〉の数は増《ふ》えつづける。赤い目のキツネたちの波が、あたりの木々のあいだから、次から次へと押しよせてくる。

マリンタの鼓動《こどう》は強まるいっぽうだった。

どくん！　どくん！

ジャナが〈憑《つ》かれた者〉のあいだをすり抜《ぬ》けて宙《ちゅう》に踊《おど》りでた。声は出さずに、なにか早口で唱えている。一瞬《いっしゅん》の間《ま》をおいて、ジャナの灰色《はいいろ》の体は、金色と茶色の影《かげ》に変わった。

〈長老の岩〉に、ぞっとするような遠吠《とおぼ》えがひびきわたる。岩に着地したジャナは、大きなコヨーテに姿《すがた》を変えていた。鼻づらにしわを寄《よ》せている。まわりにいた敵《てき》たちはおびえてあとずさり、逃《に》げようと走りはじめた。

「ただのまやかしだ！」赤い目のキツネの一匹《ぴき》がどなった。「逃《に》げる者は許《ゆる》さん！」

ジャナが、ぎらつくコヨーテの牙《きば》で宙《ちゅう》を嚙《か》む。つぎの瞬間《しゅんかん》、ジャナは空中ですばやく回転して青と灰色《はいいろ》の渦《うず》になり、どう猛《もう》な犬に姿《すがた》を変えた。赤目のキツネたちは、平らな岩から足を踏《ふ》みはずし、とがった岩場に次々と転がりおちていった。それでも、新しい〈憑《つ》かれた者〉たちが、あとからあとから押《お》しかけてくる。岩場を乗りこえ、岩の上へすべりこんでくる。

数だけみると、〈長老〉たちに勝ち目はなかった。四匹《ひき》の敵《てき》がジャナに襲《おそ》いかかり、脚《あし》に食らいついている。

〈長老の岩〉がふるえた。

「アイラ、気をつけろ！」シフリンは、敵《てき》のキツネたちを押《お》しのけながら、なんとか岩にはいあがろうとしていた。はっとしてまわりをみると、二匹《ひき》の〈憑《つ》かれた者〉たちが、白い牙《きば》をむき出してわたしににじりよっている。

わたしはいそいでスリマリングをすると、身をよじって逃《に》げた。シミは、すぐとなりで、褐色《かっしょく》のキツネと激《はげ》しくもみあっている。二匹《ひき》がわき腹《ばら》にぶつかってきた衝撃《しょうげき》で、スリマリングが解《と》けた。わたしは、じりじりとあとずさりをした。

まだら模様《もよう》のキツネが勢《いきお》いよくふりかえって、わたしをにらみつけた。赤い目が星の明かりを浴《あ》びて光っている。敵《てき》が襲《おそ》いかかってくると、その毛にまとわりついた酸《す》っぱいにおいが鼻をついた。かっと開いた口が、燃《も》えがらみたいな息のにおいを吐《は》いている。

体じゅうの血が沸騰《ふっとう》しているみたいだった。口を開けても悲鳴を出せない。急いでシフリンをみる。だけどシフリンも、おおぜいの〈憑《つ》かれた者〉に取りかこまれていた。

いきなり、雷《かみなり》の音がひびきわたった。ごう音が岩を揺《ゆ》るがし、マリンタのうずきが激《はげ》しくなる。風が荒々《あらあら》しく木々のあいだを吹《ふ》き抜《ぬ》け、キツネたちは、地面がななめになったみたいにバランスを崩《くず》してよろめいた。まわりを囲んでいた敵《てき》たちも、ふらつく足で地面に倒《たお》れる。わたしは、なめらかな岩に爪《つめ》を立ててしがみついた。なにが起こったんだろう？

これがマリンタなんだろうか？　それとも、いきなり嵐《あらし》になったんだろうか？

うなりを上げて吹《ふ》いていた風は、いきなりやんだ。キツネの群《む》れのむこうに目をこらすと、〈長老〉たちのひとりが、岩の真ん中に堂々と立っているのがみえた——砂色《すないろ》の雄《おす》ギツネだ。苦しそうに荒《あら》い息をついているけれど、目はしっかりと前をみすえている。

ジャナが天をあおいで吠《ほ》えた。「〈長老〉たちよ、集まりなさい！」

別の〈長老〉が――背《せ》の高い茶色い雄《おす》だ――、敵《てき》をなぎたおしながら、ジャナのそばへいこうとしていた。赤毛の雌《めす》ギツネが、敵《てき》のひとりをふりはらう。白い毛におおわれた胸《むね》には、血が伝っている。〈長老〉たちのだれかが、スリマリングやワアキーアの呪文《じゅもん》を唱えようとすると、すかさず〈憑《つ》かれた者〉たちが襲《おそ》いかかって魔法《まほう》のじゃまをした。わたしは、息を切らしながらうしろをたしかめた。ハイキの姿《すがた》はみえない。敵《てき》はしつこく増《ふ》えつづけている。どこにも逃《に》げ道《みち》がない。

激《はげ》しく飛びかうキツネたちのすきまから、ジャナがシフリンに耳打ちしている姿《すがた》がみえる。

「よくきけ！」〈憑《つ》かれた者〉のひとりがうなった。長い茶色の鼻をした雌《めす》ギツネだ。「おまえたち〈長老〉の時代は終わった！　メイジに逆《さか》らう者は許《ゆる》さん」腰《こし》を低く落として、飛びかかる体勢《たいせい》をとる。

「やめて！」わたしは遠吠《とおぼ》えした。「あんたはメイジに意志《いし》をうばわれただけ。あいつにあやつられてこんなことしてるだけよ！」

キツネは、赤い目を光らせながら、けげんそうな顔になった。口のはしでよだれがあぶくを作っている。「わたしはマスターに仕えているだけだ」

「あんなやつに支配《しはい》されないで！」わたしは、必死になっていった。「あんただって、むかしはこんな悪いキツネじゃなかったの。自由なキツネだったの。家族がいて、仲間がいたの。覚えてないの？」

雌《めす》ギツネの顔に、迷《まよ》いが浮《う》かんだ。前足がけいれんしている。つぶれたバラみたいなどす黒い傷跡《きずあと》が、薄暗《うすぐら》い闇《やみ》の中にぼんやりと浮《う》かびあがっている。次の瞬間《しゅんかん》、キツネはうつろな表情《ひょうじょう》になって肩《かた》を怒《いか》らせた。「わたしに家族などいない」雌《めす》ギツネが飛びかかってくる。わたしはあわててあとずさり、うしろにいた別の敵《てき》にぶつかった。敵《てき》がつばを飛ばしながら吠《ほ》えかかってくる。わたしはカラークをして、怒《おこ》った犬の吠《ほ》え声を出した。相手がひるんだすきを突《つ》いて〈長老の岩〉に駆《か》けあがり、行く手をふさごうとするほかの敵《てき》たちをかわした。

そのとき、だれかが背中《せなか》にのしかかってきて、わたしを岩の上に押《お》さえつけた。くさい息がただよってくる。「つかまえたぞ、ちびめ。逃《に》がすものか」

視界《しかい》のすみに、キツネの牙《きば》と、口のはしにたまったよだれの泡《あわ》がみえた。逃《に》げだそうともがいたけれど、雄《おす》ギツネは容赦《ようしゃ》なく押《お》さえつけてくる。

「その子を離《はな》せ！」タオが叫《さけ》んで、わたしを組みふせているキツネのしっぽに食らいついた。シミも駆《か》けつけてきて、敵《てき》の前足に嚙《か》みつく。キツネはひと声叫《さけ》んでわたしを離《はな》した。

地面に押《お》しつけられていた胸《むね》は、マリンタの鼓動《こどう》でずきずきしていた。

体を起こすと、三匹《びき》の〈憑《つ》かれた者〉が行く手に立ちふさがっていた。こわくて足がすくむ。だけど、じりじり近づいていた三匹《びき》は、いきなり方向を変えた。かん高い悲鳴をあげながら岩のふちに向かって逃《に》げていく。みると、大きな黒い犬が迫《せま》ってきていた。犬はわたしのそばへくると、おびえてふるえているわたしのとなりで腹《はら》ばいになった。

「アイラ、だいじょうぶか?」シフリンの声だ。〈うなりの地〉にいた凶暴《きょうぼう》な番犬に姿《すがた》を変えている。「力を貸《か》してくれ。シャーヤがケガをしてしまった」

わたしは目をしばたたかせてシフリンをみた。「どういうこと?」

シフリンは、真剣《しんけん》な目でいった。「シャナシャームをするにはおまえのマアが必要だ」

目のすみで、タオがあとずさり、二匹《ひき》の〈憑《つ》かれた者〉にぶつかったのがみえた。シミが必死で駆《か》けつけようとしているけれど、その行く手にも敵《てき》が立ちふさがっている。

「アイラ、わたしを信じてくれ」シフリンはせっぱつまった声でいった。

家族以外はだれのことも信じちゃいけないよ。キツネは友だちを作らない生き物なんだ。

残忍《ざんにん》そうな黒犬の顔の上で、シフリンの金色の目が輝《かがや》いている。

気持ちを落ちつかせようとしても、耳は勝手にぴくぴくふるえた。「なにをすればいいか教えて」

「ついてきてくれ!」シフリンは岩を走りはじめ、じゃまをしてくる敵《てき》を荒《あら》っぽく押《お》しのけた。シミのそばへいって、耳元でなにかささやく。シミは急いでうしろを向き、〈憑《つ》かれた者〉たちをかわしながらはねていった。荒《あ》れくるう敵《てき》の群《む》れをかいくぐってタオのもとへ駆《か》けつける。二匹《ひき》は、襲《おそ》ってくる敵《てき》を追いはらいながら、銀色の岩場へじりじり近づいていった。

シフリンについていくのは簡単《かんたん》じゃなかった。わたしは、もういちどスリマリングをして腹《はら》ばいになると、赤い目の敵《てき》のあいだをはっていった。だけど、いくらもいかないうちに、一匹《ぴき》のキツネがわたしの前足を踏《ふ》みつけた。とたんにスリマリングが解《と》けてしまう。わたしはあきらめて全速力で走った。もう少しで、岩のはしにいるシフリンに追いつける。その瞬間《しゅんかん》、しっぽに鋭《するど》い痛《いた》みを感じた。

「いい気になるんじゃないよ、子ギツネ！」

嚙《か》みついてきた雌《めす》ギツネの目には、黄色い目やにがべったりこびりついていた。赤く縁《ふち》取《ど》られた黒い瞳《ひとみ》にも、深紅《しんく》の細い血管が何本も走っている。その瞳《ひとみ》に、なにかの影《かげ》がよぎった。べつのキツネの姿《すがた》だ。一瞬《いっしゅん》、その姿《すがた》がくっきりと浮《う》かびあがる――残忍《ざんにん》そうな目、とがった耳、揺《ゆ》れるしっぽ。しっぽは、根っこの短い部分しか残っていない。

ぞくっとした。

「メイジよ！」わたしは、赤い目のキツネに叫《さけ》んだ。「メイジがあんたをあやつってるの。

あんたは囚《とら》われてるの。わからない？」

キツネは驚《おどろ》いたような顔になった。まばたきをしたその瞬間《しゅんかん》、瞳《ひとみ》に映《うつ》っていたメイジの姿《すがた》が消えた。わたしは走りだし、襲《おそ》ってきた別のキツネの上を飛びこえて、シフリンのとなりに並《なら》んだ。

シフリンは、わたしがずっととなりにいたみたいな口調で話しはじめた。「これから教える呪文《じゅもん》をわたしたちと一緒《いっしょ》に唱えてほしい。ジャナが合図を出したら、岩から飛びおりろ」

「でも、敵《てき》がこんなにいるのに」わたしは心細くなった。「なにをしたって――」

「時間がない！　いいか、わたしのあとから続けてくれ。『光たちよ、ここへ集《つど》え。暗闇《くらやみ》にいるわたしに安らぎを。厚《あつ》い霧《きり》の壁《かべ》は、すべての悪しき者の前でかたく閉《と》じる』なにがあっても唱えつづけろ。岩から飛びおりる準備《じゅんび》をしておけ」

わたしは、いわれたとおりに呪文《じゅもん》をまねしはじめた。「光たちよ、ここへ集《つど》え……」敵《てき》の一匹《ぴき》がわたしをねらってきたけれど、黒犬の姿《すがた》のシフリンが突進《とっしん》して追いはらった。べつの一匹《ぴき》がわたしたちに飛びかかってくると、シフリンはがっしりした前足でそのキツネをなぐりつけ、うしろに詰《つ》めかけていた敵《てき》の群《む》れに突《つ》きとばした。

光たちよ、ここへ集《つど》え。暗闇《くらやみ》にいるわたしに安らぎを。

岩のいたるところで上がるうなり声や、吠《ほ》え声や、マリンタの激《はげ》しい鼓動《こどう》にも負けず、〈長老〉たちの声は、わたしの耳のなかでこだましていた。呪文《じゅもん》を唱える声が、いくえにも重なっている。耳ざわりなほど大きかった心臓《しんぞう》の音は、だんだん静かになっていった。いまも岩の上では激《はげ》しい争いが続いている——キツネたちは牙《きば》をむき、血が流れている——けれどそれは、わたしとは関係のない、どこか遠い場所のできごとのようにしか思えなかった。

厚《あつ》い霧《きり》の壁《かべ》は、すべての悪しき者の前でかたく閉《と》じる。

頭の中は、琥珀《こはく》色の光に満たされていた。あたりを琥珀《こはく》色に輝《かがや》かせているのはわたしなのかもしれない。夢見心地《ゆめみごこち》でそんなことを考える。いく筋《すじ》もの光が、争うキツネたちを取りまいていた。たなびく霧《きり》も、あたたかな光に輝《かがや》いている。霧《きり》はしだいに濃《こ》くなり、視界《しかい》がぼやけはじめた。岩に立ちこめはじめた霧《きり》に気づいて、〈憑《つ》かれた者〉たちはふと動きを止めた。目をしばたたかせ、不安そうに左右をみている。

次の瞬間《しゅんかん》、頭の中にジャナの声がひびいた。耳元で叫《さけ》ばれたみたいだった。飛びおりなさい！

琥珀《こはく》色の光のなかで目をこらす。霧《きり》が厚《あつ》くて、自分の前足もよくみえない。マリンタの鼓動《こどう》が足の裏《うら》をくすぐり、心を落ちつかせ、感覚をうばっていく。深い安らぎがわたしを包みこんでいた。それでも、わたしの口は、無意識《むいしき》にあの呪文《じゅもん》を唱えつづけた。

光たちよ、ここへ集《つど》え。

わき腹《ばら》ににぶい衝撃《しょうげき》を感じて、だれかに突《つ》きとばされた。体が宙《ちゅう》に浮《う》いたかと思うと、なにもない空間を落ちはじめる。次の瞬間《しゅんかん》には、苔《こけ》におおわれた地面に転がっていた。ごつごつした岩場は、ほんの目の前だ。わたしはぞっとして叫《さけ》び、あわてて立ちあがった。木々に囲まれた岩を、下の草地からみあげる。木々は、澄《す》んだ空気の中で、くっきりとみえた——平らな〈長老の岩〉は、濃《こ》い霧《きり》に隠《かく》れてほとんどみえない。

岩の上には、〈憑《つ》かれた者〉たちだけが残されていた。岩場のあたりには〈長老〉たちが立っている。シミとタオは、紅《くれない》の木の根元で小さくなっている。シフリンはわたしのとなりにいた。ワアキーアを解《と》いて、もとの姿《すがた》にもどっている。

「岩から突《つ》きとばしたでしょ！」わたしは息を切らしながらいった。「岩場に落ちたらどうするの？」

シフリンは平然としている。「しかたがないだろう。いいから呪文《じゅもん》を唱えてくれ！」

わたしは大きく深呼吸《しんこきゅう》をした。「光たちよ、ここへ集《つど》え。暗闇《くらやみ》にいるわたしに安らぎを」

耳の中には、おなじ呪文《じゅもん》を唱える〈長老〉たちの声がひびいている。そのとき、〈長老〉たちの高く美しい声のむこうから、別の声がきこえてきた。岩の上にいるキツネたちが、異変《いへん》に気づいて騒《さわ》ぎはじめている。

「なんだ？」ひとりがうなった。

「くだらないまやかしだ。子どもだましのフォックスクラフトなど気にするな。あいつらは逃《に》げられやしない。おれたちが囲いこんでるんだ！」

わたしは呪文《じゅもん》を唱えつづけた。

光の琥珀色《こはくいろ》が一段《いちだん》と濃《こ》くなる。霧《きり》は触《ふ》れられそうなくらい厚《あつ》くなっていた。空気がうすい。岩の上にいる敵《てき》の姿《すがた》は霧《きり》に隠《かく》れているけれど、燃《も》えがらみたいなにおいはいまもただよってくる。

ジャナは、わたしから少し離《はな》れたところで、苔《こけ》むした木の根元に立っていた。ふいに上を向くと、目が白く輝《かがや》き、ときおりそこに、緑色の光がちらちら踊《おど》った。

足の下では、マリンタが大地をふるわせている。ジャナのしっぽの先が、銀色に光りはじめた。あたりをみまわすと、ほかの〈長老〉たちのしっぽの先も、おなじように輝《かがや》いていた。

なにかが起ころうとしている。

霧《きり》が岩の中心へ向かってゆっくりと集まりはじめた。無数の光のすじが霧《きり》のなかで渦《うず》を描《えが》き、深い琥珀色《こはくいろ》は、もう赤色に近い。

〈憑《つ》かれた者〉たちのあいだから、悲鳴がわきおこった。霧《きり》の外へ逃《に》げだそうと、岩のふちでもみあっているキツネたちもいる。だけど、シャナに触《ふ》れたキツネは、痛《いた》みに声をあげてあとずさった。咳《せ》きこむ声やあえぐ声がきこえはじめた。身もだえするキツネたちの影《かげ》もみえる。すがりつくようなかん高い悲鳴がひびきわたった。「助けてくれ！　息ができない！」

霧《きり》の壁《かべ》のむこうで、ぼやけた無数の影《かげ》がのたうちまわっている。霧《きり》が、じわじわとキツネたちを押《お》しつぶしていく。光の色は、ますます濃《こ》く、深くなっていく。わたしはそれ以上呪文《じゅもん》を唱えられなかった。

「続けろ」シフリンの声が飛んでくる。「あいつらが逃《に》げだせば、こっちの命はない」

さっきまでわたしを包みこんでいたおだやかな気持ちは、あとかたもなく消えていた。わたしは、むりやり呪文《じゅもん》を唱えた。体じゅうが冷たい。あのキツネたちだって、むかしはわたしたちの仲間だったのに。自分から〈憑《つ》かれた者〉になったわけじゃないのに……。

光たちよ、ここへ集《つど》え。暗闇《くらやみ》にいるわたしに安らぎを。

おびえた悲鳴が、少しずつやんでいった。マリンタの鼓動《こどう》まで消えていったみたいだった。森の中にこだまするのは、呪文《じゅもん》を唱えるわたしたちの声だけだった。

厚《あつ》い霧《きり》の壁《かべ》は、すべての悪しき者の前でかたく閉《と》じる。

霧《きり》はみる間《ま》に濃《こ》く厚《あつ》くなり、敵《てき》の影《かげ》を完全におおいかくした。敵《てき》を窒息《ちっそく》させる真《ま》っ赤《か》な毛皮みたいだ。シューッという音をたてながら、赤いかたまりになった霧《きり》はどんどんちぢみ、容赦《ようしゃ》なく岩を押《お》さえつけていった。一瞬《いっしゅん》、岩の上についた足跡《あしあと》がみえた。それは、〈憑《つ》かれた者〉たちの最後の名残《なごり》だった。やがて、霧《きり》は晴れていった。赤い光も消えていった。岩の上には、なにひとつ残っていなかった。

21.

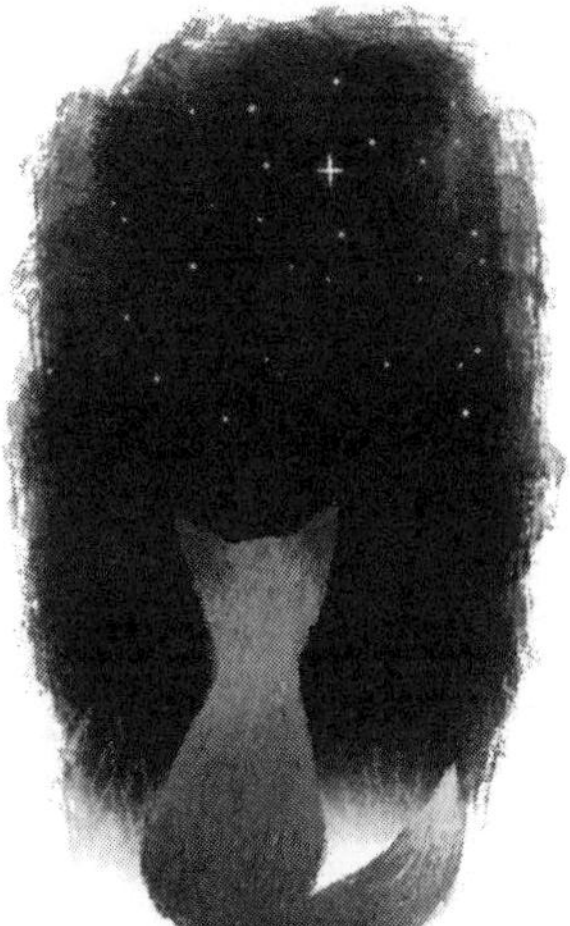

夜明けの光が〈長老の岩〉を照らしはじめた。岩のはしには、紅《くれない》の木が枝《えだ》を大きく伸《の》ばしていた。シミとタオは、その下で丸くなって眠《ねむ》っている。木陰《こかげ》が届《とど》かない岩の真ん中は、朝日を受けてまぶしく輝《かがや》いていた。シャナの光が岩のまわりで渦《うず》を描《えが》き、わたしたちを守ってくれている。

大地の鼓動《こどう》はぴたりと止まっていた。マリンタが終わったいま、森は生まれかわったみたいだった。シャナのむこうから、鳥たちのさえずりがきこえてくる。あたりには、強い花の香《かお》りが立ちこめていた。

〈長老〉たちの五匹《ひき》が近づいてきた。そのうちの一匹《ぴき》は褐色《かっしょく》の雄《おす》ギツネで、仲間から少し遅《おく》れてついてくる。片方《かたほう》の前足がななめにねじれているせいかもしれない。走るのはむずかしそうだ。森や荒野《こうや》の中でどうやって生きているんだろう。

シフリンは少し離《はな》れたところにいた。岩をなでるようにしっぽをふりながら、あくびをしている。無関心をよそおっているけれど、よくみると、ときおり横目でわたしのほうをうかがっている。

「あらためて紹介《しょうかい》しましょう。わたしは〈長老〉のひとり、ジャナです」灰色《はいいろ》のキツネがいった。「そして、こっちはミカ」そういいながら、赤と白の小柄《こがら》な雌《めす》ギツネを目で指した。「〝パシャンダ〟をさせれば、ミカの右に出る者はいません。精神《せいしん》を統一《とういつ》して風に呼《よ》びかけ、風が教えてくれる答えをききとることができるのです」

小柄《こがら》なミカはうなだれた。「〈憑《つ》かれた者〉の気配に気づくべきだったわ。なにかがおかしいとは思ったのに。でも、あの連中は、長いあいだこの森には近寄《ちかよ》らなかった。だから、いまさら襲《おそ》ってくるなんて考えもしなかったのよ」ミカの声は子ギツネみたいに細く可愛《かわい》らしかった。だけど、長いほおひげにおおわれた顔をみるかぎり、とても年を取っているはずだ。前足で苛立《いらだ》たしげに岩をたたいている。「あんな失敗をおかすなんて。ごめんなさい」

わたしはしっぽを巻《ま》いた。胸《むね》の奥《おく》がずきずき痛《いた》い。ミカのせいじゃない。わたしのせいだ。ハイキをここへ連れてきたのはわたしだし、そのハイキが、〈憑《つ》かれた者〉たちをここへ導《みちび》いた。

ミカは鼻をくんくんいわせながら、両耳をうしろにひねった。しきりに首をかしげながら、わたしのにおいをかいでいる。なにか調べているみたいだ。黄色い目で、穴《あな》が開きそうなくらいわたしをみている。

「シフリンのいったとおりね」ミカは小声でいった。「この子のマアはとても強いわ」

「ええ」ジャナはうなずくと、背《せ》の高い茶色いキツネのほうを向いた。ちぢれたひげの雄《おす》ギツネだ。「こっちはブリン。得意なのはスリマリングです。だれにもみつからずに森を通《とお》り抜《ぬ》けることができるの」

「それはいいすぎだよ、ジャナ」茶色い雄《おす》ギツネは、のんびりした話し方でいった。「わたしだって息《いき》つぎくらいするさ。幽霊《ゆうれい》じゃないんだ」ブリンはそういうなりぱっと消え、一瞬《いっしゅん》で姿《すがた》を現《あらわ》した。スリマリングをしたかどうかもわからないくらいすばやかった。まじめくさった顔をしているけれど、小さな目はいたずらっぽく輝《かがや》いている。

「こっちはシャーヤ」ジャナが、厳《きび》しい表情《ひょうじょう》の雌《めす》ギツネを鼻で指した。「マアを使う魔法《まほう》ならシャーヤが一番よ。マアシャームも、シャナシャームも——シャーヤがいないとお手上げなの」

シャーヤは、つんと澄《す》ましたまま、しっぽを軽くひとふりした。こんなに冷ややかな雌《めす》ギツネが、仲間と心を通わせるマアシャームなんてできるんだろうか。そのとき、わき腹《ばら》についたたくさんの傷《きず》と、首元にこびりついた血のかたまりが目に入った。敵《てき》に襲《おそ》われたとき、シャーヤは必死で呪文《じゅもん》を唱えようとして、〈憑《つ》かれた者〉たちは、そのたびにじゃまをしようとした——だれをねらえばいいのか知っていたからだ。メイジの指示《しじ》にちがいない。

ジャナが別の雄《おす》ギツネに向きなおった。「コロはカラークの使い手よ」

わたしはシャーヤからコロへ視線《しせん》をうつした。カラークはむずかしい魔法《まほう》じゃない。わたしだって、〈うなりの地〉にいたときから使えた。まだ、フォックスクラフトの存在《そんざい》も知らなかったのに。

コロは、わたしがなにを考えているのかわかったみたいだった。表情《ひょうじょう》を引きしめ、両耳をうしろへ倒《たお》した。口を大きく開けると、牙《きば》が一本ないせいか、やんちゃな子ギツネみたいにみえる。つぎの瞬間《しゅんかん》、木々がきしむ音がきこえはじめた。枝《えだ》がしなる、ぎいぎいという音。風が吹《ふ》きすさぶ音、木の葉がざわめく音。わたしはすくみあがった。稲光《いなびかり》が走るピシッ！　という音がしたかと思うと、雷《かみなり》のゴロゴロという音がひびきわたった。

わたしは毛を逆立《さかだ》てて飛びあがった。

コロがゆっくりと口を閉《と》じると、不吉《ふきつ》な嵐《あらし》の音も静まっていった。

わたしは、驚《おどろ》いて口がきけなかった。〈憑《つ》かれた者〉たちと戦っていたときも、いきなり稲光《いなびかり》と風の音がきこえたことがあった。カラークでこんなことができるなんて。ここまで本物に近い音が出せるなんて、考えたこともなかった。

シフリンは、離《はな》れたところからわたしたちの様子をうかがっている。

わたしは、毛がふくらんだしっぽを、そっと下ろした。「フォックスクラフトをみせてほしくて、ここへきたわけじゃないんです」

ジャナが顔をこわばらせた。「そうあせらなくてもいいでしょう。あなたがここへきた目的くらい、わたしたちも知っていますよ。ほかのキツネまで連れてきて」そういって、岩のむこうをちらっとみた。シミとタオは、コロが作りだした嵐《あらし》の音で目を覚ましていた――だけど、ジャナがいおうとしているのは、シミとタオのことじゃない。わたしは、罪悪感《ざいあくかん》にかられてしっぽを垂《た》らした。

「ハイキに利用されてたんです」わたしはうなだれていった。ジャナと目を合わせられない。「〈憑《つ》かれた者〉たちがここにきたのは、わたしのせいです」

「わたしたち〈長老〉はずっと、メイジがあなたをねらうのは、その強力なマアがめあてなのだと思っていました。でも、あのキツネはわたしたちより賢《かしこ》かった。だから、あなたをつかまえてしまわなかったのよ。あなたがここへくることも、わたしたちがあなたを受けいれることも、すべて見透《みす》かしていたのでしょう」

黄色い目のミカがいった。「ハイキとかいうキツネをさしむけたのは、アイラを確実《かくじつ》にここへ導《みちび》くためね。ハイキは家族をなくしたといっていたけれど、あれはうそではなかったわ。家族をみつけたくて、やぶれかぶれになっていた——体じゅうから飢《う》えとさびしさのにおいがしていたわ」

あの争いがはじまったときから、ハイキは姿《すがた》を消していた。わたしは岩に爪《つめ》を立てた。傷《きず》ついた心の痛《いた》みを集めて、怒《いか》りに変える——怒《いか》りのほうが、悲しみよりもずっと耐《た》えやすい。いつか、あの裏切《うらぎ》り者《もの》をみつけてみせる。絶対《ぜったい》に仕返しをしてみせる。あんなことをしたハイキを、わたしは絶対《ぜったい》に許《ゆる》さない。

「コッホがこなかったのはせめてもの救いですね」ジャナがいった。「メイジも、ナラルたちをこれ以上うしないたくなかったのでしょう。カルカが死んだばかりですから」

ミカが不審《ふしん》そうな顔になった。「でも、コッホの気配がするわ。〈憑《つ》かれた者〉の気配もする。いまも森の外をうろついているはずよ」

わたしは思わず顔をあげた。岩のまわりには、琥珀色《こはくいろ》のシャナの光がゆったりと波打っている。ここにいればだいじょうぶだ。

ブリンが親切そうなまなざしをわたしに向けた。「本来なら、わたしたちは七匹《ひき》いるべきなのだ……そこへきて、シャーヤまでケガを負った。たった四匹《ひき》で呪文《じゅもん》を唱えても、シャナを張《は》りめぐらせることはできなかっただろう。アイラがいてくれたおかげで、〈憑《つ》かれた者〉たちを消すことができた」

わたしは肩《かた》を落とした。「あのキツネたち、苦しそうでした」

コロが灰色《はいいろ》の鼻をなめながらいった。「連中はメイジの手先だ。ああでもしなければ、わたしたちを殺していただろう」

「でも、あのキツネたちは悪くないんです」岩の上でのたうちまわっていたキツネたちのことは、思いだしたくもない。シフリンをちらっとみると、毛づくろいをしている。前足に刻《きざ》まれたバラの傷跡《きずあと》が、なめらかな毛のあいだからのぞいていた。「もとのキツネにもどせるんでしょう？　〝囚《とら》われ〟じゃなくなるんでしょう？」

「なにも知らないのね」シャーヤが冷たい声でつぶやいた。

ジャナの返事はもっとおだやかだった。「ええ、シフリンのときはそうでした」名前を呼《よ》ばれたシフリンがはっと体をこわばらせる。「でも、それはむかしの話です。いろいろなことが変わってしまいましたからね。メイジは悪い魔《ま》法《ほう》の研究を重ねて、〈憑《つ》かれた者〉への支配《しはい》を強めるようになった。わたしたちにも、あのキツネがどんな魔《ま》法《ほう》を使っているのかわからないのです……」ジャナは、灰色《はいいろ》のしっぽを力なく垂《た》れた。

わたしはひげをふるわせてたずねた。「でも、絶対《ぜったい》にできないわけじゃないんでしょう？」

シミとタオが、そっと近づいてくる。両親のことを考えているにちがいなかった。

ジャナは、毛とおなじ灰色《はいいろ》の目で、わたしをまっすぐにみた。「わたしたちは困難《こんなん》な時期にきています。メイジはこれまで以上に力をつけているのに、一方のわたしたちは、老いていくいっぽう」シミとタオのほうを向いて首をかしげる。「あなたたちは、メイジではなく〈尾《お》なしの予言者〉と呼《よ》んでいるかもしれませんね」

シミがぱっと毛を逆立《さかだ》て、タオが心細そうな声で鳴いた。

ジャナはまたわたしに向きなおった。「シフリンに、〈長老〉たちのふたりが姿《すがた》を消したときいたはずです。キーヴィニーは、〝囚《とら》われ〟に一番くわしいキツネでした。でも、その彼《かれ》もいなくなってしまった」

「キーヴィニーが〈漆黒《しっこく》のキツネ〉ですか？」わたしはたずねた。

ブリンとミカが体をこわばらせたのがわかった。コロが大きく息を吸《す》う。シャーヤはみがまえて、しっぽをうしろへまっすぐにのばした。

ジャナは落ちついて答えた。「〈漆黒《しっこく》のキツネ〉は、メイティスという名前です。フォックスクラフトが並外《なみはず》れて巧《たく》みで、ありとあらゆる魔法《まほう》をあやつることができる。スリマリングからマアシャームまで、できないことはありません。でも、軽はずみなところがあるし、気が短くて、怒《おこ》ると手がつけられない」そういうと、なにかいいたげな目つきで、シャーヤと顔をみあわせた。咳払《せきばら》いをして、話を続ける。「わたしたちはずっと、メイジの正体は、キーヴィニーかメイティスのどちらかではないかと心配しているのです。そうではないことを祈《いの》るしかありません」

わたしは身震《みぶる》いした。コロみたいにカラークができて、ブリンみたいにスリマリングができて……ミカみたいに風と話せるキツネなら、なにをしたってかなわない。

コロは、灰色《はいいろ》の首をかしげた。「キーヴィニーとメイティスは、となりあったなわばりで育ったライバル同士だ。キーヴィニーも、〈漆黒《しっこく》のキツネ〉ほどではないにせよ、闇《やみ》の魔法《まほう》への情熱《じょうねつ》は相当なものだ。もしもメイジの正体がキーヴィニーだとしても、決してみくびってはいけない」

ジャナもうなずいた。「キーヴィニーはひねくれものよ。いつも手厳《てきび》しい物言いをするの」

どっちのキツネも気難《きむずか》しいみたいだ。「しっぽがないのはどっちなんですか？」

「二匹《ひき》ともあった」コロがためらいがちにいった。「いまはともかく、最後にみたときはあった」

「〈長老〉たちは、フォックスクラフトが使えます」シミがおずおずと声をあげた。「でも、〈荒野《こうや》〉のキツネたちは、襲《おそ》われても戦えないんです」

コロがけわしい顔をした。「われわれがそのことを知らないとでも？」

「〈亡霊《ぼうれい》の谷〉が広がっているんです」タオが不安そうな声で鳴いた。「おれたちのなわばりも、そのうちのみこまれてしまう」

ブリンの黒っぽい目に悲しみが浮《う》かんだ。「悲劇《ひげき》だな」

仲間の言葉をきいたシャーヤは、けわしい顔になった。「〈暗闇《くらやみ》の地〉が広がりつづけているのに、悲劇《ひげき》のひとことで片《かた》づけないでちょうだい——悲劇《ひげき》どころか、これは〝あれ〟の計画の一部よ」

ジャナが鋭《するど》い目でシャーヤをにらんだ。わたしは思わず首をすくめた。シャーヤが〝あれ〟と呼《よ》んだのは、メイジのことにちがいない。

「メイジに計画が？　どういう意味ですか？」

ジャナはもういちどわたしに向きなおった。「躍起《やっき》になってマアを集め、キツネたちの意志《いし》を次々にうばって支配《しはい》し……メイジは、とにかく力を必要としているのです」

わたしは、あることに気づいてはっとした。どうしていままで考えなかったんだろう。

メイジはどうして、〈荒野《こうや》〉のキツネたちを支配《しはい》しているの？　どうして、なわばりを広げているの？

なにが目的なの？

ジャナのしっぽの先が、ぼうっと銀色に光った。ため息をついて腹《はら》ばいになる。それが合図になったみたいに、ほかの〈長老〉たちもすわった。シフリンは、こっちに近づいてこようとはしないけれど、興味《きょうみ》を引かれたみたいに首をかしげた。きいていないふりを続けながら、長いしっぽの毛づくろいをはじめる。

ジャナは、わたしからシミ、シミからタオへと視線《しせん》を移《うつ》した。「そばへいらっしゃい。これからする話を、よくきいていて」

わたしたちは、いわれたとおりにした。〈長老〉たちの前に並《なら》んですわり、しっぽを体に巻《ま》きつける。

ジャナは咳払《せきばら》いをひとつすると、話しはじめた。「〈カニスタの子〉の中には、目にはみえないものを深く信じている動物がいます。オオカミは戦いの精霊《せいれい》をあがめ、コヨーテは大地や空のすべてに意味を求める」

わたしは、群《む》れのリーダーが死んだとき、コヨーテたちが口々に叫《さけ》んでいた言葉を思いだした。

　ジャナは続けた。「犬たちはこんな言い伝えを信じているわ。ニンゲンが生まれる前、世界は闇《やみ》にしずんでいて、犬たちは群《む》れを作り、〈荒野《こうや》〉をあてどなくさまよっていた、と。そのころは仲間同士の激《はげ》しい争いが絶《た》えず、おそろしい飢《う》えの時代がはじまり、犬という種族はあと少しで絶滅《ぜつめつ》するところだった。犬たちは、ニンゲンを自分たちの救い主だと考えているの」

　わけがわからなかった。どうして、犬とキツネはこんなに考え方がちがうんだろう？ニンゲンは乱暴《らんぼう》で残酷《ざんこく》な生き物なのに。ふと、〈うなりの地〉にいた、白くてふわふわした犬のことを思いだした。あの犬は、すごくしあわせそうだった。理由はわからないけれど、ひょっとしてニンゲンたちは、キツネには厳《きび》しくて、犬たちには親切なのかもしれない。

　ジャナは、わたしたちの表情《ひょうじょう》をちらっとみた。「あなたたちは、こう考えているでしょう。じゃあ、自分たちはどうなのか、と」話を続けながら、軽く伸《の》びをする。「いつの時代もキツネは、オオカミとも犬とも、迷信《めいしん》深いコヨーテともちがっていました。キツネが重んじるのは規則《きそく》ではありません。キツネの家族と、オオカミの〈ビシャール〉は別物よ――わたしたちには、しもべもいなければ王もいない。キツネがなによりも尊《とうと》ぶのは自由です――わたしたちは、だれにしたがうこともない」

わたしはうなずいた。シフリンも、〈うなりの地〉で、これとおなじような話をしていた。

「もしかすると、シミとタオは、〈漆黒《しっこく》のキツネ〉にまつわる言い伝えをきいたことがあるんじゃないかしら。〈荒野《こうや》〉の親たちは、この話をよく子どもたちにきかせますから」

「〈漆黒《しっこく》のキツネ〉がニンゲンを出《だ》し抜《ぬ》く話ですよね？」タオがいった。

「ええ、そのとおり」ジャナは語りながら、前足に力を入れては抜《ぬ》くしぐさをくりかえした。「でも、わたしたちの語りつぐ言い伝えには、勇者も、裏切《うらぎ》り者も、侵略《しんりゃく》者も、指導《しどう》者も登場しません。そうした話を好むのは、ほかの〈カニスタの子〉たち。ただ……」

ジャナは言葉を切って、わたしたちを見渡《みわた》した。「ただひとつの物語をのぞいて。むかしは、この話を子ギツネたちに語ったものよ。自由を尊《とうと》ぶ者になれるように。いまではほとんど忘《わす》れさられてしまった話だけど……わたしたち〈長老〉だけは、〈純白《じゅんぱく》のキツネ〉の伝説を覚えているの」

〈長老〉たちのあいだに、ざわめきが広がった。シャナの琥珀色《こはくいろ》の光が深くなる。シフリンは、無関心をよそおうふりも忘《わす》れて、まっすぐにこっちをみていた。長いしっぽが大きく揺《ゆ》れている。

「〈純白《じゅんぱく》のキツネ〉って、〈漆黒《しっこく》のキツネ〉の仲間ですか？」わたしはたずねた。

ジャナが深いため息をつく。しばらく押《お》しだまって、ようやく口を開いた。「いいえ。正確《せいかく》にはキツネではないの。〈カニスタの星〉の子でさえない。生き物ではないわ——厳《げん》密《みつ》には」

わたしはちらっとシフリンをみた。〈純白《じゅんぱく》のキツネ〉の話はどれくらい知っているんだろう？　シフリンがこっちをみたから、わたしはあわてて目をそらした。

「どういう意味ですか？」シミがたずねる。

返事をしたのはミカだった。「この世界がはじまってまもないころには、そういう存在《そんざい》がいたの。正確《せいかく》には生き物ではなくて、空をただようマアのかたまりや、星のまわりにただようちりのような存在《そんざい》よ。そうした存在《そんざい》は、〈カニスタの星〉のまわりに集まって、嵐《らい》雲《うん》のような層《そう》を作ったの。ほとんどが、草木の生える地上にたどりつく前に、自然に消えてしまった。消えれば、あとにはなにも残らない」

ミカは小さな頭をふった。「〈純白《じゅんぱく》のキツネ〉とは、特殊《とくしゅ》なマアのかたまりのことなの。なぜかはわからないけれど、このマアだけは、天上から地上へとただよいおりてくることができた。ここへ下りてくることに成功したのよ。はるか昔——ニンゲンたちが現《あらわ》れるよりも昔——、そのマアは、〈荒野《こうや》〉を自由に駆《か》けまわるキツネたちがいることを知った。

そして、自分もキツネたちのように、風や雨に打たれる感覚を知りたい、生きているという感覚を味わいたい、と強く願うようになった。でも、ほかの生き物たちは、そのマアの悪臭《あくしゅう》を嫌《きら》った。言い伝えによると、灰《はい》と燃《も》えがらのにおいがしたというわ」

背筋《せすじ》が冷たくなった。灰《はい》と燃《も》えがら。〈憑《つ》かれた者〉たちのにおいと同じだ。

ミカは両耳をまわしながら話しつづけた。「〈純白《じゅんぱく》のキツネ〉は、ほかの生き物たちを避《さ》けて、〈黒い森〉に住みついた。土の中からマアを吸《す》いとって生きながらえたの。しばらくすると、森には毒のある黄色い霧《きり》が立ちこめ、あらゆる生き物から命を吸《す》いとっていった。鳥、花、チョウ、植物、とにかく、ありとあらゆるものが命をうばわれた。こうして、〈黒い森〉は朽《く》ちていった」

ミカは、長い爪《つめ》で岩を引っかきながら、前足を体に引きよせた。「〈純白《じゅんぱく》のキツネ〉は、それでも満足しなかった。もし肉体を手に入れることができるなら、世界中のキツネからマアを吸《す》いつくしたでしょうね」

「でも、どうしてそんなことをするんですか?」わたしはたずねた。

ジャナがため息をついた。「わけを考えても、わたしたちには永遠《えいえん》に理解《りかい》できないでしょう。〈純白《じゅんぱく》のキツネ〉には、ふつうのキツネが抱《いだ》くような希望や夢《ゆめ》はない。あるのはただ、肉体を手に入れたいという激《はげ》しい欲望《よくぼう》だけ……〈純白《じゅんぱく》のキツネ〉は力を増《ま》し、命あるものを次々に破壊《はかい》し、支配《しはい》していった。狂《くる》ったマアは、とうとう姿《すがた》らしきものを手に入れた。灰《はい》とちりでできた亡霊《ぼうれい》のようにみえたというわ——だからわたしたちキツネは、それを〈純白《じゅんぱく》のキツネ〉と呼《よ》んでいるの」

わたしはのどがからからにかわいていた。「それから?」

ジャナが答えた。「言い伝えでは、暗闇《くらやみ》と炎《ほのお》が〈漆黒《しっこく》のキツネ〉を生んだとされています。〈長老〉たちは、それが務《つと》めだと考えて、自分たちのマアと命を〈漆黒《しっこく》のキツネ〉に分けあたえた。〈漆黒《しっこく》のキツネ〉がいつまでも生きのび、いつか〈純白《じゅんぱく》のキツネ〉を滅《ほろ》ぼすことができるように。欲望《よくぼう》のかたまりになったマアの怪物《かいぶつ》は逃《に》げだし、空のかなたに身をひそめたとされているわ」

「でも、そんなのはただの作り話です」タオが急いでいった。「子どもだましです」

ジャナは答えなかった。

ブリンが、ちぢれたひげをふるわせていった。「メイジがなにをしているのか、正確《せいかく》なところはわたしたちにもわからない。だが……」

「メイジのすみかは〈黒い森〉にあるんです」わたしはいった。「へんなにおいと音がするってききました。あそこがあやしいんでしょう?」

ジャナは、耳を立ててわたしをみた。「ええそうよ、あそこはあやしいわ」落ちついた声でくりかえす。「メイジは〈純白《じゅんぱく》のキツネ〉を使って、自分の本来の力を引きだそうとたくらんでいるのかもしれない」

「だとしたら、メイジは愚《おろ》か者ね」シャーヤがとがった声でいった。「いちど解《と》き放《はな》たれれば、〈純白《じゅんぱく》のキツネ〉を止めることはできない。どんな生き物にだってむりよ。自由を手にすれば、キツネを支配《しはい》し、滅《ほろ》ぼしてしまうでしょう。メイジも道連れよ。わたしたちのマアを最後の一滴《いってき》まで吸《す》いつくし、自由なキツネは一匹《ぴき》たりとも残さない。森は朽《く》ち、草地は枯《か》れはてる。ニンゲンたちにもマアの存在《そんざい》を知られてしまうかもしれない」

シフリンがそっと近づいてきた。金色の目を見開きながら、たずねる。「あなたたちなら悲劇《ひげき》を食いとめられる。そうでしょう？」わたしは不安で気分が悪くなってきた。いつもは自信満々なシフリンが、めずらしくおびえた顔をしている。

ジャナがわたしに向きなおった。「マアがもっとも豊《ゆた》かになるのは、グローミングのあいだ。木々に果実《かじつ》がたわわに実るとき――〈純白《じゅんぱく》のキツネ〉を倒《たお》す唯一《ゆいいつ》の希望が訪《おとず》れる。でも、そのためには〈漆黒《しっこく》のキツネ〉の力が必要なの。あなたも知ってのとおり、彼《かれ》は行方をくらましてしまった」

シャーヤが顔をしかめた。「だけど、メイジは着々とマアをたくわえ、休みもせずにキツネたちを支配《しはい》しつづけている。わたしたちが正しければ――ほんとうに〈純白《じゅんぱく》のキツネ〉が解《と》き放たれようとしているなら――グローミングを待っているよゆうはないのかもしれない」

「だが、ほかにどうしろと？」コロが砂色《すないろ》の首をふっていった。

ジャナは、灰色《はいいろ》の目をシフリンに向け、またわたしにもどした。口をつぐみ、けわしい顔で考えこんでいる。片方《かたほう》の前足をにぎっては開くしぐさをくりかえす。わたしのうしろに目をやって、岩のまわりに張《は》りめぐらせたシャナをみる。やがてジャナは、心を決めたみたいだった。

ジャナはわたしの目をまっすぐにみた。「はるばるここまで旅をしてきたのは、わたしたちの悩《なや》みをきくためではないでしょう」思いやりのこもった声だ。「お兄《にい》さんを探《さが》しているのでしょう？」

「わたしのお兄ちゃんは〈荒野《こうや》〉のどこかにいるんです。ほかの家族はメイジの群《む》れに襲《おそ》われたけど、ピリーだけは逃《に》げだしたんです」

ジャナは横目でコロをみた。

「なぜピリーが〈荒野《こうや》〉にいると？」コロがたずねた。

わたしはひげをふるわせた。「〈うなりの地〉を――〈灰色《はいいろ》の地〉を出ていったから。ほかにいく場所なんてないと思ったんです」

ミカが考えこむような顔になった。「〈長老〉たちのもとからキツネが一頭姿《すがた》を消し、もっとも偉大《いだい》なカニスタの子が途方《とほう》に暮《く》れている」

わたしははっとした。「シフリンもおなじことをいってました。わたし、そのキツネがピリーなんじゃないかと思ったんです……それで、〝もっとも偉大《いだい》なカニスタの子〟は、檻《おり》に住んでるオオカミなんじゃないかって。だから、ピリーを探《さが》しにオオカミに会いにいきました。でも、ちがったんです」

鳥のさえずりがきこえ、木立《こだち》を吹《ふ》き抜《ぬ》ける風の音がした。一瞬《いっしゅん》、母さんと父さんとおばあちゃんの姿《すがた》がみえた――岩の上にいる気配をはっきりと感じた。だけど、まばたきをすると、みんなの姿《すがた》は消えてしまった。胸《むね》が苦しくなって、めまいがする。家族が恋《こい》しい。あんまり恋《こい》しくて、息ができない。

シフリンがそばへきた。「アイラ、だいじょうぶか?」

「そっとしておきなさい」ジャナが鋭《するど》い声を出す。シフリンは、とまどった顔で一歩後ずさった。ジャナは、やさしい声にもどっていった。「この子は、大変な困難《こんなん》をくぐり抜《ぬ》けてきたのよ」

「家族を恋《こい》しがってる」ミカが、わたしの心の中を読んだみたいにいった。

わたしは落ちつかない気分でミカをみた。

「ピリーはまだ生きてるわよ！」いきなりミカが叫《さけ》んだ。

わたしは弾《はじ》かれたように飛びあがった。「みえたの？　どこにいるんですか？」

ミカはむずかしい顔になって、大きな耳の片方《かたほう》を前にのばし、もう片方《かたほう》をうしろへひねった。ほおひげが風に吹《ふ》かれる草みたいに揺《ゆ》れている。ほっそりしたしっぽを激《はげ》しくふる。しっぽの白い先は銀色に光っていた。「風が教えてくれたの。生きてるわ」ゆっくりと息を吐《は》く。「でも、これ以上はわからない」

わたしは、ちぎれそうなくらいしっぽをふった。うれしくて声が出なかった。

ブリンは、じっと足元をにらんでいた。しばらくすると立ちあがって、岩場があるほうへ歩いていき、紅《くれない》の木の陰《かげ》に入った。なにか気にさわることをいってしまったんだろうか。

ジャナは少しうつむきながらいった。「年のわりにあなたは賢《かしこ》いわ。オオカミに会いにいくなんて、よく思いつきました」

「やっぱり、あのオオカミなんですか？」信じられなかった。ファークロウは、ピリーなんか知らないと最後までいいつづけた。うそをついていたんだろうか？

ジャナは首をかしげた。「〈うなりの地〉のオオカミではありません。オオカミのほんとうのすみかはそこではなく、凍《こお》った北の大地なのです」

「まさか」シフリンが息をのんだ。「あそこへいかせるつもりですか？」ジャナに一歩近づいた。長いしっぽが不安げにふるえている。

ジャナは、灰色《はいいろ》の目をわたしからそらさなかった。「ミカは、あなたのお兄《にい》さんが生きているといいました。決めるのはあなたです、アイラ。あなたには、〈怒《いか》れる川〉を渡《わた》る覚悟《かくご》はありますか？〈白銀の地〉へいく勇気はありますか？」

22.

父さんはよく、雪の中で暮《く》らすオオカミたちの話をしてくれた。広大な王国を支配《しはい》して、群《む》れを作って狩《か》りをするのだという。「ピリーはそこにいるの？」考えるだけでぞっとした。

「シフリンのいうとおりだったわ」ミカがひとりごとみたいにつぶやいた。「この子にはとてつもないマアがある」

「それだけでは、〈白銀の地〉で生《い》き抜《ぬ》くことはできないわ」シャーヤが不吉《ふきつ》なことをいった。

ジャナが耳をさっとうしろに倒《たお》す。「アイラ、話はとても単純《たんじゅん》なのかもしれない――あなたはどのくらいの覚悟《かくご》を持って、ピリーを救おうとしているのかしら」

ふいに、ハイキの言葉を思いだした。

家族を取りもどせるならなんだってする。

ハイキの記憶《きおく》を急いで頭から追いはらう。わたしは、あんな裏切《うらぎ》り者とはちがう。

シフリンはしっぽを激《はげ》しくふっていた。「とんでもない！」鋭《するど》い声でいう。「あそこへいかせるなんて、危険《きけん》すぎます。死ねといっているようなものでしょう！」長いほおひげがまっすぐにのびている。「どこから探《さが》せというんです？　おおぜいのオオカミの中から、どうやって〝もっとも偉大《いだい》なカニスタの子〟を探《さが》せと？」

ジャナは、やさしい目でわたしをみていた。「アイラの力をみくびってはいけません。それに、オオカミのなわばりへいけば、ピリーのにおいをみつけるのはここよりたやすいはずです」

「わたし、ピリーを絶対《ぜったい》みつけてみせます」わたしは、シフリンの視線《しせん》を避《さ》けながら、急いでいった。家族の巣穴《すあな》を出て、こんなに遠いところまで旅をしてきた。〈灰色《はいいろ》の地〉を探《さが》して、〈荒野《こうや》〉を探《さが》してきた。めざすべき場所は、あとひとつだ。

「おれたちもいく」タオが声をあげた。「三匹《びき》でいけばもっとみつけやすい」

ジャナがシミとタオをふりむいた。「あなたたちに北へいくよゆうがあるかしら。ワアキーアの秘密《ひみつ》を授《さず》けたら、あなたたちふたりには、東の〈自由の地〉へいってもらいます。あの地にいるキツネたちに、迫《せま》りくる危険《きけん》を知らせ、あなたたちの知っていることをすべて教えてあげなさい。〈憑《つ》かれた者〉たちとの戦いにそなえさせるのです」

胸《むね》に希望の光が射《さ》した。不安だったけれど、〈長老〉たちは、わたしたちを助けてくれるみたいだ。

「ジャナ、ほんとうにワアキーアを教えてくれますか?」わたしは興奮《こうふん》を押《お》しかくしながら、平静をよそおってたずねた。

ジャナのしっぽがぴくっと揺《ゆ》れる。「なぜわたしにきくのかしら」

「あなたは、ほかの〈長老〉たちのことと、得意な魔法《まほう》のことは教えてくれました。でも、自分の力のことはちっとも話さなかったから――それに、ワアキーアのことにも全然触《ふ》れませんでした」

ミカがおかしそうにいった。「ほらね、ジャナ。やっぱりこの子、抜《ぬ》け目《め》がないわ」

シャーヤが耳をこわばらせた。「わたしは賛成《さんせい》できない。ワアキーアをするには若《わか》すぎる。ブリンもおなじ考えみたいよ」

茶色のキツネは、紅《くれない》の木の下で、腹《はら》ばいになったまま伸《の》びをした。シャーヤの声をきいても黙《だま》っている。わたしは鼻にしわを寄《よ》せた。ほんとうにワアキーアが必要なのに、どうしてブリンとシャーヤはじゃましようとするの？

口を開いてそういいかけたとき、ジャナがじっとうつむいているのに気づいた。ほかの〈長老〉たちも急に静かになっている。どのキツネもしっぽの先が銀色に光っている。声を出さずに会話をしているみたいだ。ひとり離《はな》れたところにいるブリンも、体を起こしてすわりなおし、石みたいに動かない。わたしは、ピリーとのゲラシャームを思いだした。ピリーが恋《こい》しくて胸《むね》が苦しい。わたしは気持ちをふるいたてようと、首をぶるっとふった。かすかに、〈長老〉たちの会話がきこえる。いいえ……わたしたちがいくわけにはいかないわ。

ふしぎな輝《かがや》きを帯びていた〈長老〉たちの目が、すっともとにもどった。ジャナが、わたしとシミとタオのほうに向きなおる。「あなたたちにワアキーアを教えましょう。ただし、かならず決まりを守ると約束してちょうだい——決してキツネの伝統《でんとう》にそむかない、と」

うれしくて、しっぽが勝手に揺《ゆ》れはじめる。わたしはあわてて表情《ひょうじょう》を引きしめた。子どもっぽくはしゃいだりしたら、ワアキーアを教えてもらえないかもしれない。わたしがおごそかな気持ちでおじぎをすると、シミとタオも、となりでおなじしぐさをした。わたしたちは、〈長老〉たちに、キツネの伝統《でんとう》をかならず守ります、と約束した。そして、訓練がはじまるのを待ちかまえた。

コロが立ちあがり、ゆっくりと紅《くれない》の木の陰《かげ》にいく。シャーヤがあとに続いて、ブリンのとなりにすわる。ミカは心を決めかねているみたいに、鼻をぴくぴくさせたまま動かない。耳を小さく揺《ゆ》らして首をかしげている。しばらくすると、ようやく口を開いた。「ワアキーアは賢《かしこ》く使うのよ」そういうと、わたしたちに背《せ》を向けて木陰《こかげ》へいった。

ジャナが咳払《せきばら》いをする。「時間がないから、訓練はここでしましょう」息を大きく吸《す》って、耳を前に倒《たお》す。「ワアキーアは、いにしえの魔法《まほう》、とても高度な魔法《まほう》です。この魔法《まほう》があったからこそ、わたしたちの先祖《せんぞ》は、ニンゲンたちの厳《きび》しい迫害《はくがい》を受けても生きのびることができたのです。ワアキーアを使えば、別の生き物に姿《すがた》を変えることができる。ただし、定められた決まりをやぶることは決して許《ゆる》されません」

木々のむこうでは太陽がかたむきかけていた。頭の上で、カラスが一羽《わ》、激《はげ》しく羽ばたいている。

ジャナは話しつづけた。「たとえば、あのカラスに姿《すがた》を変えることはできません。カラスは、カラークで声まねをするだけ。姿《すがた》を借りることが許《ゆる》されるのは〈カニスタの子〉にかぎられます――それ以外の生き物に変身しようとしても、すぐにもとの姿《すがた》にもどってしまう。それから、みたことのない犬に姿《すがた》を変えることもできないわ。変身できるのは、みたことのある犬だけ。同じように、みたことのないキツネに姿《すがた》を変えることもできない。変身できるのは、みたことのあるキツネにかぎられるの」

わたしは、じれったくて叫《さけ》びそうだった。そんなこと、もうとっくに知っている――いつになったらやり方を教えてもらえるんだろう？　シフリンのほうを横目でうかがった。〈長老〉たちと一緒《いっしょ》に木陰《こかげ》にいるけれど、ひとりだけ立っている。りっぱなしっぽをそわそわと左右に揺《ゆ》らしながら、じっとわたしたちを見守っている。

シミとタオがはっと息をのんだ。わたしは急いで前をみた。ジャナの姿《すがた》は消えて、かわりに、おそろしい犬が現《あらわ》れていた。よだれを垂《た》らしながら牙《きば》をぎらつかせている。よだれが鼻に飛んできて、わたしは顔をしかめて首をふった。犬が小声でなにかつぶやく。次の瞬間《しゅんかん》、犬は金色の光に包まれて、ぱっとジャナの姿《すがた》にもどった。

〈長老〉たちの視線《しせん》がわたしに集まっている。ジャナは、声を出さずになにかつぶやいた。灰色《はいいろ》の目はそのままだけど、体が少しずつふくらんでいき、しっぽはちぢみ、毛がうすくなっていく。犬だ――今度の犬は、鼻がつぶれていて、耳が小さい。口のまわりが、よだれでべたべたしている。

わたしは思わずあとずさった。「だまされないで！　こんなの、目くらましよ！」小声で自分をしかりつける。

「これでも？」犬がうなり、わたしに力いっぱい体当たりをした。突《つ》きとばされ、衝撃《しょうげき》で息ができなくなる。シミがひと声叫《さけ》んで駆《か》けよってきたけれど、犬ににらみつけられると、たちまちすくみあがった。「この牙《きば》はほんものの犬とおなじくらい頑丈《がんじょう》なのよ。あなたたちの足くらい、小枝《こえだ》のように嚙《か》みきることができるわ」ジャナが呪文《じゅもん》を唱えはじめたけれど、なにをいっているのかききとれない。犬はぶるっと大きくけいれんし、あっというまに小さなかわいらしい子ギツネに変わった。「よく考えて」子ギツネは、幼《おさな》い声でささやいた。「大切なのは、力ではなく知恵《ちえ》よ」子ギツネは弾《はず》むような足で走り、たん！　と岩をけると、あっというまにがっしりした雄《おす》のキツネに変わった。タオの目の前に着地する。

タオは悲鳴をあげて飛びあがった。

「姿《すがた》を借りる相手をよく研究しなさい」ジャナは、雄《おす》ギツネの太い声でいった。「ささいなしぐさも吠《ほ》え声も、なにひとつおろそかにはしないで」雄《おす》ギツネは激《はげ》しく身震《みぶる》いし、もとのジャナの姿《すがた》にもどった。しっぽの白い先が銀色に光っている。「変身したい生き物を頭に思いうかべなさい。鼻、耳、ほおひげ、尾《お》の曲がり方、足の形、ひとつひとつ思いだすの。むずかしかったら目をつぶってみるといいわ」ジャナの体の輪郭《りんかく》が点滅《てんめつ》し、少しずつぼやけていく。いまにも消えてしまいそうだ。「そして唱えなさい。さあ、わたしのあとから続けて――わたしはおまえの毛皮となろう。ふるえて揺《ゆ》れるおまえの尾《お》になろう」

わたしたちは呪文《じゅもん》を唱えはじめた。わたしは、〈うなりの地〉でいつかみた、ふわふわした白い犬の姿《すがた》を頭に思いうかべていた。なめらかな鼻や、おしりの上でカールする短いしっぽを、ひとつひとつ心に描《えが》く。

「雄々《おお》しき姿《すがた》をどうかこの身へ。みるものはおびえ、ひれ伏《ふ》すだろう。わたしに道を開けるだろう！」

「なんにも変わらない」シミがぼやく声がきこえた。

目を開けてみる。シミのいうとおりだ――シミは、黒っぽい毛の雌《めす》ギツネのままだ。下をみると、自分の黒い前足が目に入って、わたしは肩《かた》を落とした。

「あせってはいけませんよ」ジャナの姿《すがた》がうすれていく。灰色《はいいろ》の輪郭《りんかく》が、岩の上で頼《たよ》りなくちらちら光っている。「息を止めてしっかり集中しなくてはいけません」ジャナは、宙《ちゅう》に浮《う》いているみたいだ――これもまやかしなんだろうか。ジャナの輪郭《りんかく》はみるみるうちに消えていき、目をよくこらさないとわからない。

「スリマリングみたい」わたしは思いきって声を出した。ワアキーアとほかの魔法《まほう》はどうちがうんだろう？

「できないよ」タオがうめいた。じれったそうにしっぽの毛を逆立《さかだ》てている。

「力《りき》んではだめ――肩《かた》の力を抜《ぬ》きなさい」ジャナは、わたしたちを順番にみた。「気をつけなさい、子どもたち。ワアキーアはほかの魔法《まほう》よりマアを消耗《しょうもう》するの。長いあいだ姿《すがた》を変えたままでいると、取り返しのつかないことになるわ」ジャナの様子がおかしい。宙《ちゅう》に浮《う》いたような体の輪郭《りんかく》が、弱々しくちぢんでいく。光を浴びてきらきら光っていた毛が、しだいに荒《あら》くけばだっていく。耳が力なく垂《た》れ、背中《せなか》がくたびれたように曲がる。

ジャナはみるみるうちに老いていった。

次の瞬間《しゅんかん》、ジャナは、岩の上にぐったりと倒《たお》れこんだ。やせおとろえた体は、ほとんど骨《ほね》と皮だ。ぜえぜえ荒《あら》い息をついている。

「やめて！」わたしはこわくなって叫《さけ》んだ。

ジャナは、なにかすばやく唱えながら、しっぽを上げた。肩《かた》のあたりのたるんだ毛皮が引《ひ》き締《し》まり、毛並《けな》みがやわらかく豊《ゆた》かになっていく。ジャナはわたしたちを一匹《ぴき》ずつみつめた。今度は、わたしと同い年くらいの子ギツネに変身している。「決して忘《わす》れてはいけませんよ。姿《すがた》を変えてもにおいは変わらない。なにかに姿《すがた》が映《うつ》れば、もとのあなたたちが明らかになってしまう。それに、影《かげ》は完全に消えてしまう」子ギツネはなめらかな岩の上に立っている。たしかに、うしろにのびているはずの影《かげ》はどこにもみあたらない。

こわくて、頭の中がぐちゃぐちゃだ。だけど、自分もワアキーアをやってみたいという気持ちは、ジャナのあざやかな変身をみているうちにますますふくらんでいった。わたしは、教わったとおりにやってみた。まずは、呼吸《こきゅう》を落ちつかせる。それから、呪文《じゅもん》を唱えてみる。だけど、姿《すがた》は子ギツネのままだ。「どうしてできないの？」わたしはたずねた。

ジャナはしっぽをひとふりして、もとの姿《すがた》にもどった。足元には影《かげ》がくっきりと浮《う》かんでいる。しっぽの先は、さっきと同じように銀色に輝《かがや》いている。

「答えはひとつ」ジャナはいった。「変身したい生き物の姿《すがた》を、もっとしっかりと思いおこしてみなさい。コツは信じること——心の底から信じることよ。わたしは、呪文《じゅもん》を唱えたあと、こんな文句《もんく》をつけるわ。『わたしはジャナ。わたしは変わる。わたしは……』」一拍置《ぱく》いて、わたしたちをちらっとみる。「『……コヨーテ』」ジャナの体が激《はげ》しくけいれんしたかと思うと、どう猛《もう》なコヨーテが宙《ちゅう》に踊《おど》りでた。ほおには深い傷《きず》があって、肩《かた》は噛《か》まれてずたずただ。コヨーテの戦士だ。

コヨーテはうなりながら、がっしりした足で岩に着地した。わたしたちはすくみあがった。

ジャナだとわかっているのに、心臓《しんぞう》の鼓動《こどう》が速くなっていく。

「もとの姿《すがた》にもどるときは、いまの文句《もんく》を逆《ぎゃく》から唱えなさい」コヨーテがうなった。『わたしはコヨーテ。わたしは変わる。わたしはジャナ』」呪文《じゅもん》が終わると同時に、コヨーテの体は、紫《むらさき》がかった金色の光に包まれた。光の中で回転し、たちまちもとのジャナの姿《すがた》にもどる。コヨーテにくらべると、とても小さくみえた。こんなにほっそりした体のどこに、次々と姿《すがた》を変える力があるんだろう。

わたしは耳を前に倒《たお》した。説明はこれっぽっちなんだろうか。

シミはさっそく呪文《じゅもん》を唱えはじめた。目を閉《と》じて、しっぽを体に巻《ま》きつける。「わたしはおまえの毛皮となろう。ふるえて揺《ゆ》れるおまえの尾《お》になろう……」呪文《じゅもん》の最後に、教わったとおりの言葉をつけたす。「わたしはシミ。わたしは変わる。わたしは、巣穴《すあな》を襲《おそ》った雌《めす》のコヨーテ」わたしたちは、息をつめてシミを見守った。

なにも起こらない。

今度はわたしが目を閉《と》じた。肩《かた》の力を抜《ぬ》いて、心の中で呪文《じゅもん》を唱える。雄々《おお》しき姿《すがた》をどうかこの身へ。みるものはおびえ、ひれ伏《ふ》すだろう。わたしに道を開けるだろう！

目を閉《と》じたまま、あの文句《もんく》を唱える。「わたしはアイラ。わたしは変わる。わたしは、ふわふわの白い犬」

コツは、信じること――心の底から信じなさい。

わたしは、あの犬の姿《すがた》を細かく頭の中に思いうかべた。白い毛におおわれた細長い顔、カールしたしっぽ。首にひもをつけられて歩くのはどんな感じなんだろう。ニンゲンに背《せ》中《なか》をなでられるのは、どんな気分なんだろう。その瞬間《しゅんかん》、体がぶるっとふるえて、全身の毛が逆立《さかだ》った。わたしは目を開けて、前足をみおろした。足は大きくなり、爪《つめ》は短く切りそろえられている。

そして――真っ白だ。

シミが悲鳴をあげて飛びすさった。目のはしに、こっちをみている〈長老〉たちの姿《すがた》が映《うつ》った。シフリンが両耳を立てている。

わたしは、うれしくて叫《さけ》んだ。その瞬間《しゅんかん》、鋭《するど》い痛《いた》みに全身をつらぬかれて、岩の上にくずれ落ちた。痛《いた》みが引いていくのと同時に、前足が小さく黒くちぢんでいく。しっぽももとの長さにもどって、体を包みこむ。変身できたのは、ほんの一瞬《いっしゅん》だった。

「練習しなさい」ジャナは、わたしが口を開く前にいった。「上達するにはそれしかないの」

タオがしっぽをふりはじめた。「今度はおれがやる！」

シャーヤが、厳《きび》しい表情《ひょうじょう》で近づいてきた。「いいえ、もうおしまいよ」鋭《するど》い声でいう。

「日が暮《く》れるわ。暗くなればマリンタは完全に終わり、特別なマアは消えてしまう」

わたしは、岩のまわりをみまわした。琥珀《こはく》色の霧《きり》がうすくなっている。

「シャナが消えるころよ」シャーヤは続けた。「マリンタの集《つど》いを終えましょう。お別れのときがきたわ」

23.

空は暗くなっていった。

わたしは、おぼつかない足取りで氷の円盤《えんばん》のはしに近づいていた。はしのほうは、氷がうすくて割《わ》れやすい。まつげに雪がついている。あたりは一面、白い雪の毛皮におおわれていた——木々も、板塀《いたべい》も、となりの庭も。

雪を背《せ》に立つ一匹《ぴき》のキツネだけが、はっきりとみえる。

首をのばして、わたしをじっとみている。銀色の毛のところどころに、赤いぶち模様《もよう》があった。赤い毛がやけに目立って、危険《きけん》な感じがした。口からもれる息が空中で白くたなびいている。

「ピリー！」わたしは叫《さけ》んだ。「ピリー、どこにいるの？」

割《わ》れた氷のあいだから水があふれてきて前足を洗《あら》っていく。冷えきった足は感覚がない。

「ピリー！　助けて！」

「おまえの兄ならここにはいない」キツネは、かすれた声でいった。

「助けを呼《よ》びにいっただけよ。すぐもどってきてくれる」鋭《するど》くいいかえしたけれど、恐怖《きょうふ》で歯がかちかち鳴っている。足の下で氷が割《わ》れて、わたしはあわてて飛びのいた。割《わ》れた氷がかたむいて、暗い水の中へしずんでいく。

すぐにとなりの氷も割《わ》れて、足元の水面をただよっていった。

「子ギツネ、こっちへこい」キツネの琥珀《こはく》色の目は、白い雪の中で輝《かがや》いてみえた。

「あっちにいって！」わたしはせいいっぱい威嚇《いかく》した。

「死にたくなければ急げ！　おれはなにもしない……」

キツネは、氷の円盤《えんばん》に一歩近づいた。わたしはつばを吐《は》きかけてやろうとして、バランスを崩《くず》した。夢中《むちゅう》で足をばたつかせ、揺《ゆ》れる氷にしがみつく。刺《さ》すように冷たい水が流れてきて、足がさらわれそうになる。

「助けたいだけだ。信じてくれ」

まばたきをしてまつ毛から雪を払《はら》い、キツネを注意深くみた。悪いことをたくらんでいるようにはみえない。わたしがおとなしくなると、キツネは氷の上を渡《わた》ってきて、わたしの首をそっとくわえた。軽々と体が浮《う》きあがって、葉っぱにでもなった気分だった。キツネは、凍《こお》った草の上にわたしをおろした。わたしは大急ぎで板塀《いたべい》の穴《あな》をくぐり抜《ぬ》けると、なわばりに駆《か》けこんだ。いちどもふりかえらなかった。

ふりかえっておけばよかった。

〈白銀の地〉はどんなところなんだろう。そう考えるたびに、凍《こお》った池を太陽だと思いこんでいた、あのときの記憶《きおく》がよみがえる。雪の中に現《あらわ》れたあのキツネは、家族に守られて暮《く》らしていたあのころ、わたしが最初に出会った〝よそもの〟だった。この先ずっと、わたしはよそものに囲まれて生きていくことになるんだろう。だれが敵《てき》でだれが味方なのか、いつも考えなくちゃいけないんだろう。

森はたそがれの光に包まれはじめていた。わたしたちは、紅《くれない》の木の根元に集まっていた。シミとタオは身を寄《よ》せあい、おさえた声でなにか話しあっている。〈長老〉たちは並《なら》んですわり、しっぽをゆったりと揺《ゆ》らしていた。すらりとした体つきのブリンだけは、仲間からひとり離《はな》れてすわっている。体の輪郭《りんかく》がぼやけたり、またもとにもどったりしているのは、無意識《むいしき》にスリマリングをしているからだろうか。わたしたちから顔をそむけて、岩のむこうをじっとながめている。

ブリンは、どうして急に無口になったんだろう。

シフリンは、ジャナにたしなめられてから、ほとんど口を開いていない。木陰《こかげ》に立って、しっぽを垂《た》れている。

シミとタオがわたしに近づいてきた。

タオは、こげ茶のしっぽをふっている。「おれたち、〈自由の地〉にいくよ。ほかのキツネたちにメイジのことを話して、フォックスクラフトを教える。自分で自分の身を守れるように」タオは、前足を軽くわたしの肩《かた》にかけながら、親しみをこめて耳を噛《か》んだ。「一緒《いっしょ》にくるか？」

「ありがとう」体を離《はな》して首をかしげる。「あそこなら安全だ」

「ありがとう」わたしは、さびしさを振(ふ)りきっていった。「でもお兄ちゃんが待ってる。探(さが)しにいかなきゃ」

タオは、ちらっとシミと目を合わせた。「だよな。離《はな》れ離《ばな》れになるけど……きっと、また会えるよ」

わたしは、タオの首に鼻をすりつけた。「うん、そうね」

シミが鼻をなめてくれた。「ワアキーアを練習しながらいくつもりなの。スリマリングとカラークも。あたしたち、すぐにフォックスクラフトの名人になるわ」そういうと、わたしの肩《かた》におでこを押《お》しつけながら、体をぎゅっとくっつけた。「アイラ、気をつけて。

〈白銀の地〉の危険《きけん》に立ちむかえるキツネがいるとしたら、あんたしかいない。お兄《にい》さんがみつかるように祈《いの》ってる」

ふたりは〈長老〉たちにさよならをいうと、シフリンの前で足を止め、鼻をすりつけながら別れを告げた。わたしは、ひげを力なく垂《た》れて、木々のあいだを遠ざかっていくふたりの姿《すがた》を見送った。シミとタオは、〈怒《いか》れる川〉をたどって遠くへいくんだ。わたしは、ひとりでその川を渡《わた》って、危険《きけん》な世界へ飛びこんでいかなくちゃいけない。

シミとタオの姿《すがた》はすぐに、もつれあって茂《しげ》る木々のむこうへ消えていった。

あのふたりは、家族なんだ――

ふいにミカの声がして、わたしははっとわれに返った。「アイラ、あなたにも長旅が待ってるわね」わたしは、心細い気分で深呼吸《しんこきゅう》をしながら、思いきって〈長老〉たちのほうをふりむいた。

「楽しい旅になるとは思えないわ」シャーヤが冷静な声でいった。「アイラ、あなたにわたしたちのマアを分けておきましょう。少しは助けになるでしょうから」

わたしは、意味がわからずにシャーヤをみつめた。

「こっちにいらっしゃい」シャーヤのしっぽの先が、ぼうっと銀色に光っている――ほかの〈長老〉たちもおなじだ。

わたしは、いわれたとおりに、おずおずとシャーヤに近づいた。そのうしろに、〈長老〉たちが集まってくる。シフリンは黙《だま》って様子をみていた。シャーヤの目をみた瞬間《しゅんかん》、金色の瞳《ひとみ》に射抜《いぬ》かれたみたいな衝撃《しょうげき》が走った。あっと思ったときには、色の洪水《こうずい》が押《お》しよせていた。深々と息を吸《す》うわたしの体を、ぬくもりと安らぎが包みこむ。

銀色に輝《かがや》く力が、全身を満たしていく。

終わりは、始まりと同じくらいいきなりだった。シャーヤがまばたきをした瞬間《しゅんかん》、わたしは、支《ささ》えをうしなったみたいによろめいた。

頭がすごく冴《さ》えている。足が勝手に走りだしそうだ。〈荒野《こうや》〉を全速力で走ってみたい。二度と眠《ねむ》らなくたってだいじょうぶな気がする。体じゅうの毛が熱をおびている。全身に力がみなぎっている。

こんなに頭がはっきりしているのも、生きていると強く感じられたのも、生まれてはじめてだった。「ありがとう」

シャーヤはもうわたしに背《せ》を向けている。「賢《かしこ》く使いなさい」肩《かた》ごしにそっけなくいうと、ほかの〈長老〉たちのそばを通っていった。ジャナを鋭《するど》い目でにらみつけている。

ジャナは、赤毛の雌《めす》ギツネをおだやかな表情《ひょうじょう》で見返しながら、別れのあいさつをした。

「グローミングで会いましょう」

口を開いたシャーヤは、ジャナのあいさつは無視《むし》して、わたしに声をかけた。「アイラ、そのマアもいずれは消える。そのときは、おまえひとりの力で戦わなくてはいけないのよ」シャーヤはそういうと、いちどもふりかえらずに、紅《くれない》の木の下を通っていった。シダの茂《しげ》みにもぐりこみ、それっきり姿《すがた》がみえなくなった。

ブリンが長い脚《あし》で立ちあがる。わたしと目を合わせ、ちぢれたほおひげを小さくふるわせた。「子ギツネ、よい旅を——軽やかに駆《か》け、身を守り、自由に生きろ」そういうと、返事も待たずに森の中へ走っていった。ほかの〈長老〉たちには、ひと言も声をかけなかった。

わたしは、途方《とほう》に暮《く》れてブリンの姿《すがた》を見送った。いったいどうしたんだろう？　シャーヤはどうしてジャナに腹《はら》を立てていたんだろう？　ブリンはどうして急にそっけなくなったんだろう？

シフリンが咳払《せきばら》いをして口を開いた。「アイラはまだ子どもです。ひとりで〈白銀の地〉へ送りこむことはできません。わたしも一緒《いっしょ》にいかせてください」そういいながら、頼《たの》みこむような目でジャナをみつめ、ミカとコロのほうをみた。

ジャナは、すぐには答えなかった。わたしは、自分でも気づかないうちに息を止めていた。返事をきくのがこわい。ジャナは、かすかに目を光らせ、重い口を開いた。「シフリン、そうしたい気持ちはよくわかりますよ。でも、あなたには残ってもらいます。あなたを手放《てばな》すことはできない。森の出口までアイラを送ってあげなさい。それからもどってきて、わたしと合流してちょうだい」
「ジャナ、おねがいです」

「悪く思わないでちょうだい」ジャナの声はおだやかだったけど、目は厳《きび》しかった。「許《きょ》可《か》できるのは、森の出口まで。その先へいくことは許《ゆる》しません」

シフリンはしっぽをふるわせたけれど、それ以上はなにもいわなかった。わたしも黙《だま》っていた。ピリーはわたしのお兄ちゃんなんだから——ひとりで探《さが》しにいかなきゃ。

じゃあ、どうしてこんなにがっかりしているんだろう。さびしくて、胸《むね》がつかえた感じがする。

紅《くれない》の木の太い枝《えだ》のあいだから、しずんでいく夕陽がのぞいていた。ジャナが灰色《はいいろ》の体をぶるっとふる。「そろそろお別れの時間ね」そういうと、わたしに向きなおって、鼻と鼻をくっつけた。「よい旅を——軽やかに駆《か》け、身を守り、自由に生きなさい」

コロとミカが順番にそばへきて、鼻を合わせると、ジャナとおなじ言葉をかけてくれた。シフリンとほかの仲間たちにも、おなじあいさつをする。

軽やかに駆《か》け、身を守り、自由に生きよ。

「グローミングで会いましょう」ジャナがミカとコロに声をかけたのを合図に、三匹《びき》は小走りに別々のほうへ向かっていった。あっというまに、木陰《こかげ》に体がまぎれていく。わたしは岩をふりかえった。琥珀色《こはくいろ》の光は消えている。銀色に光っていた岩場も輝《かがや》きをうしなっていた。〈長老〉たちがいなくなってしまえば、この岩はただの石のかたまりだった。

わたしはシフリンについて森の中を歩きはじめた。あたりには、むせ返りそうなほど強い花のにおいが立ちこめている。木の根やツタを踏《ふ》みこえながら、黙々《もくもく》と北へ向かう。いまも、体の中には、銀色の力が――〈長老〉たちのマアが――駆《か》けめぐっていた。シフリンとおなじ速度で歩いても、ちっともくたびれない。

シフリンは鼻を地面に寄《よ》せたまま、まっすぐに歩きつづけた。赤い毛の下では、たくましい筋肉《きんにく》が波打っている。なにを考えているんだろう。シフリンはもしかして、ハイキのことをはじめからあやしんでいたんだろうか。〈長老の岩〉の上で消された、〈憑《つ》かれた者〉たちのことを考える。キツネさらいのすみかにいたキツネたちのことを思いだす。ずっとわたしは、うそをついたシフリンが許《ゆる》せなかった。だけど、シフリンの言い分もきかずに決めつけるなんて、ほんとうによかったんだろうか。きっと、正しいことをするのがむずかしいときだってあるんだ。

きっと、正しいことがなんなのかわからないときだってあるんだ。

やがて、〈長老たちの森〉のはしにきた。木々がまばらになって、すぐ先には小高い丘《おか》がある。水が流れる音もきこえた。

とうとうシフリンが口を開いた。「むりをしなくてもいい」

「なんのこと？」

シフリンは、小さく首をかしげた。「ひとりで〈白銀の地〉へいかなくてもいいんだ。わたしがつきそおう」

わたしはシフリンをみた。深い琥珀色《こはくいろ》の目の奥《おく》に、マアシャームでのぞいた景色《けしき》がかすかにみえるような気がした。色の洪水《こうずい》、まぶしいくらいの輝《かがや》き、世界でひとりぼっちになった迷子《まいご》の子ギツネ。

「わたしのうそを許《ゆる》せないのはわかっている」シフリンは急いでいった。「おまえをだますつもりはなかった。おまえの家族が死んだことを正直に話すべきだった」

しっぽがふるえた。「もういいの」

シフリンは、おずおずとわたしに近づいた。「おまえを傷《きず》つけるようなまねは二度としない」

わたしは、鼻でシフリンの鼻に触《ふ》れた。「うん、わかってる」体を離《はな》して、丘《おか》のほうへ歩きはじめる。しばらく歩いてうしろを向くと、シフリンは、おなじ場所に立ちつくしたまま、悲しげな顔でわたしをみていた。

わたしは思わずいった。「ついてきたら、ジャナにしかられるでしょ?」

シフリンは首をふった。「きっとわかってくれる」

そう答えたけれど、ほんとうは不安なはずだった。わたしは前足を宙《ちゅう》に浮《う》かせたまま、しばらく迷《まよ》っていた。耳をうしろに倒《たお》して、そわそわと体を揺《ゆ》らす。「わかった」考えるより先に声が出た。「一緒《いっしょ》に〈白銀の地〉にいって」

シフリンは、ぱっと明るい顔になると、急いでそばに駆《か》けよってきた。わたしの首にあごをあずけ、そのままの姿勢《しせい》でじっとする。わたしはシフリンの豊《ゆた》かな毛に顔をうずめた。

「ほんとうに悪かった」シフリンはしぼり出すような声でいった。「ピリーを探《さが》しだすためならなんでもする」

体じゅうの緊張《きんちょう》がほどけていって、ほっぺたが熱くなった。認《みと》めたくなかったけれど、ほんとうは、シフリンのことが恋《こい》しかった。伝えたいことがたくさんあった。もう気にしないで、といいたかった。家族が生きているとうそをついたことも許《ゆる》していたし、どうしてうそをついたのかもわかっていた。わたしの家族を殺したのはメイジだ。たとえシフリンがあの場にいたとしても、たったひとりで、カルカと〈憑《つ》かれた者〉の群《む》れを相手にできるわけがない。

シフリンはなにも悪くなかった。

だけど、言葉がうまく出てこなかった。あとで伝えよう。わたしは胸《むね》の中で誓《ちか》った。

〈白銀の地〉についたら、ちゃんといおう。

わたしたちは一緒《いっしょ》に丘《おか》をまわりこんだ。小枝《こえだ》や木の根におおわれていた森の地面は豊《ゆた》かな草地に変わり、そしてすぐに、草よりも砂利《じゃり》が増《ふ》えはじめた。わたしは、顔をあげてはっと息をのんだ。目の前に、大きな川が流れていた。

〈怒《いか》れる川〉だ。

川の流れは激《はげ》しかった。白いしぶきをあげながら、ごうごうと音をたてている。わたしは、おそるおそる川辺に近づいた。泡立《あわだ》ちながら流れる川は、目にみえるかぎりどこまでも続いている。大きな鳥が一羽《わ》、ゆっくりと円を描《えが》いて飛んでいた。茶色っぽい翼《つばさ》を思いきり広げている。わたしは、驚《おどろ》いて鳥にみとれた。鳥は白い頭をかすかにかたむけ、刺《さ》すように鋭《するど》い目でわたしをにらんでいる。

どうすれば、こんなに大きくて流れの速い川を渡《わた》れるんだろう。鳥みたいに飛べたらいいのに。夕陽の中を軽々と飛んでいけたらいいのに。

「どうすればいいの?」わたしはたずねた。

シフリンは重苦しいため息をついた。「わからない」岸辺にすわりこんで川をながめる。

わたしもとなりにすわった。シフリンのしっぽが前足をかすめた。

シフリンは、軽く体をふって立ちあがった。「別の道がないかみてこよう」わたしは、激《はげ》しい水の音をききながら、砂利《じゃり》を踏《ふ》んで遠ざかっていくシフリンを見送った。豊《ゆた》かなマアのおかげで、足の裏《うら》の感覚が鋭《するど》くなっている。マリンタのうずきはとっくに消えていたけれど、いまもかすかに、わたしの心臓《しんぞう》と一緒《いっしょ》に脈《みゃく》打つ大地の鼓動《こどう》を感じていた。ピリーはなにをしているんだろう？

お兄ちゃんが恋《こい》しかった。お兄ちゃんの声が恋《こい》しい。生まれ育った林と、カナブンを追いかけていた時間が恋《こい》しかった。

アイラは、カナブンをつかまえるのがへたくそだったよな。

わたしは、はっとしてすわりなおした。ピリーだ。心の中に話しかけてきている。だけど、ゲラシャームは危険《きけん》だ。〈憑《つ》かれた者〉たちに気づかれるかもしれない。「ピリー、だめなの。もう話しかけてこないで」

アイラ？　どうした？　待ってくれ！　伝えたいことがあるんだ。たのむから、もうおれを探《さが》さないでくれ。

わたしは顔をしかめた。「ピリー、話せないんだってば」

アイラ、ちゃんときけ。おまえはわかってないんだ！　おれを探《さが》しちゃだめだ。あきらめるって約束してくれ。

「そんな約束できない」

おまえがつかまるくらいなら、おまえのぶじをたしかめて死ぬほうがましなんだ。

ピリーの声は、恐怖《きょうふ》でふるえていた。

「お兄ちゃんは死んだりしない」わたしはきっぱりといった。「ふたりとも死んだりしない。わたしたちは〈うなりの地〉のキツネよ。ニンゲンたちに囲まれながら生きのびてきた。ニンゲンより残酷《ざんこく》なキツネなんているわけない」ほんとうにそうなのかはわからなかったけれど、声に出してそういうと、気持ちが落ちついた。「ピリー、もう話せないの。ごめんね……」

アイラ、こわいんだ……ここがどこかもわからない。みえないんだ。

「わたしがお兄ちゃんの目になる」

動けないんだ。

「わたしがお兄ちゃんの足になる」

力が出ないんだ。

「わたしのマアを分けてあげる。ピリー、がんばって。すぐに助けにいくから」

わたしは、ぎゅっと目をつぶって、むりやりゲラシャームを終わらせた。お兄ちゃんの声がこだましていた心が急に静かになって、そこだけぽっかりと穴《あな》が開いたみたいな気分がする。わたしは、重い体でのろのろと立ちあがった。いつのまにか太陽がしずんでいる。急にいやな予感がした。ピリーと話すと、あのキツネたちがやってくる。とくに、夜は危《あぶ》ない。話したのはほんの短い時間だったけれど――気づかれただろうか。

岸にそって視線《しせん》を走らせる。シフリンはずっとむこうに遠ざかっている。わたしは、少しのあいだシフリンをみていた。赤毛の長いしっぽをふりながら、地面のにおいをたしかめている。

次の瞬間《しゅんかん》、燃《も》えながらのにおいが鼻をついた。爪《つめ》が土を引っかく音がする。

わたしは、はじかれたようにふりかえった。

赤い目のキツネたちが、丘《おか》の上に押《お》しよせている。消えかけていく夕陽の中に、キツネたちの輪郭《りんかく》が浮《う》かびあがっていた。どの目も炎《ほのお》のように燃《も》えている。

次の瞬間《しゅんかん》、〈憑《つ》かれた者〉たちの群《む》れが、草深い丘《おか》をいっせいに下ってきた。

「シフリン！」わたしの悲鳴は、川の音にかき消された。「シフリン！」

キツネたちはもう、砂利《じゃり》の上を走りはじめている。

シフリンは、敵《てき》の気配を感じたように、はっとふりむいた。こっちに向かって走りはじめたかと思うと、砂利《じゃり》をけって宙《ちゅう》に踊《おど》りあがった。声を出さずに呪文《じゅもん》を唱えている。

心臓《しんぞう》がどきっとする。シフリンがワアキーアで変身したのは、薄《うす》茶色の子ギツネ――わたしだ。

〈憑《つ》かれた者〉たちは、わたしに変身したシフリンに気づいた。シフリンがすかさずうしろを向いて川沿《かわぞ》いを走りはじめると、足音をとどろかせながらあとを追う。

自分をみた衝撃《しょうげき》のせいで足がふらふらする。だけど、シフリンの考えはわかっていた。心臓《しんぞう》がどきどきしているのは、シフリンが心配だからだ。〈憑《つ》かれた者〉たちは、どんどんシフリンとの距離《きょり》をちぢめていく。悪いのはわたしだ。わたしがピリーと話したせいだ。ほんの短い時間だったけれど、むこうにはそれでじゅうぶんだった。

わたしのばか。なんであんなことしたの?

群《む》れのうしろにいた〈憑《つ》かれた者〉たちが、砂利《じゃり》をけりあげながら走っていく。どうすればいいのか考えるひまもなく、別の五匹《ひき》のキツネが丘《おか》の上に現《あらわ》れた。シフリンを追いかけることもしないで、あたりをみまわしている。離《はな》れたところからでも、ふつうのキツネたちだとわかった。〈憑《つ》かれた者〉たちとちがって、動き方がぎくしゃくしていない。

わたしはほっとしてしっぽをふりかけた。〈長老〉たちだ! 助けにきてくれたんだ!

その瞬間《しゅんかん》、白い牙《きば》がぎらっと光るのがみえた。

ちがう、〈長老〉たちじゃない。

ナラルだ。ナラルが五匹《ひき》、すべるように丘《おか》を下りてくる。ぞっとして、わたしは小さく悲鳴をあげた。メイジの刺客《しかく》のナラルたちは、シフリンのワアキーアにだまされなかった。自分たちもフォックスクラフトの使い手だからだ。じりじりとわたしに迫《せま》ってくる。

わたしは必死で川岸に視線《しせん》を走らせた。シフリンと〈憑《つ》かれた者〉たちの姿《すがた》は、もうみえない。ふりかえると、ナラルたちは丘《おか》のふもとにたどり着いていた。空気が奇妙《きみょう》にゆがんでいる。ナラルたちのうしろには、黄色っぽいもやが立ちこめていて、そこから腐《くさ》ったようなにおいがただよってくる。もやの中から黒い影《かげ》が現《あらわ》れて、丘《おか》のてっぺんに立った。

〈亡霊《ぼうれい》の谷〉でみたことのあるキツネだ。あのときは、だれかわからなかった。だけど、いまははっきりとみえる。キツネのとがった耳、乱《みだ》れた毛。

そして、根本で切れた短いしっぽ。

メイジの水色の目が冷ややかに光り、低いうなり声がひびきわたった。時間の流れが急に遅《おそ》くなる。声が出ない。体が動かない。息が苦しい。

ナラルがゆっくりと近づいてくる。頭が真っ白になって、わたしは思わずあとずさった。うしろ足が川に落ちて、激《はげ》しい流れに体をさらわれそうになる。

そのとき、ピリーの声が頭の中にひびいた。

アイラ、フォックスクラフトだ！

一瞬《いっしゅん》、メイジの魔法《まほう》が解《と》けて、体が自由になった。

わたしはさっと空をみあげた。あの大きな鳥は、空のかなたに消えていた。鳥に変身すれば、キツネの伝統《でんとう》にそむいてしまう。だけど、助かる方法はそれしかない。

「わたしはおまえの毛皮となろう。ふるえて揺《ゆ》れるおまえの尾《お》になろう。雄々《おお》しき姿《すがた》をどうかこの身へ。みるものはおびえ、ひれ伏《ふ》すだろう。わたしに道を開けるだろう！」

息を吸《す》うと、今度は頭の中で呪文《じゅもん》を続けた。

「わたしはアイラ。わたしは変わる。わたしはりっぱな鳥になる」

急いで前足をみおろす。目に入ったのは、子ギツネの茶色い脚《あし》だった。先の方だけが黒い、いつものわたしの脚《あし》だ。

やっぱりできない！

ナラルたちが腰《こし》を下げ、いまにも飛びかかってきそうな体勢《たいせい》になった。

恐怖《きょうふ》に駆《か》られて思わず声が出る。わたしは深呼吸《しんこきゅう》をしながら、なんとか気持ちを落ちつかせようとした。目を閉《と》じて、もういちど呪文《じゅもん》をやり直す。

わたしはおまえの毛皮となろう……

唱えながら、想像力《そうぞうりょく》を働かせた。ハトやスズメがおびえるような鳥として生きるのは、いったいどんな気分なんだろう？　とがったかぎ爪《づめ》で魚をつかんで、くちばしで獲物《えもの》を切りさく。世界をみおろしながら、勇ましく孤独《こどく》に生きる。地上の生き物たちが、おびえた顔でわたしをみあげる。大空に高く舞《ま》いあがり、地面はぐんぐん遠ざかっていく。

気持ちが落ちつき、力がわいてくる。そうだ、戦ってやる。わたしには、〈長老〉たちがくれたマアがある。

「わたしはアイラ。わたしは変わる。わたしはりっぱな鳥になる」

変化はすぐにわかった。体が変わっていく。

ぱっと目を開けたわたしは、息をのんだ。

うしろ足は、かぎ爪《づめ》のある鳥の足になっていた。鼻があったところにはくちばしがある――獲物《えもの》の骨《ほね》を砕《くだ》く太いくちばしだ。体は鳥の羽根におおわれていた。わたしは、大きな翼《つばさ》を広げてみた。

ナラルたちはとたんにひるんだ。きゅうきゅう鳴き、うしろを向いて、助けを求めるように吠《ほ》えはじめる。

わたしは、空を飛んでいた鳥をまねして両方の翼《つばさ》を持ちあげ、体が軽々と浮《う》く瞬間《しゅんかん》を待ちかまえた。だけど、なにも起こらない。パニックが襲《おそ》ってくる。あの鳥はどうやって飛んでいたんだろう?

必死で記憶《きおく》をたどった。〈うなりの地〉にいたころは、ハトたちが翼《つばさ》をばたつかせながら飛ぶのをしょっちゅう見かけた。この鳥もおなじじゃないんだろうか？

飛んで！　わたしは自分をしかりつけた。翼《つばさ》を動かしてみたけれど、大きすぎて、ハトたちがやっていたようにはうまくいかない。茶色い翼《つばさ》をいくら動かしても、かぎ爪《づめ》は砂利《じゃり》を踏《ふ》んだまま、浮《う》かびあがる気配もない。

ナラルたちが、ぴたりと静かになった。わたしの様子に気づいて顔をみあわせている。わたしは、走ることもできずに、砂利《じゃり》の上をぎくしゃくはねた。飛べなければ命はない。

勇気をふりしぼった。

飛べる。飛ばなきゃ。飛ぶの！

ナラルたちが、地をはいながら、じわじわと距離《きょり》をちぢめてくる。

細い脚《あし》を不器用に動かしながら、わたしは砂利《じゃり》の上をせいいっぱい走った。そのとき、あることに気づいた。走れば走るほど、体が少しずつ軽くなっていく。真後ろに迫《せま》ったナラルたちのことは、むりやり頭の中から追いやった。心の中に、大空へ舞《ま》いあがる立派《りっぱ》な鳥の姿《すがた》を思いえがく。翼《つばさ》を無意識《むいしき》に上下に動かしながら、かぎ爪《づめ》で砂利《じゃり》をけりつづけた。羽毛が空気をとらえて、走る速度があがっていく。次の瞬間《しゅんかん》、体がふわりと浮《う》き、またしずんで、かぎ爪《づめ》が砂利《じゃり》をかすった。

いま、飛べた！　わたしは心の中で叫《さけ》んだ。

息を止めて、もっと速く足を動かす。かぎ爪《づめ》は黄色くぼやけ、視界《しかい》の両はしには、羽《は》ばたく茶色い翼《つばさ》がかすかに映《うつ》っている。わたしは、かん高い歓声《かんせい》をあげながら宙《ちゅう》に大きく浮《う》かびあがった。はじめはゆっくりと、次第に速く、翼《つばさ》を羽ばたかせる。ナラルたちの上をかすめて飛びつづける。興奮《こうふん》して体じゅうが熱い。ほんとうに飛べた！

わたしは、川にそって宙《ちゅう》をすべっていった。めまいがするようなスピードで、地面がぐんぐん遠ざかっていく。闇《やみ》の中に、〈長老たちの森〉がぼんやりとみえた。心臓《しんぞう》がどきどきして胸《むね》が痛《いた》いくらいだった。まばたきも忘《わす》れて、もっと高いところをめざしていく。地上の景色《けしき》に目をうばわれる。空気を打つ翼《つばさ》の感覚や、体が空を切っていく速度に、わたしは夢中《むちゅう》になっていた。

生きのびたんだ！　輝《かがや》くマアが体じゅうにみなぎっている。

わたし、鳥になったんだ。

自分がほんとうはだれなのか思いだすまで、少し時間がかかった。シフリンはいまも、〈憑《つ》かれた者〉たちから逃《に》げているにちがいない。高度を落とすと、川沿《かわぞ》いに飛びながらシフリンを探《さが》した。気流がしっかりと体を支《ささ》えてくれて、川の流れに乗っているような感覚がした。そのとき、木立《こだち》に向かって走る〈憑《つ》かれた者〉たちがみえた。シフリンはもう木立《こだち》の中にいるんだろうか。もっと高いところからたしかめたかった。

顔に風を受けながら、わたしは雲をめざして高く高く舞《ま》いあがった。思いきって下をみた瞬間《しゅんかん》、わたしははっと息をのんだ。地面の染《し》みみたいに小さくなった〈憑《つ》かれた者〉たちが、次々に木立《こだち》へ入っていく。わたしは、木々の濃《こ》い緑と咲《さ》いたばかりの花々を見下ろしながら、ゆったりと飛んだ。

あたたかい風に運ばれているうちに、自信がわいてくる。銀色のマアが、羽根のあいだでぱちぱち弾《はじ》けている。星の光を浴《あ》びながら、わたしは翼《つばさ》をかたむけ、円を描《えが》いたり、宙《ちゅう》返《がえ》りをしたり、自由に飛びまわった。

はるか下を、地面が流れていく。空の上から見下ろすと、まるで別世界だった。松林や谷もみえる。あちこちで丸い光が輝《かがや》いている——〈荒野《こうや》〉で暮《く》らすニンゲンたちのすみかの明かりだ。西のほうに目を向けると、暗闇《くらやみ》に広がる野原のむこうに、黄色がかったもやに包まれた森があった。背《せ》すじが寒くなる。わたしは翼《つばさ》をかたむけて飛びながら、シフリンの赤茶色の体を探《さが》した。

すべるように飛んでいると、暗闇《くらやみ》をやわらかく照らす光のドームが目のはしに映《うつ》った。大ニンゲンたちのすみかが数えきれないくらい集まっている場所——〈うなりの地〉だ。大地の上に長々と広がって、生き物が寝《ね》そべっているみたいだ。真っ暗な〈荒野《こうや》〉とはちがって、〈うなりの地〉は昼みたいに明るい。高度を落とすと、高い建物がいくつも立ちならんで霜柱《しもばしら》みたいに輝《かがや》いているのがみえた。くねくね延《の》びる〈死の道〉のむこうに、家族と暮《く》らしていた林がある。あそこに住んでいたのは大昔のことみたいだ。

わたしは針路《しんろ》を変えて、川の上を飛びはじめた。シフリンがわたしを置いていくはずはない——川岸にもどってきているはずだ。そのとき、黒い砂利《じゃり》の上にぽつんと浮《う》かぶ、赤茶色の影《かげ》がみえた。きっとシフリンだ。

風を切ってシフリンのほうへと飛んでいく。翼《つばさ》の力強い動きに合わせて、胸《むね》が高鳴った。気持ちがふるいたつ。わたしはきっと、たくましく自由に生きていける。シフリンと一緒《いっしょ》に、きっとピリーをみつけてみせる。全身にマアをみなぎらせ、世界を見下ろして飛んでいく。肩《かた》ごしにすばやくふりむいて、丘《おか》の様子をたしかめた。丘《おか》の頂上《ちょうじょう》にはいまも、キツネが一匹《ぴき》、黄色いもやに包まれて立っていた。短いしっぽの年老いたキツネ。

メイジだ。

メイジが顔をあげ、わたしをまっすぐにみた。

その瞬間《しゅんかん》、わたしの体は、ひきつけを起こしたみたいに激《はげ》しくふるえはじめた。鋭《するど》い痛《いた》みが全身に走って、悲鳴がもれる。なめらかな線を描《えが》きながら飛んでいた体が、急にがくがく揺《ゆ》れはじめた。翼《つばさ》をやみくもにばたつかせたけれど、なにかがおかしい。

体のところどころがキツネにもどりはじめている。

わたしはぞっとした。ワアキーアが解《と》けようとしている――勇《いさ》ましい鳥の姿《すがた》が消えていく。いきなり、体が宙《ちゅう》を落ちはじめた。夢中《むちゅう》で足をばたつかせたけれど、体はぐんぐん落ちつづけ、空を切る音が耳を刺《さ》した。目のはしを、〈うなりの地〉の光が、〈長老たちの森〉が、西の〈暗闇《くらやみ》の地〉の黄色いもやが、すごい速さで流れていく。

大きな水しぶきを上げて、わたしは川に突《つ》っこんだ。夢中《むちゅう》で足を動かす。めまいがしそうなくらい水が冷たい。激《はげ》しい流れが体をもみくちゃにし、川底へ引きずりこもうとする。流れに逆《さか》らってあばれると、口の中に水が流れこんでくる。わたしは木の葉のようにくるくるまわりながら、川岸から突《つ》きだした岩にぶつかった。必死で岩にしがみつき、体を引っぱりあげる。力をふりしぼって砂《すな》の川辺にはいあがり、引きずりこもうとしてくる激《げき》流《りゅう》からうしろ足を引《ひ》き抜《ぬ》いた。息をするのも苦しい。

鳥になるなんて、なんてばかなことをしたんだろう！　キツネの伝統《でんとう》にそむいたせいで、もう少しでおぼれ死ぬところだった。シフリンはむこう岸から動けないみたいだ。結局わたしは、またひとりぼっちになってしまった。

それでも、生きている。

〈怒《いか》れる川〉をぶじに渡《わた》りきった。ゆっくりとよろこびがわいてくる。きっとピリーを助けられる！

水にぬれた目をしばたたかせたとたん、わたしは現実《げんじつ》に引きもどされた。目の前に広がるのは、みたこともないほど荒々《あらあら》しい景色《けしき》だった。真っ白な谷がどこまでも続いている。谷の一番奥《おく》に目をこらすと、雪におおわれた森がみえた。森のむこうには、氷でできたような山がいくつもそびえている。真っ暗な夜の闇《やみ》に、大きな月が浮《う》かんでいる。〈カニス夕の星〉は、満天の星にまぎれてわからない。

わたしは、こわごわと立ちあがり、体をぶるっとふった。こんなに心細い気持ちになったのは、生まれてはじめてだった。

わたしの姿《すがた》は目立っていた。真っ白な雪の上に、明るい茶色の染《し》みがぽつんと浮《う》いているみたいだ。心細くて、しっぽをかたく体に巻《ま》きつけた。〈白銀の地〉のはしからでも、わたしの姿《すがた》はみえるにちがいない。

そのとき、とどろくような吠《ほ》え声が、谷にひびきわたった。

オオカミたちが吠《ほ》えている。

遠吠《とおぼ》えが、静かな夜の闇《やみ》を切りさいている。

フォックスクラフト 用語集

フォックスクラフトの種類

★カラーク

ほかの動物の声をまねする術《じゅつ》。この術《じゅつ》で声を「投げ」ると、相手には声の主《ぬし》の居場所《いばしょ》がわからなくなる。獲物《えもの》をおびきよせたり、敵《てき》を混乱《こんらん》させたりするときに使う。

★スリマリング

息を止めて気持ちを落ちつけ、自分の姿《すがた》を消す術《じゅつ》。隠《かく》れるときに使う。

★ワアキーア

ほかの動物に変身する術《じゅつ》。使い方をまちがえるとケガをする。命《いのち》を落とすことさえある。ワアキーアを使うときは、〈長老〉たちが厳格《げんかく》に定《さだ》めた掟《おきて》を守らなくてはいけない。

★マアシャーム

〈マア〉は、生き物の力《ちから》そのもののこと。この術《じゅつ》を使うと、キツネから別のキツネに〈マア〉をわけることができる。弱った仲間を介抱《かいほう》するときに使う。

★ゲラシャーム

〈ゲラ〉は、命ある者の核《かく》──心のこと。この術《じゅつ》を使うと、別《べつ》のキツネと心を触《ふ》れあわせることができる。失《うしな》われかけためずらしい術《じゅつ》。精神的に強く結《むす》びついたキツネたちだけが使える。

★囚《とら》われ

〈憑《つ》かれた者〉の別名としても使われる。心（ゲラ）を支配されている状態《じょうたい》。ワアキーアは術《じゅつ》の使い手に姿《すがた》を利用されるが、"囚《とら》われ"は心を利用される。意志《いし》をうばわれるので非常《ひじょう》に危険《きけん》。

★パシャンダ

神経《しんけい》を集中させ、風の声をききとる特殊《とくしゅ》な術《じゅつ》。仲間や敵《てき》の動きをたしかめるために使われる。

★シャナシャーム

シャナと呼ばれる結界《けっかい》を張る術《じゅつ》。マリンタとグローミングのあいだ、〈長老〉たちはこの術《じゅつ》で〈長老たちの岩〉を守る。

★シャナ

敵《てき》から身を守るために張るマアの結界《けっかい》のこと。

その他の用語

★ビシャール
北に住むオオカミたちが使う群《む》れの呼《よ》び名。オオカミの暮《く》らしは謎《なぞ》に包《つつ》まれている。

★漆黒《しっこく》のキツネ
言い伝《つた》えによると、むかし一頭のキツネが、炎《ほのお》をくぐって仲間を悪魔《あくま》の誘惑《ゆうわく》から救《すく》った。キツネはフォックスクラフトを巧《たく》みに使い、燃《も》えさかる炎《ほのお》からぶじに抜《ぬ》け出した。体は漆黒《しっこく》だったが、傷《きず》はなかった。この伝説《でんせつ》にちなみ、〈漆黒《しっこく》のキツネ〉は、もっとも賢《かしこ》いキツネに与えられる称号《しょうごう》になった。いつの時代にも〈漆黒《しっこく》のキツネ〉は一頭で、伝統的《でんとうてき》に〈長老〉たちから選《えら》ばれる。黒みがかった毛のキツネが多いが、体の色は重要ではない。

★カニスタの星
キツネの〈マア〉をつかさどる星座のこと。

★死の道
〈死の川〉とも呼ばれる。道路《どうろ》のことだが、キツネたちは人間のしかけた残忍《ざんにん》な罠《わな》だと考えている。

★〈長老〉たち
キツネの精鋭《せいえい》。ひそかに伝統《でんとう》とフォックスクラフトを守っている。集まることはめったにない。

★フォックスクラフト

キツネだけが知っている敵《てき》を出し抜《ぬ》く術《じゅつ》の総称《そうしょう》。狩《か》りをするときや、人間から逃《に》げるときに使う。たいていのキツネは、正式な訓練《くんれん》を受けていなくても、基礎的《きそてき》な術《じゅつ》を使える。才能のある一部のキツネだけが、ワアキーアのように高度な術《じゅつ》をあやつることができる。

★キツネの伝統《でんとう》

キツネは、むかしから人間の迫害《はくがい》に耐《た》えてきた。キツネたちの抵抗《ていこう》の物語は数えきれないほど多い。人間はあらゆる手段を使って、あるときはキツネを飼《か》いならそうとし、あるときは根絶《ねだ》やしにしようとした。この伝統《でんとう》によって、キツネは〈カニスタの子〉の中でも異色《いしょく》の存在《そんざい》になった。キツネにとって、犬とオオカミは裏切《うらぎ》り者だ。犬は人間の奴隷《どれい》だが、オオカミは野蛮《やばん》で、好戦的《こうせんてき》な神々に呼びかけて遠吠《とおぼ》えをする。キツネはそのどちらでもなく、だれとも群《む》れを作らない。

★ゲラ

命ある者の核《かく》——心のこと。

★グローミング

一年で一番昼が長い日と一番短い日の、日暮《ひぐ》れから夜明《よあ》けまでの時間のこと。不思議《ふしぎ》な魔法《まほう》の時間。〈長老〉たちが集《つど》う時《とき》でもある。

★マア
生き物の力《ちから》そのもののこと。

★マリンタ
年に二回訪《おとず》れる、昼と夜の長さが同じになる日のこと。魔法《まほう》の時間。

★怪物《かいぶつ》
自動車のこと。キツネたちには、ぎらつく目の怪物《かいぶつ》が、うなりながら走っているようにみえる。

★灰色《はいいろ》の地
街《まち》のこと。街《まち》に住むキツネは〈うなりの地〉と呼ぶ。人間や車や犬だけでなく、キツネの天敵《てんてき》がたくさんいる。

★自由の地
荒《あ》れ野のこと。〈長老〉たちをはじめ、たくさんのキツネが暮《く》らしている。アイラの父親もこの土地で生まれた。

★白銀《はくぎん》の地
北の寒い大地のこと。オオカミはここで暮《く》らし、ビシャールという群《む》れを作って狩《か》りをする。

【著者】
インバリ・イセーレス
NYタイムズベストセラー『サバイバーズ』（小峰書店）シリーズの著者エリン・ハンターのペンネームで活躍する６名の児童文学作家のうちのひとり。他にも『ウォーリアーズ』（小峰書店）など、日本でも人気のシリーズを手がける。単著の処女作『The Tygrine Cat』は、2008年にイギリスのカルダーデール児童文学賞を受賞。『フォックスクラフト』シリーズも日本、ドイツを始め、世界で翻訳されている。第３作は2017年秋に本国で刊行予定。現在はケンブリッジに家族と、キツネのような見た目で猫のようにふるまう愛犬と暮らしている。

【訳者】
井上里（いのうえ・さと）
1986年生まれ。早稲田大学第一文学部卒業。翻訳家。主な訳書に『サリンジャーと過ごした日々』（柏書房）、『シークレット・キングダム』シリーズ（理論社）、『サバイバーズ』シリーズ（小峰書店）、『フォックスクラフト１――アイラと憑かれし者たち』、『バンパイア・フェアリー』シリーズ（静山社）などがある。

フォックスクラフト〈2〉 アイラと長老たちの岩

著者　インバリ・イセーレス
訳者　井上里

2017年10月26日　第１刷発行

発行者　松浦一浩
発行所　株式会社静山社
〒102－0073　東京都千代田区九段北１－15－15
電話・営業　03－5210－7221
http://www.sayzansha.com

イラスト　丹地陽子
デザイン　松山はるみ
編集　田坂苑子
組版　アジュール
印刷・製本　中央精版印刷株式会社

Published by Say-zan-sha Publications, Ltd.
ISBN978-4-86389-395-5 Printed in Japan